아버지

아버지

김 정 현 장편소설

문이당

작가의 말

보는 것만으로도, 듣는 것만으로도 우리는 풍요의 시절을 누리고 있다. 그럼에도 항상 아쉽고 허전함은, 왈칵 눈물이 쏟아지려 함은 무슨 까닭일까? 왜 눈물로나마 메마른 가슴을 적시고 싶어질까?

정말 아무런 이유 없이 펑펑 울고 싶을 때가 있다. 난 이것이 메마른 가슴을 적시고 싶어하는 욕망이 아닐까 생각한다.

당신은 사람의 냄새를 맡아본 것이 언제라고 생각하는가? 혹시 사람의 냄새가 그리워 그토록 아쉽고 허전하고 외로운 건 아닐까? 그래서 서점의 서가마다 빠지지 않고 '고독'이라는 수사가 붙은 책들이 꽂혀 있지는 않은가?

가만히 생각해 보라. 당신의 아버지, 당신의 남편, 당신의 아들이 진정 그런 고독 때문에 헛된 서글픔을 낭비하고 있지는 않은지.

아버지, 그 가슴 뭉클한 이름에서마저 향기를 잊어버리고 산 것이 얼마인가. 가로등만이 초라한 골목길에서 휘청거리는 발길을 내딛는 굽은 그의 등을 본 적이 있는가? 몹시 술에 취한 어느 날, 들고 온 과일 바구니를 내려놓으면서도, 누군가를 향한 불만을 그치지 못하던 그 비오던 날 밤을 당신은 기억하는가? 잠든 당신의 곁에 지켜서 흐뭇하게 머금던 그의 미소를 잠결에서나마 보았던 적은 없었는가?

　사랑을, 행복을, 용기를…… 입에 담지는 못하지만 그는 이 세상 누구보다 당신을 사랑하고 당신에게 행복해 하고 당신을 위해서 모든 것을 버릴 용기를 감춰두고 있는 이다.

　이제 사랑하며 살자. 내팽개쳐둔 지고지순의 아름다운 사랑을 연인에게, 가족에게, 이웃에게, 벗에게 나누며 살자. 그러기 위해서 어딘가에 감춰두었던 진정한 사랑의 마음을 되찾자.

이 책의 이야기는 한 사람만의 이야기가 아닌 내 가까이에서 숨쉬고 있는 여러 사람들의 진실한 이야기이다. 35 신화의 주인공, 굳은 의지와 허심으로 폐암의 병마를 이겨내고 계신 또 한 분, 그리고 그런 분들에게 마음의 쉼터가 되어주시는 몇 분들, 나는 그런 모든 분들의 따뜻한 마음과 아름다운 사랑을 훔쳐 썼을 뿐이다. 그래서 나는 이 세상에서 가장 행복한 몇 안되는 사람 중의 하나이다. 그 향기로운 사람의 냄새에 취할 수 있으니.

당신에게도 그런 행복이 가까이에 있다. 조금만 마음의 문을 열고 사랑을 펼치면 그 향기로운 사람의 냄새가, 또 따뜻한 정의 훈기가 당신을 행복하게 할 것이다.

마음이 따뜻한 모든 이에게 감사하며……

1996년 7월

김 정 현

1

「자네 집사람은?」

메마르고 탁하게 갈라지는 그의 목소리가 곤혹스러운 듯 들렸다.

「…….」

흘끗 고개를 돌린 정수의 시야에 남 박사의 어두운 표정이 그대로 비쳐졌다.

한정수의 처에 대한 남신우 박사의 표현은 거의 '제수씨'이거나 그녀의 이름인 '영신 씨'였다. 그런데 어둡고 굳은 표정의 그가 '자네 집사람'이라는, 그들 사이에서는 생경한 호칭을 갑작스레 사용한 것이었다. 그런데도 정수는 아무런 느낌을 받지 못하고 있었다. 그것은 그가 특별히 둔감하거나 메말라서라기보다는 몹시 지쳐 있었기 때문이었다.

임시국회란 것이 중앙부처에 근무하는 공무원들에게는 언제나 부담거리이기는 했지만 그래도 이번에는 더욱 특별했다. 국립중앙박물관으로 사용되고 있던 구 조선총독부건물이 철거되면서 문화체육부 산하의 문화재관리국에 근무하는 정수에게 많은 부수일거리들을 가져다준 것이다. 정수는 꼬박 10여 일을 자정께야 퇴근하는 곤혹을 치러야 했다.

소화불량, 식욕부진, 체중감소, 무기력, 위경련 같은 복부통증……. 대개의 동년배들이 겪는 증상이었기에 그는 대수롭지 않게 생각했다. 우연히 토요일 오후의 한가한 시간에 소주잔이나 기울일 요량으로 친구인 남 박사를 찾아갔다가 정말 특별한 생각 없이 의사친구의 강권에 밀려 검사를 받았고, 그러고도 두어 번 더 병원에 불려가 꽤 사람을 괴롭히는 다른 검사를 받았었는데 그것이 벌써 20여 일 전 일이었다. 그런데 그 자세한 결과는 아직 듣지 못했다. 아니, 듣지 못했다기보다 정수 자신이 무심히 넘겨버리고 있었다.

오늘도 검사결과를 알아보기 위해서가 아니라 모처럼의 이른 퇴근에 술잔이나 기울일까 하는 생각으로 발길을 돌린 것이다. 아무래도 이렇게 이른 시간에 집으로 들어가 봐야 별 할 일도 없이 무료할 것 같았고, 지친 심신이 그대로 숙면을 이뤄줄 것 같지도 않았기 때문이다. 지나치게 피로한 상태에서는 오히려 깊은 잠을 이루지 못한다는 것을 이미 오랜 연륜으로 깨우치고 있던 터였다.

「한잔 할까?」

남 박사가 여전히 갈라지는 목소리로 물었다.

「좋지.」

대답을 하면서도 정수는 왜 저 친구 목소리가 저럴까 하고 생각

10

했다. 오십이 다된 나이에도 자신의 일에 몰두할 때면 하루 댓갑 줄담배를 마다않는 그였지만 목소리가 갈라지기까지 한 적은 아직 없었다.

「자네도 늙어가는군.」

「……?」

한숨 같은 정수의 중얼거림에 남 박사는 무슨 소리냐는 눈빛을 했다.

「몇 갑이나 피웠기에 목소리가 그래? 전에는 갈라지기까지는 않더니만…….」

「자네 걱정이나 해.」

퉁명스러운 대꾸와 함께 남 박사의 표정이 잔뜩 일그러졌다. 그것 또한 별로 본 적 없는 화난 인상이었다.

「왜 그래?」

머쓱해진 정수가 어색하게 물었다.

「뭐가 왜 그래야? ……자네 집사람은 집에 있어?」

억지로 누그러뜨리려는 그의 인상이 더 이상했다.

「그럼, 집에 있지. 가출이라도 했을까 봐?」

정수도 자신의 농담이 공허롭다고 느꼈다.

「이럴 땐 같이 좀 다니지…….」

남 박사가 다시 화난 표정으로 중얼거렸다.

「왜? 검사결과 때문이야?」

정수는 비로소 검사결과를 생각했다.

「…….」

남 박사는 아무런 대꾸도 없이 주섬주섬 책상 위를 정리하고 있었다.

「왜? 죽을 병이야?」

「나가자.」

지나가는 말처럼 불쑥 내뱉은 정수의 말에, 남 박사는 옷걸이의 양복을 걷어들고 문을 향해 성큼 앞장서는 걸로 대꾸를 대신했다.

「술마시자는 걸 보니 죽을 병은 아닌 모양이구먼…….」

어색함을 털어내기 위한 정수의 객쩍은 소리들이 더욱 썰렁함을 자아냈다. 그러나 그것은 오로지 남 박사의 침묵 탓이었다.

엘리베이터를 빠져나와 병원 현관을 나서면서도 한마디 말이 없던 남 박사가 이제는 숫제 두어 걸음 앞서 바쁜 걸음을 내딛고 있었다. 정수는 그의 걸음이 휘청인다고 생각했다. 흔들리는 그의 등을 쫓으며 정수는 왠지 가슴 한끝으로 꽉 막혀오는 답답함을 느꼈다.

점점 그 답답함이 윙윙 귓전을 어지럽히는 혼란으로 변하더니 마침내는 덜컹 가슴이 내려앉는 불안으로 바뀌었다.

「아닐 거야.」

불쑥 정수의 입에서 혼잣말이 튀어나왔다. 그는 자신이 느끼고 있던 어떤 불안이 괜한 착각이리라 스스로 부정하고 있었다. 그것을 확인하려는 듯 그의 고개가 강하게 도리질쳐졌다.

「남박, 같이 가.」

평소대로 남 박사의 줄임말인 '남박'이란 호칭을 부르며 바삐 쫓아갔지만 남 박사는 계속 앞만 본 채 발걸음을 옮기고 있었다. 여전히 화난 듯한 그의 표정에 정수는 슬그머니 실소를 흘렸다. 그리 심각하지는 않으리라, 피로와 잦은 음주로 위나 간이 조금

상한 정도일 것이리라 여겼다.

　자신이 의사라 해도 그랬을 것 같았다. 아끼는 친구가 소홀함으로 병을 만들어간다면 당연히 화가 날 것이다. 정수는 남 박사가 미운 기분에, 혹은 이걸로 술은 정말 마지막이라는 뜻으로, 한잔쯤 나누려는 것이라 생각했다.

　사실 그는 그렇게 술을 잘 감당해 내는 편이 못되었다. 항상 남들보다 먼저 취했고 가끔은 실수도 하는 편이었다. 만만한 친구들이나 마음 편한 상대와의 술자리에서는 술상을 뒤엎은 적도 여러 번 있었고, 어렵고 편치 못한 술자리의 뒤끝은 집에 가 아내를 상대로 푼 적도 많았었다.

　그래도 그는 술을 즐겼다. 그렇다고 그가 알코올 중독에 걸린 것은 아니었다. 다만 그것이 그의 텅 빈 기분을 달래는 유일한 수단이었던 것이다.

　병원을 나와서도 한참을 걷자 저쯤 앞에 시민공원이 보였다. 남 박사는 쫓기는 사람처럼 빠른 걸음을 하고 있었다. 그 동안도 그런저런 술집들이 많았지만 그는 한눈 한번 팔지 않은 채 약속장소를 찾아가는 사람처럼 움직였다.

　문득 걸음을 멈춘 남 박사가 가쁜 숨을 뱉어내고는 길 옆 포장마차로 들어갔다. 정수는 단거리 경보(競步)라도 한 것 같은 기분이었다.

「뭐야? 젊은 과부라도 발견한 거야?」

　이번에도 객쩍은 소리를 내뱉으며 비닐포장 틈새로 고개를 들이밀던 정수는 다시 한번 머쓱함을 맛봐야 했다. 정면으로 맞부닥친 포장마차의 주인은 뜻밖에도 험상궂은 얼굴의 오십대 사내였다.

「소주하고 안주 주세요.」

한참 만에 듣는 남 박사의 목소리였다.

「안주는 뭐로 하실 거유?」

「아무거나 주세요.」

「아무거나 뭐유?」

「아, 예. 저거하고 이거 주세요.」

그들의 퉁명스러운 대화가 싸움 직전의 거친 호흡 같아 정수가 얼른 나섰던 것이다. 그러나 정수도 무엇을 시켰는지 알지 못했다. 유리문 아래로 가지런히 놓여 있는 뻘겋고 허연 빛깔들을 향해 무작정 손짓을 했던 것이다. 그래도 주인은 무엇으로 알아들었는지 유리문을 열어제쳐 놓고 뻘건 색깔의 안주거리들을 주섬주섬 집어내고 있었다.

확실히 남 박사는 어떤 목적지를 향해 온 것은 아니었다. 그냥 무작정 달린 것이었다. 답답한 가슴을 털어내기 위해 아무런 생각 없이 달렸던 젊은 시절처럼 그렇게 달린 것이었다. 뒤를 쫓는 정수를 생각해 속도를 늦추었을 뿐 그것이 뜀박질이었음은 분명했다. 무엇에 그토록 화가 나고 답답했을까. 정수도 이제는 멋쩍은 표정을 거두었다.

소주병이 앞에 놓이자 남 박사는 퍼붓듯 소주잔을 비워내기 시작했다. 미처 따라주고 건네받을 틈도 없이 입에 털어넣었다. 정수는 멍하니 그의 하는 양을 지켜보고만 있었다.

어느 틈에 소주 한 병이 다 비워졌다.

「한병 더 주세요.」

안주를 굽다 힐끔 돌아본 주인이 어이없는 눈빛으로 다시 소주 병을 가져왔다.

「왜 그래?」

정수의 걱정스런 표정에도 남 박사는 아무런 대꾸 없이 다시 소주잔을 기울이고 있었다. 거의 매일 조금씩이라도 즐기는 형인 자신과는 달리 가끔 한번씩 끝장을 내고 마는 폭주형의 남 박사였지만 이건 그런 차원이 아니었다. 정말 끝장을 내고 말자는 발악 같아보였다.

정수는 슬그머니 그의 신상이 염려스러웠다.

「왜? 병원에 무슨 일이라도 있어?」

정수가 스스로 채운 술잔을 들며 물었다.

「너나 잘해!」

벌써 불그스레한 얼굴로 남 박사가 버럭 고함을 내질렀다. 순간, 정수의 술잔 든 손이 허공에서 멈춰졌다.

'그래, 이 친구가 「자네 집사람은?」 하고 물었었어.'

정수는 비로소 정신이 번쩍 들었다. 남 박사는 누구보다 그들 부부 사이를 잘 알고 있었다.

그들 두 사람은 항상 상대의 아내를 제수씨라 부르며 서로가 형이기를 고집했다. 또 술에 취할 때면, 그것도 대부분 술자리의 끝마무리를 위한 취중 막차로 집을 방문할 때면 으레 그런 식으로 불렀다. 그런데 오늘 그가 사용한 호칭은 '제수씨'가 아닌 '자네 집사람'이었다. 정수는 그것을 소홀히 들어넘겼던 것이다.

훌쩍 술잔을 비운 정수가 다시 자신의 잔에 술을 채워 들었다. 그러나 소주는 왠지 전과 달리 그렇게 쓰지 않았다.

「결과가 그렇게 나빠?」

「……」

「죽는 병이야?」

이번에는 정수의 목소리가 탁하게 갈라졌다.

「……」

「뭐야?」

대답 대신 남 박사는 긴 한숨을 내뿜으며 담배를 꺼내 물었다.

「뭐냐니까?」

정수는 높아지고 짜증스러운 자신의 음성에 스스로 움찔 놀랐
다.

「……」

여전히 대꾸 없는 남 박사를 향해 이번에는 정수의 목소리가 부
드럽게 가라앉았다.

「괜찮아, 뭐든 상관없어.」

남 박사에게는 그 어조가 처연한 애원으로 들렸다.

한참 만에 긴 한숨을 토해낸 그가 마침내 입술을 뗐다.

「씨에이.」

「씨에이? ……그게 뭐야?」

「캔……서. 미안해……」

「뭐?」

「……」

「캔서?」

남 박사가 말없이 고개를 끄덕였다.

「캔서라니? 무슨……?」

캔서의 사전적 의미를 모르는 것이 아니었다. 도저히 납득되지 않는 말이었기에 다른 의미의 캔서이기를 바라고 하는 물음이었다.

그러나 그는 냉정했다. 훌쩍 술잔을 털어넣은 남 박사는 똑똑한 중학생이 영어 단어의 스펠링을 외우듯 또박또박 그 단어를 외우기 시작했다. 두 눈을 꼭 감은 채로.

「캔서. C, A, N, C, E, R.」

정수가 알고 있는 그 단어의 사전적 의미는 분명 암(癌)이었다. 아무리 기억해 내려 해도 그 외의 다른 의미는 떠오르지 않았다.

「젠장.」

정수는 한참 동안의 멍한 진동이 끝난 뒤 술잔을 입 안으로 부었지만 아무런 감촉도 느끼지 못했다. 정신을 차려 내려뜨린 그의 시야에 가늘게 떨리는 술잔과 탁자 위를 적시고 있는 술자국이 들어왔다.

「어느 정도야?」

정수의 질문은 분명 희망을 말하고 있었다.

「……」

「절제수술, ……많이들 한다면서?」

정수는 위암으로 결론내려 놓고 있었다. 그렇지 않으면 위에 통증이 있을 리 없다는 생각에서였다. 더구나 이겨내지도 못하는 술에, 쌓이는 스트레스, 어릴 적부터 불규칙했던 식사, 쓰린 속, 흡연 등등……. 근래에 주위에서도 여러 번 보았고 많이 듣고 있던 그런 병이리라 생각했다.

「……」

남 박사는 여전히 아무런 대답이 없었다.

「그것도 힘들어?」

「……」

「쳇, 그럼 밥통 몽땅 드러내고 링거로만 버텨야겠구먼.」

억지스러운 그의 여유가 더욱 애처로웠다.

「그렇게는 얼마나 사는 거야? 한…… 50년? 후후후…….」

공허한 웃음을 내뱉는 그의 얼굴이 너무도 차분했다. 아무런 흔들림도 불안도 보이지 않았다. 그러나 남 박사에게는 그것이 더욱 가슴을 찢는 고문이었다.

「위에는 전이(轉移)된 거야.」

그도 더는 버티지 못하고 다시 입을 열었다.

「……」

이번에는 정수가 말을 그쳤다.

「췌장암이야.」

정수는 그런 것도 있었냐는 표정이었다.

「간, 위만큼이나 중요해. 그게 잘못되면 간도 기능을 못하고 췌액(膵液)이 분비되지 않아 위도 소화기능을 못해. 벌써 위는 물론이고, 십이지장과 간에까지도 암세포가 전이된 상태야…….」

「별개 다 붙어서 속을 썩이는구먼.」

그의 말을 자르고 한동안 소주병을 내려다보던 정수가 다시 말을 이었다.

「소주는 마셔도 되는 거야?」

남 박사는 정수의 빈 잔에 술을 채우는 것으로 대답을 대신했다.

「그나마 다행이군…….」

18

정수도 그것이 무슨 의미인지 모르지 않았다. 알코올로 씻어서 될 일은 아니었으니 치료제는 분명 아니었고, 결국 죽음의 선고였다. 어느 틈에 그토록 진행된 것인지 믿어지지 않았다. 그런데도 이상한 것은 아무런 두려움이나 애착이 생기지 않는다는 것이었다. 미친 듯이 날뛰고 소리치며 살려달라 애원하고 펑펑 눈물을 쏟으며 통곡을 터뜨려야 되는 일 같은데도 그러고 싶은 생각은 도무지 없었다. 오히려 히죽히죽 웃음이 나올 것만 같았다.

정수는 이럴 때 어떻게 해야 되는 것인지를 생각하고 있었다. 분위기를 잡으며 술잔을 비워야 하는 것인지, 아니면 미친 듯이 퍼마시며 술상을 뒤엎고 난동을 부려야 폼이 나는 것인지 도무지 생각이 떠오르지 않았다. 어서 집으로 돌아가 그런 때를 그려놓은 비디오 테이프라도 빌려볼까 하는 엉뚱한 생각까지 들었다.

도무지 생각을 종잡을 수 없었다. 이번에는 갑자기 허기가 밀려왔다. 지금 당장 포식을 하지 않으면 위가 텅 비어 온몸의 장기가 모두 그 속으로 쏠려들어갈 것 같은 허기였다.

포장마차 주인이 만들어놓은 안주는 허옇게 데쳐서 돌돌 만 물오징어 한 접시와 벌겋게 고추장으로 버무려 군데군데 시커멓게 탄 흔적이 묻어 있는 돼지고기 한 접시였다. 정수는 지금껏 손도 대지 않았던 오징어 한 접시를 단 세 젓가락으로 순식간에 비워냈다. 그리고는 어묵 국물로 매운 입 속을 달래가며 돼지고기 안주 접시를 허겁지겁 비워갔다.

「우동도 한 그릇 말아주세요.」

여전히 안주접시에 고개를 묻은 채로 정수가 말했다.

왈칵 눈물이 쏟아졌다. 정수는 목이 메어 손에 든 우동그릇에다

막 입 안으로 밀어넣던 우동 옳과 눈물을 한꺼번에 쏟아 담았다.

「미안하다. 췌두부(膵頭部)만 돼도 어떻게 해보겠는데, 췌관(膵管)과 췌미부(膵尾部)에 걸쳐 있어. 그것도 아주 심해. 진작에, 조금 이상할 때 말하지. 그랬으면……. 지금은 이미 너무 늦어서 어떻게 손을 댈 수가 없어. 현대의학으로는 도저히…….」

모두 귓전을 스쳐갈 뿐이었다. 그 모든 말들이 지금의 그에게 무슨 소용이랴. 사실 남 박사가 정수에게 미안할 까닭은 없었다. 그런데도 그는 지금 절실한 표정으로 미안해 하고 있었다. 변명하고 있었다. 정수는 불현듯 그 모습이 우습게 느껴졌다. 한편으로는 자신을 조롱하는 것도 같았다.

「그럼, 공무원 정기 신체검사는 뭐야?」

치미는 화를 억누르느라 바쁘게 생각해 낸 말이었다.

「원래 췌장이란 게, 위 후방 복막 뒤에 있어. 그래서 정밀검사가 아니면 조기에 발견되기가 어려워…….」

「돌팔이 새끼들…….」

정수의 입에서 누구를 향해서인지도 모를 비난이 터져나왔다.

「그래, 정말 미안해.」

그리고는 다시 침묵이었다. 이제 두 사람은 서로의 잔을 채워주며 빈 소주병의 숫자를 늘리는 데에만 열중했다. 마치 그것만이 지금에 할 수 있는 유일한 일거리인 것처럼.

누군가 뭐라고든 먼저 말을 꺼내야 했다. 그러나 두 사람은 서로를 외면한 채 상대의 눈치만을 살피고 있었다. 무슨 말을 해야 할까. 아무리 골똘히 생각해도 도무지 떠오르는 어구가 없었다. 그래도 정수는 그 순간이 차라리 편안했다. 무엇인가에 골몰할 수 있다는 것이 기적처럼 느껴졌고 마음 편했다.

「저…….」

「저…….」

한꺼번에 새어나온 상대편의 목소리에 서로 움찔 놀랐다.

「먼저 해.」

정수가 먼저 말했다.

「아니야, 네가…….」

「먼저 해.」

짧고 단호했다.

「그래…… 저…….」

남 박사는 곤혹스러운 표정으로 몹시 망설였다. 그래도 정수는 묵묵히 그의 말을 기다리고 있었다.

「저…… 네 집사람은…… 내가 만나지.」

「미친놈.」

아마 남 박사가 도중에서 말을 쉬지 않았다면 정수도 그렇게 빨리 대꾸하지는 못했을 것이다. 그의 말이 끊어진 동안 정수는 생각을 가다듬을 수 있었다.

「만나서 뭘? 어떡하게? 나도 아직 뭔지 모르겠는데, 그 사람보고 뭘 어떡하라고?」

「그래도 네가 너무 힘들어.」

「뭐가 힘들어? 그래, 그 사람이 알면 살 수 있어? 다시 살아나는 거냐고?」

「…….」

정수로서는 그래도 일말의 가망은 없는 것인지 다시 또 기대보고 싶었던 것이다. 그런데 남 박사는 아무런 대꾸가 없었다. 결국, 결국, 다시 한번 덜컹 가슴이 무너져내렸다. 입술 끝이 바싹바싹 타고 목구멍이 거칠게 갈라졌다.

훅 털어넣은 소주가 그 갈라진 골을 적셔주는 느낌이었다.

「남박, 소주는 마셔도 되는 거야?」

정수의 표정이 처연했다. 그러나 그것은 비굴하지 않게, 그래도 다시 한번 기대하고픈 다른 표현이었다.

「좋을 건 없어, 단축할 뿐이야.」

「얼마나? ……닷새? 아니면 열흘……?」

「…….」

「젠장, 그럼 혼자 마셔야겠군.」

「그래, 언제든 같이 마시자.」

정수는 그의 대답이 오히려 미웠다. 해주지 않아도 될, 듣고 싶지 않은 대답이었다. 친구였지만 그가 더없이 잔인해 보였다.

아무런 희망도 없는 것이 분명했다. 남 박사의 고통의 깊이만큼 그것은 확실한 결론이었다. 온통 머릿속이 엉망이 되어버린 듯했다. 죽음에 대한 미움, 분노, 거부의 욕망, 삶에 대한 체념, 아쉬움, 남은 시간에 대한 초조, 인생에 대한 허탈, 허무…….

그런데 묘한 것은 죽음에 대한 두려움이나 삶에 대한 미련의 감정은 없다는 것이었다. 아직 혼돈의 상태여서 그 감정들이 제정신을 차리지 못한 것인지는 모르지만, 아무튼 끝까지 그 감정들만큼은 떠오르지 않았으면 하는 바람이 점점 간절해졌다. 그렇게 되면 추해질 것 같아서였다. 이렇게 된 처지에 추해지기까지 해서는 안된다는 생각만이 강하게 피어올랐다.

「좀 정리가 되면 내게 말해. 자네 집사람에게는 내가 말하지.」

정수로서는 아내에게 이 사실을 말하는 것이 어떤 의미인지 알수 없었다. 무엇 때문에 남 박사가 이토록 아내를 찾는지. 의사로서의 단순한 의무 이행을 위해, 그래서 어서 짐을 덜어버리려 함인지. 아니면 꼭 알려서 함께 고통스러워하고 함께 죽음의 의미를 나눠야 한다는 것인지. 그렇다면 그 까닭과 가치는 무엇인지…….

아무런 소용이 없을 것 같았다. 무슨 의미가 있고 그런들 무슨가치가 있겠는가 싶었다.

「꼭 말할 필요가 있을까?」

정수의 무덤덤한 태도에 대해 남 박사도 그리 의외적인 반응을보이진 않았다.

「그래도…… 자네 집사람도 뭔가 정리를 해야 되지 않겠나?」

「정리? ……그렇군. 나도 정리를 해야겠군. 그래, 그게 남아 있었어.」

「…….」

「그런데 뭘 정리해야 하는 거야?」

「글쎄…….」

「하긴…… 자네는 췌장암 환자가 아니니까 나보다 더 모르겠군.」

정수의 입가로 자조적인 쓴웃음이 배어나왔다.

남 박사는 벌써부터 아무런 변화 없는 표정을 그대로 유지하고있었다. 정수에게는 그것이 좋아보였다. 자신도 그러고 싶은데 그렇게 되지 않는 자신의 모습이 서글프게 느껴졌다. 의사고시보다는 행정고시가 더 어렵다고 우겨댔던 자신의 지난 시절 농담까지 갑자기 그를 비참한 기분으로 몰아갔다. 뭔가 말을 해야 될 것 같았다. 그러지 않으면 정말 비참해질 것만 같아서였다.

「췌장암이 뭐냐? 촌놈 끝까지 촌스러워지겠군……. 뭐 그것말고 고상하게 들리는 이름 없어? 이왕이면 병명이라도 좀 멋있는게 좋잖아.」

「……」

「젠장, 무식한 돌팔이들. 이름도 그따위로 무식하게 지어가지고…….」

「……」

「집사람에게 또 욕깨나 들어먹겠군.」

「……?」

「왜 그런 게 걸리는 거야? ……술? 담배?」

남 박사는 가만히 고개를 저었다.

「그럼, 과로? 스트레스? 아니면, 뭐 손발 안 닦고 자서? ……그럼 도대체 뭐야!」

스스로 묻고 대답하던 정수가 마침내 발악처럼 고함을 쳤다.

포장마차 안에 있던 손님들이 모두 그들을 향해 고개를 돌렸다. 남 박사는 여전히 무표정이었다. 다른 손님 모두의 앞에 놓인 소주병보다 더 많이 쌓아놓고 있는 그들을 향해 반대편 구석자리의 누군가가 뭐라고 말을 꺼내려 했다. 그러나 그는 험상궂은 포장마차 주인의 눈짓을 받고서 그대로 입을 다물었다. 주인은 아까부터 이들의 대화를 엿들어 자세한 것은 몰라도 대충 죽음의 선고임은 알고 있었다. 쏟아지려는 눈물을 억지로 참고 있는지 사내의 눈자락이 벌겋게 충혈되어 있었다.

정수의 호흡이 다시 잦아들었다. 남 박사는 기다렸다는 듯 입술을 뗐다.

「자세한 이유는 아직 몰라. 우리나라에서는 그렇게 흔치도 않고.」

「다행이군. 우리 집사람에게 절대 술, 담배, 손발 안 닦은 것, 그런 것 때문이라고는 하지 마라. 후후후…… 아니야 그래, 그렇다고 해. 그래야 날 더 미워하지. 술, 담배 그렇게 말려도 안 듣더니, 게을러 터져서 손발도 제대로 안 닦더니, 결국……. 그래도 잘됐다고는 않겠지?」

「……」

「그런데 난 왜 그렇게 술이 약했냐? 그래도 오늘은 너무 멀쩡하지? 오늘 이게 몇 병이냐? 한병, 두병, 세병, 네병……」

「……」

「그런데 너 왜 제수씨라고 안하냐? 자네 집사람이 뭐야? 차라리 형수씨라고 그래. 그래, 이제는 형수씨라고 할 거지?」

「……」

「후후후…… 드디어 내가 이겼다. 후후후ㅎㅎㅎ……」

기어코 그의 웃음소리가 흐느낌으로 변했다. 정수는 소주잔을 든 채 고개를 떨구고 어깨를 떨기 시작했다.

물끄러미 정수를 바라보는 남 박사의 시야에도 뿌연 안개가 피어올랐다. 정수가 하지 않았다면 그 자신이 그렇게 아무렇게나 쉬지 않고 떠들었을 것이다. 그런데 이제는 자신이 그렇게 떠들 수도 없었다. 떨리는 그의 어깨를 가만히 바라보고만 있을 뿐, 남 박사는 아무것도 할 수가 없었다. 등을 돌리고 선 포장마차 주인은 휴지를 말아 코를 풀어내고 있었다.

흐느낌이 잦아들고도 한참이 더 흘렀다. 가만히 소주잔을 매만지던 정수가 두어 잔을 더 입 안으로 털어부었다. 그리고 다시 술잔을 든 정수가 고개를 들었다. 충혈된 눈동자와 달리 그의 표정은 다시 가라앉아 있었다.

「얼마나 남은 거야?」

「……」

「괜찮아, 정리를 해야지.」

「……」

「남은 기간이 얼마야?」

「5개월쯤……」

「젠장, 더럽게 많이도 남았군……」

고개를 떨군 남 박사는 마치 자신의 죄인 양 숨소리조차 감추고 있었다.

「이제부터는 어떻게 되는 거야?」

「……」

「이 친구야, 이대로 멀쩡하게 있다가 5개월 후에 콱하고 죽는 건 아닐 거 아니야? 병의 진행이 어떻게 되고 뭐, 그런 거 있잖아.」

이번에는 피식 웃음까지 흘리며 말했다.

「그래, 내일 내가 진통제와 몇 가지 약을 줄게. 그리고 한 두어 달쯤은 통증이 있을 때만 약을 먹으면 견딜 수 있을 거야.」

「그 다음에는?」

정수는 여전히 담담한 표정이었다.

「석 달째쯤부터 황달 증세가 나타날 거야. 그러면 입원해.」

「황달?」

「응, 얼굴이 누렇게 변해서 점점 시커멓게 돼가고 통증도 심해질 거야.」

「그리고는?」

「한 달쯤이 지나면 그때부터는 복수도 차오르고…….」

남 박사도 더이상은 말을 잇지 못했다.

「그렇게 두 달이야?」

대답 대신 남 박사의 고개가 끄덕여졌다.

「누렇게 황달 증세가 나타나면 보기 흉해?」

「흉한 게 문제가 아니라 통증 때문에 견디기 힘들어질 거야.」

「아주 많이?」

「…….」

「그럼, 입원하면 뭘해?」

「신장기능이 악화돼서 소화가 불가능해지니까 음식물이 소용없지. 그래서 영양제와 진통제를 투여하고…….」

「그러면 오래 살아?」

「…….」

대답이 있을 리 없었다.

「돌팔이들, 그런데 뭐하게 입원을 시켜?」

정수의 말투는 꼭 남의 이야기를 하는 것 같았다.

「결국 인간으로서는 두 달 남은 거군.」

「그렇게 함부로 말하지 마!」

다시 이어진 정수의 말에 이번에는 남 박사가 고함을 질렀다.

「뭘?」

「고통스러워도 인간의 생명이야! 왜 그렇게 함부로 말해!」

「나도 그 정도는 알아. 그러나 이건 내 생명이야. 내가 내 생명에 대해서도 함부로 말 못해? 내 거야! 내 거라구! 알아? 넌 의사로서지만 난 주인으로서야!」

「……」

처연한 정수의 고함이 발악처럼 들렸다. 남 박사는 아무런 말도 하지 못했다. 그 아픈 자학을 누가 비난할 수 있겠는가.

「미안해.」

애처로운 포장마차 주인의 눈길에 정수도 슬그머니 언성을 낮추었다.

이제는 술도 싫었다. 취해서가 아니라 술잔을 드는 것조차 귀찮아서였다. 다른 손님들이 모두 일어선 뒤에야 멍하니 허공을 향했던 두 사람의 시선이 마주쳤다.

정수가 먼저 입을 열었다.

「다른 병원에 안 가봐도 돼?」

말을 끝낸 그가 슬며시 멋쩍은 웃음을 지었다.

「가봐, 나도 돌팔이가 되어서인지 의사 그만 하고 싶다.」

남 박사도 쓴웃음을 머금었다.

「검사는 다 해본 거야?」

「그래, 나로서는……. 마지막으로 했던 게 초음파 내시경검사야. 차라리 그거나 해보지 말걸…….」

「대학병원에서도 더 해볼 게 없을까?」

정수는 점점 간절해지고 있었다.

「……」

「응? 그래도, 만에 하나라도……. 다른 검사방법이든 뭐든 생각해 봐.」

「열어보는 방법이 있지만 마찬가지야. 이미 내시경으로 확인됐어.」

잔인하다 해도 어쩔 수 없는 일이었다. 이미 의사이기 이전에 친구로서 숨기기보다 알려주는 쪽을 택한 터였다. 어차피 뻔한 결과에 괜한 미련을 두게 하여 그를 더 지치게 만들 수는 없는 일이었다. 그것이 잔인함이라 비난받는다면 오히려 마음 편할 것도 같았다.

「열다니?」

정수 또한 그 표현의 의미를 모르는 바 아니었다. 그러나 그대로 받아들이기는 정말 싫었다. 뭔가 거부의 몸짓이라도 꿈적여보고 싶었던 것이다.

「개복(開腹)……. 그래도 소용없어.」

남 박사는 소름이 끼치도록 담담했다.

「개복? ……열어?」

고함을 치며 자리를 박찬 정수가 남 박사의 멱살을 움켜쥐었다.

「이 새끼야! 내 배가 문이냐? 네 눈에는 내 배가 문짝으로 보여! 열어? 그래 열어라, 열어!」

남 박사는 미친 듯이 흔들어대는 정수의 울분을 고스란히 받아안고 있었다. 그렇게 소리라도 치고 생트집이라도 잡아서 그 억울함을 달랠 수 있다면…….

의자가 넘어지고 포장마차의 천막이 찢어졌다. 여기저기 놓여 있던 빈 병과 술잔, 우동그릇, 냄비, 수저통…… 모두가 비틀거리며 쓰러졌다. 그래도 포장마차의 사내는 팔짱만 낀 채 아무런 말이 없었다. 그는 죽음과는 무관한 듯 보였는데도 그 또한 절절한 아픔을 동감하는 듯했다.

결국 소동도 오래가지는 못했다. 누구 하나 말리는 이도, 반항하는 이도 없었으니 그 몸짓은 허무만 더할 뿐이었다.

영신은 오늘도 다름없이 거실 소파에서 정수의 귀가를 기다리고 있었다. 평소와는 달리 자신의 열쇠로 현관문을 열고 들어서는 그를 영신은 소파 앞에 서서 물끄러미 지켜봤다. 그녀는 피식 쓴웃음을 지으며 주방을 향해 몸을 돌렸다. 글을 읽을 때 외에는 별로 사용하지 않는 돋보기 안경 속으로 남편의 눈이 우스꽝스럽게 느껴졌다. 술에 취한 듯 그의 뻘건 두 눈이 돋보기 속에서 부어 있었던 것이다. 그녀는 그것을 렌즈의 굴절쯤으로 생각했다.

「저녁은요?」

「응, 했어.」

「또 회식이었어요?」

「아니, 남박이랑……」

「물 드려요?」

「됐어.」

「그럼, 주무세요.」

평소와 다름없는 대화였다. 술과 관련되어 추가 반복되는 각자의 말 한마디까지.

「아이들은?」

물잔을 든 채 안방으로 향하던 아내가 힐끔 그를 돌아봤다. 그녀에게는 그 질문이 낯설었던 모양이다.

「웬일이세요, 아이들을 다 찾고?」

정수는 물끄러미 아내를 바라봤다.

딸 지원이 대학에 들어가고 아들 희원이 고등학교에 들어간 다음부터 자신은 늘상 이 집안의 외톨박이라고 생각했는데 아내의 반문은 오히려 그의 무관심을 탓하는 듯 들렸다.

「지원이는 자고 희원이는 아직 안 들어왔어요.」

아내는 대답과 함께 등을 돌렸다. 정수도 그 아내와 어깨를 스치며 안방과 마주한 자신의 방으로 들어섰다. 이내 아내의 안방문이 닫히는 소리가 들려왔다.

정수는 허물어지듯 방바닥 위에 몸을 눕혔다. 아무런 생각도 떠오르지 않았다. 피곤이 몰려와 이대로 잠에 빠져들고 싶었다. 그런데 머릿속은 점점 맑아지고 가슴은 자꾸만 쿵쿵거렸다. 아무런 생각도 없이 맑기만 한 머릿속의 커다란 동공이 점점 두려워지기 시작했다. 아내가 그리웠다. 이럴 때 아내라도 옆에 있다면 조금은 나을 것도 같은데…….

정수가 아내 영신을 만난 것은 행정고시에 합격한 스물여덟 살 때였다. 지금 생각해 보면 그 행정고시라는 것도 고시라는 이름으로 포장된 허명에 불과했다. 결국은 남들보다 몇 관문쯤 더 앞서 나간다는 의미였지, 그것이 특별한 인생의 약속이거나 세상살이의 새로운 구분이 되는 것은 아니었다. 그런데도 그때는 마치 인생의 모든 승부가 끝난 것 같은 막연한 성취감에 젖어 있었다. '이름없는 지방대학 늦깎이 1년생의 인간승리적 합격'이라는 매스컴의 일과성 조명에 취해 잠시 뜬구름 위를 걷기도 했었다. 그러나 오래지 않아 그 조명은 인생의 항로를 오래도록 밝혀주는 등불이 아니라 오히려 화살의 드러난 표적이 될 뿐이라는 사실을 깨우칠 수 있었다.

어떤 경주에서건 동일한 라인에서 함께 출발한 이상 동료나 친구란 있을 수 없었다. 최소한 사적(私的)인 처지에서만이라도 부르짖는 '우리는 한편'이라는 의식도 말짱 거짓이었다. 공과 사의 완전한 구분이 어디에 있겠는가. 결국은 모든 것이 얽히듯 그들은 제각각이 경쟁자일 뿐이었다. 고지를 가까이에 두고 출발한 앞선 자들일수록 그 경쟁은 더욱 치열했다. 그런 이들이 얽히는 울타리란 뻔한 것이었다. 동문, 동향, 혈연, 그리고 의도적으로 이어지는 인맥들.

매스컴의 조명으로 모든 것이 드러난 정수는 결국 어느 울타리에도 얽혀들지 못했다. 늦깎이 대학생이 돼야 했던 가난은 더 볼 것 없는 집안을 드러냈고, 이름없는 지방대학은 덕볼 것 없는 학연의 표시였다. 그렇다고 정수 자신이 야심에 날뛰고 그것을 위해 연(緣)을 찾아 쫓아다닐 성격도 못되었다. 그는 이내 외로움에 젖어들었지만, 그런 것들에 노하거나 불만을 갖지는 않았다. 모든 것은 순리에 따르는 것이 옳다는 생각이었다.

그때 아내 영신을 만났다. 정수는 무척 행복했다. 넉넉하지는 않았지만 부족하지 않은 교육자 집안의 딸로 자란 아내 영신, 그녀는 누구보다 맑고 아름다웠다. 일면 나약해 보이는 왜소한 체구의 정수와 달리 그녀는 건강했고 성격 또한 밝았다. 정수는 그녀가 받고 자란 가정과 사회의 교육이 가장 이상적이고 정상적이라 생각했다. 그런만큼 그녀는 여러 면에서 정수를 놀라고 기쁘게 했다.

그녀의 클래식에 대한 해박한 지식과 애정은 대중음악으로도 이어졌고, 철학적 사색은 문학적 감성으로 연결되곤 했다. 음악회, 무용발표회, 전람회, 콘서트, 극장…… 어느 곳에서든 그녀는 잘 어울렸고 돋보였다. 그런 사소한 하나하나가 정수에게는 모두 신기했고, 그녀와 함께하는 그 순간들은 더없이 행복했다.

대학까지 포기하게 만들었던 찌든 가난. 그 시절의 대부분이 그랬지만 그래도 정수는 서러웠다. 대부분이 그런 거지 나만 유독 그런 것은 아니라는 생각도 해봤지만 그래도 자꾸만 그렇지 않은 쪽이 더 눈에 들어왔다. 그에 대한 반항이 고시로 이어졌다. 수직적 신분상승의 환상이 그를 독하게 만들었고 마침내는 스물여덟의 나이에 대학 입학과 고시 패스를 한꺼번에 이루게 했다. 그리고 생애 처음 만난 그 고운 여인을 아내로 맞았다.

정겨운 아내의 웃음, 그녀가 치는 피아노소리, 고운 색깔의 이부자리, 예쁜 꽃무늬 커튼이 쳐진 유리창, 누군가가 아침이면 깨워준다는 사실, 언제든 옆에서 팔짱을 껴줄 사람이 있다는 것, 그리고 남들보다 조금 더 큰 사무실 책상, 또 등이 높은 의자, 창가 쪽의 자리, 출근 때면 자신에게는 특별히 더 고개를 숙이는 수위의 깍듯한 인사……. 스스로 유치해 낯을 붉힐 때도 있었지만 그런 작은 것들에 그는 행복해 했다.

그러나 어느 때부터인가 조금씩 조금씩 변화가 일기 시작했다. 그것은 일상적인 권태기가 아니었다. 아내는 동기들에 뒤처지는 남편의 승진과 한직(閑職)을 맴도는 그에게 실망스런 눈빛을 보내기 시작했다. 그리고 피로에 지치고 술에 취한 그와의 잠자리를 피했다. 어느 날 아침 술에서 깨어 눈을 떴을 때, 자신의 옆에 따로이 자리를 펴고 자는 아내의 모습에 그는 몹시 충격을 받았다. 그러나 아내는 손발도 닦지 않은 채 술에 취해 풍기는 단감 냄새를 같이 맡아야 할 이유가 없다는 것이었다. 그날부터 그가 술에 취한 날이면 언제나 그와 아내는 이부자리를 달리했다.

아이들도 점점 엄마와 가까워지더니 세월이 흐를수록 그를 멀리했다. 언제나 이른 출근, 늦은 귀가, 그리고 무표정한 얼굴……. 그러나 아내는 언제나 아이들을 만족시켰다. 큰애인 딸이 중학교에 입학하자 아내는 그 딸과 같이 영어와 수학을 공부하며 가정교사 노릇을 했고, 아이들의 학교가 멀어지자 운전을 배우고 차를 장만했다. 인생에 대한 상담도, 저들의 고민도, 친구와 이성의 문제도 아이들은 모두 엄마와 상의했다. 오히려 정수가 일찍 귀가한 날은 아이들이 눈치를 살피며 저들만의 세상을 찾아 제 방으로 숨기 일쑤였다. 그러면 아내는 다시 그런 아이들을 찾아 그의 곁을 떠났다.

그런저런 이유들로, 칠팔 년 전 방이 네 개인 이 아파트로 옮기면서부터는 아예 아내와 방을 따로 썼다. 그렇다고 통상적 의미의 별거를 한 것은 아니었다. 서로의—사실은 '아내의' 요구이지만—편의를 위해서 방만 따로 쓰는 것이고 상대가 그리울 때는 언제든 찾을 수 있다는 전제하에서였다. 그래도 처음 정수에게는 그것이 몹시 어색했다. 그러나 점점 시간이 흐르면서 정수 자신도 자신만의 공간에 익숙해졌고, 그러면서 안방을 찾는 횟수도 점차 줄어들었다. 물론 그 동안에 아내가 그의 방을 찾은 적은 한번도 없었다. 그러고 보니 벌써 안방을 찾지 않은 것이 족히 6개월은 지난 듯했다.

그의 방문을 열면 왼편 벽으로는 하나 가득 책이 꽂힌 책장이 있었다. 아내에게는 그 책장 속에 꽂힌 대중소설들도 못마땅했다. 오히려 한직이라고 생각해 그녀가 마음에 들어하지 않는 그의 보직과 관련된, 역사학·유물학·고고학 따위의 전문서적에는 타박을 하지 않았다. 정수는 그것을 단편적인 재미에 치중한 통속적 대중소설을 즐기는 자신의 취향을 아내가 천박스럽게 여기기 때문이라 생각하고 있었다.

그 책장과 잇닿은 벽에는 붙박이 벽장이 있었는데, 아내는 철마다 안방 옷장 속에 있는 그의 옷들을 가져다 바꿔 걸어주곤 했다. 그 벽장과 이어진 면은, 그러니까 출입문과 마주한 벽은 윗부분이 창문이었다. 그 창문 바깥은 주방과 연결된 다용도 베란다가 있었고, 그곳에는 언제나 속옷 나부랭이들이 널린 회전식 빨래걸이가 매달려 있었다. 그리고 남은 한쪽, 붙박이 벽장 맞은편에는 그가 쓰는 책상이 놓여 있었다.

멍하니 누운 채 사방을 둘러보던 그가 벌떡 일어나 창문 쪽 벽에 등을 기대고 앉았다. 도저히 잠이 들 것 같지가 않았다. 그렇다면 무슨 짓이든 해야 했다. 그래야만 죽음이란 단어에 발목잡히지 않을 것 같아서였다.

정수는 마주보이는 책장을 향해 엉거주춤 앉은 채로 다가갔다. 이것저것 닥치는 대로 책을 빼어들었다. 그러나 책장을 펴지는 않았다. 책이라는 느낌은 있었지만 표지의 글자마저 눈에 들어오지 않아서였다. 빼었다가는 꽂고, 또 빼었다가 꽂고……. 한참이 지난 후에는 그 동작마저 멈췄다.

다시 멍하니 시선을 돌리던 그의 눈빛이 반짝였다. 책장 위쪽에 놓인 오래된 앨범이 눈에 띄었던 것이다. 슬그머니 일어나 앨범을 내리려던 그는 다시 그 위에 놓인 몇 장의 낡은 레코드를 발견했다. 그것은 정말 오랫동안 잊고 있었던 아련한 추억이었다.

뽀얗게 먼지 쌓인 레코드는 모두 8장이었다. 고등학교를 졸업하고 성적과 상관없이 대학을 포기한 채 싸구려 직장에 몸담았던 암울한 그 시절의 흔적. 그 울분을 삭이며 소형 휴대용 전축 위에 올려놓고 들었던 값싼 해적판. 어떻게 이것들이 지금까지 보관되어 있었는지 신기했다. 소중한 한 시절을 만지듯 가만가만 살피던 그에게 그중 한 장이 유독 눈에 띄었다.

그룹 ELO(Electric Light Orchestra)의 독집판이었다. 문득 그중 한 곡인 'Fire On High'가 떠올랐다. 이제는 선율조차 잘 기억나지 않지만, 빠르고 격렬한 그 연주곡은 젊은 한 시절의 터질 것 같은 가슴을 달래주곤 했었다. 다시 한번 그 곡을 듣고 싶었다.

레코드를 들고 일어서던 정수는 잠시 망설였다. 늦은 밤의 음악 소리야 헤드폰으로 막을 수 있지만 거실에 놓여 있는 오디오의 사용법을 몰랐던 것이다. 그렇다고 아내를 깨울 수도 없는 노릇이었다. 괜히 날카로운 눈총만 받을 터였다. 그래도 용기를 내서 이것저것 만지다 보면 되겠지 하는 생각을 했다. 그러나 그것도 잠깐이었다. 거실 오디오는 CD플레이어만 있고 레코드용 턴테이블이 없는 것이었다.

정수는 다시 언젠가 아내가 아이들을 위해 샀다던 전축을 생각해 냈다. 그 전축은 제법 오래 전에 구입한 것이라 턴테이블이 있었던 것도 같았다. 그리고 그것은 아들 희원의 방에 있었던 것으로 기억됐다.

그렇게 한참을 망설이던 그는 용기를 내어 방문을 열었다.

역시 그 전축은 희원의 방에 있었다. 그리고 턴테이블도.

오랜만에 들어와보는 방이었다. 창가로 놓인 침대, 그 머리 곁으로 나란히 자리잡은 책상과 책장, 그리고 출입문 앞에 덩그마니 놓인 전축⋯⋯.

정수는 처음으로 희원의 방에도 붙박이 벽장이 있다는 사실을 알았다. 옷장이 왜 없을까 생각하며 돌아보던 그가 출입문 옆 침대 발치에 놓인 그 벽장을 비로소 발견한 것이었다. 쓸쓸한 미소가 절로 지어졌다. 정수는 자신이 외톨박이가 될 만하다고 생각했다. 하지만 한편으로는 외톨박이여서 무심해졌다는 스스로에 대한 변명도 하고 있었다.

침대 옆 벽에 걸린 커다란 액자가 눈에 들어왔다. 그 액자 속의 사진을 보자 더욱 그것이 변명만은 아니라는 생각이 들었다. 그 사진은 작년 여름 태국여행에서 찍은 아내와 두 남매의 사진이었다. 딸 지원의 서울대 입학기념으로 아내가 아이들을 데리고 떠났던 그들의 첫 해외여행이었다. 이미 오래 전부터 그들의 공간에 아버지의 자리는 없었던 것이 아닌지⋯⋯. 정수는 그 액자에서 시선을 떼지 못한 채 자꾸만 외로움의 수렁으로 빠져들고 있었다.

한참이 지난 후, 정수는 헤드폰을 찾아 머리에 썼다. 그리고 곰팡이 냄새가 풀풀 풍기는 종이케이스 속에서 조심스럽게 레코드를 꺼냈다. 턴테이블 위에 얹어놓은 레코드가 회전을 시작했다. 바늘이 레코드에 닿자 헤드폰에서는 치지직, 하는 잡음소리부터 울려나왔다.

사신(死神)의 유혹 같은 전율할 음으로 곡이 시작됐다. 마치 그

선율을 타고 내려온 듯한 악마의 써늘한 괴성이 귓전을 때렸고, 그의 머릿속에는 한 사내가 사신의 그림자를 피해 미친 듯이 도망치고 있었다.

사내는 숨이 턱에 차 헐떡거리기 시작했다. 휘청거리는 사내의 발자국, 이리저리 사신의 눈길을 피해 몸을 감추는 사내, 여지없이 다가오는 사신의 걸음소리……. 저 멀리서 천사의 음성이 들려오고 있었다. 할렐루야…… 할렐루야…… 할렐루야…… 희망의 소리가 점점 가까워오고…… 마침내 천사와 악마의 싸움이 시작됐다.

사내를 해치려는 악마, 그 악마의 손길에서 사내를 지키려는 천사. 팽팽하고 격렬한 싸움의 시간이 흐르고 있었다. 부딪히는 칼, 튀는 불꽃……. 그러나 어느 순간 악마의 날카로운 칼끝이 사내의 심장을 스치고 지나갔다. 회생할 수 없는 상처를 입은 사내가 마침내 피를 토해냈다. 분노한 천사의 칼이 하늘도 가를 듯 무섭게 짓쳐지자 악마가 저 멀리로 도망갔다. 악마는 물러갔지만 사내의 숨소리는 점점 가늘어져만 갔다.

슬픈 천사가 눈물을 흘리고 있었다. 천사는 사내의 심장에 자신의 눈물을 떨구며 상처가 아물기를 기원했다. 그 천사의 기원처럼 안타까운 선율이 오래도록 그의 가슴을 울려댔다. 그러나, 그러나……. 천사의 눈물도 소용없이 사내의 눈은 감겨갔고 그 천사의 목소리는 점점 비통해져만 갔다.

마침내 눈을 감은 사내의 뺨 위로 슬픈 천사의 마지막 눈물이 굴렀다. 천사는 사내의 영원한 안식과 평안을 위해 축복의 노래를 부르기 시작했다.

그러나 아직도 삭이지 못한 천사의 슬픔처럼 곡은 빠르고 격렬한 쇳소리, 북소리로 끝을 맺어가고 있었다. 정수의 눈가엔 이슬방울이 촉촉히 젖어 있었다. 그는 다시 바늘을 처음으로 되돌려놓았다.

　그렇게 몇 번을 반복해서 들었는지 모른다. 눈을 감은 채 침대 모서리에 등을 기대고 헤드폰에 온 신경을 다 쏟고 있던 그의 어깨를 누군가가 흔들었다.

　「아빠.」

　화들짝 눈을 뜬 그의 앞에는 아들 희원이 서 있었다. 벌써 새벽 1시가 넘어 있었다. 그제서야 돌아온 모양이었다.

　「응, 왔니?」

　정수는 어색한 웃음을 지으며 헤드폰을 벗었다.

　「당신, 지금 뭐해요?」

　아내의 목소리였다. 그녀는 벽장 안에서 꺼낸 아들의 잠옷을 들고 있었다.

　「응, 그냥 잠이 안 와서…….」

　「술취했으면 그냥 자지, 애들 앞에서 무슨 짓이에요. 이젠 갈수록 희한한 짓을 다 하네요…….」

　희원의 눈빛보다 아내의 말투가 더 차갑게 느껴졌다.

　「어서 주무세요. 내일 아침에 어떻게 일어나려고…….」

　자신의 말이 지나쳤다고 생각했는지 눈길을 외면한 채 아내가 말했다.

　이토록 처참히 외로울 수 있을까 싶었다. 처음 듣는 그녀의 '짓'이라는 표현에도 아무런 분노조차 일지 않았다. 그냥 정말 혼자라는 기분만이 절실했다. 자신에게 당장 무슨 일이 벌어진들 그 것이 이들과 무슨 상관이랴. 갑자기 뼈 시린 한기가 그를 덮쳐왔 다.

정수는 소중한 보물처럼 그 레코드를 가슴에 안으며 일어섰다. 앞을 향해 내딛는 발걸음이 자꾸만 휘청거려지고, 거실 저편 그의 방은 천리만리 멀게만 느껴졌다.

2

벌써 3일째였다. 정수는 오전 시간의 결재만 끝나면 도서관으로 달려가 의학서적에 파묻혔다. 남 박사를 믿지 못해서가 아니었다. 그렇게라도 하지 않으면 생명에 대한 예의가 아닐 것만 같아서였다. 그러나 솔직히 그것은 마음속 어느 한구석에서 자꾸만 꿈틀거리는 삶에 대한 미련을 거부하기 위해 구차하게 붙인 변명일 뿐이었다. 그 '삶에 대한 예의'라는 단어들의 조합을 생각해 냈을 때, 정수는 진정 그것이 자신의 진솔한 심정을 대변해 주는 것이라고 믿으려 했다. 그러나 시간이 지날수록 그것이 얼마나 가당찮은 위선인가 스스로 절감하고 있었다.

각종 의학서적 외에도 최근에 발표된 관련 논문과 외국자료, 잡지와 신문, 심지어는 인터넷까지 접속하여 샅샅이 뒤지고 있었지만 그 어디에서도 희망은 보이지 않았다. 모두들 하나같이 조기발견 곤란, 발생빈도 증가, 정확한 원인 불명 따위의 무책임한 논설

뿐이었고, 5년 이상 생존율 1% 이하와 같은 절망적인 결론까지 서슴없이 내려놓기도 했다. 그 5년이란 것도 어느 정도 조기에 발견된 정말 특별한 경우였고, 남 박사에게 들은 것과 같은 자신의 상태는 그야말로 절망 그 자체였다.

정수는 점점 초조해져 가는 자신이 결코 생명 그 자체에 대한 애정이나 연민에 매달린 것은 아니라고 채찍질하듯 생각을 다잡았지만, 그럴수록 실낱 같은 희망이라도 건져내려는 자신의 빠른 손길과 번뜩이는 눈빛을 의식하게 되었다. 책장을 넘기는 손과 그 속에서 무엇인가 찾으려는 눈빛은 자꾸만 사실을 거부한 채 없는 기적을 찾아 헤매고 있었다.

정수는 그런 자신이 치사하고 추잡하게 느껴졌지만, 그런만큼 물러설 용기는 나지 않았다. 누군가가 자신을 향해 「야, 미친 짓 그만둬!」 하고 버럭 소리라도 쳐주었으면 하는 심정이었다.

기적에 대한 갈증과 버리지 못하는 미련의 유치함에 대한 갈등으로 정수는 점점 숨을 헐떡였고, 그렇게 덥지 않은 실내온도 속에서도 땀을 비오듯 흘려 후줄근하게 젖어들었다.

어느새 창 밖에는 석양이 드리우고 있었다. 오늘도 역시 아무런 소득이 없었다. 내일은 어떻게 할 것인가. 스스로에게 물어봤지만 마음속에서는 두 가지의 대답을 번갈아하고 있었다. 그것은 끝까지 희망을 버리지 말고 계속 찾아보자는 것과 뻔한 결론에 더이상 추해지지 말고 포기하자는 것이었다. 그 어느 대답도 그를 만족시키거나 분노케 하지 못했다.

갈등과 혼란으로, 그리고 무력함과 자조로 그의 다리는 눈에 띄게 후들거렸다. 마침내 도서관 계단 중간쯤에서 크게 휘청거렸다.

그때 저 아래에서 누군가가 빠른 걸음으로 계단을 올라오는 것이 보였다. 정수는 철퍼덕 계단 위에 엉덩이를 붙였다. 이것이 죽음에 대한 두려움인가 싶었다. 그러나 아무리 생각해도 그것은 두려움이 아니었다. 그렇다면……?

정수는 오래지 않아 그것이 무엇에 대한 두려움이 아닌 외로움이란 것을 알았다. 지금 이 순간, 그 누구도 자신과 함께할 수 없고 또 함께하려 들지도 않을 거라는, 그래서 철저하게 혼자뿐이라는 절실한 외로움이었다. 죽음이라는 그 자체보다 오래지 않아 그렇게 영원히 혼자가 되어야 한다는 것, 그리고 그 남은 얼마간도 어쩌면 영원한 외로움에 대한 연습일지 모른다는 사실이 지금의 답답함과 혼란함, 그리고 두려움과 무력감의 실체였다.

그의 입가에 뭔가를 비웃듯 쓴웃음이 번졌다. 그토록 순간순간 외롭다고 여겼던 그 지난날들은 결국 투정 같은 행복한 사치였다. 사랑하는 이, 그리고 사랑받고픈 자신이 있었다는 것이 얼마나 행복한 것이었는지 콧등이 시큰거려 왔다.

계단을 올라오던 사내가 성큼 정수 앞에서 걸음을 멈추어섰다. 정수는 그를 향해 고개를 들었지만 그가 누구인지 알아보지 못했다. 석양을 등진 사내의 어두운 정면이 희뿌연 그의 시야에는 시커먼 거인처럼 느껴졌던 것이다.

두 눈을 끔벅이는 정수를 물끄러미 내려다보던 사내가 그 옆에 나란히 앉았다. 그래도 정수는 그가 누구인지 의식하지 못했다.

「계속 연락이 안돼서 사무실로 찾아갔더니 여기 있다더군.」

정수는 목소리를 듣고서야 비로소 그가 남 박사임을 알았다.

「어…… 남박…….」

정수는 당황한 기색을 감추려 했지만 너무나 어색했다.

「벌써 눈에 사람도 안 보여?」

꾸짖는 듯 퉁명스런 말투였다.

「어, 아니야……. 그런데 여긴 왜 왔어? 난 국회에 보고할 자료들 좀 챙기느라…….」

정수는 묻지도 않은 말에 거짓말까지 둘러대다 말끝을 더듬었다. 자신의 속이 들켜버린 것 같았고 그까짓 죽음 앞에 의연하지 못한 자신의 나약함을 남 박사가 비웃는 것도 같았다.

「자네, 언제 보건복지부로 발령났어?」

남 박사의 차가운 대꾸에 정수는 푹 고개를 떨구었다.

남 박사는 그보다 더 차가운 비난을, 아니 더한 욕이라도 계속 퍼붓고 싶었다. 당장 코앞에 죽음을 앞두고도 자신이 하고 싶은 것을 부끄러워하고 망설이는 그 못난 이기심을 욕해주고 싶었다. 남 박사에게는 그의 그런 행동이 이기심으로 보여졌다. 옆에서 지켜보는 이의 안타까움은 전혀 외면한 채, 자신의 체면과 의지만을 위하여 혼자 그 모든 것을 감당하려는 터무니없는 욕심 같아서였다.

겨우 감정을 억누른 채 몸을 일으키는 그를 따라 정수도 슬그머니 다리를 세웠다. 남 박사는 그 미움 아닌 미움의 아픔을 달래며 발걸음을 내디뎠다. 정수도 말없이 그의 뒤를 따랐다.

「괜찮아, 내가 오진한 것일지도 몰라. 아니, 오진일 거야. 내일, 나와 함께 어디 큰 대학병원에라도 가서 다시 한번 검사받자.」

도서관 정문을 빠져나와서야 남 박사가 입을 열었다. 그의 음성이 몹시도 처연히 가라앉아 있었다.

「미안해, 자넬 못 믿어서가 아니야. 왠지 그렇게라도…….」

「알아, 그 마음. 그러니까 다시 한번 검사받아.」

「내일부터는 도서관에 안 나오려 했어.」

정수는 손까지 내저으며 황급히 부인했다.

「아니야, 내가 나를 못 믿겠어. 그러니까 내일 같이 가.」

「정말, 미안해. 화내지 마.」

남 박사의 굳은 표정에 정수는 간절히 애원하듯 말했다.

「화? 내가 왜 화를 내? 화낼 사람은 자네야, 알아? 바로 자네라
구…….」

갑작스런 그의 고함에 정수는 어찌할 바를 몰랐다.

「이 친구야, 화를 내! 화를 내라고! 억울하지도 않아? 지금 이
세상에서 자네만큼 억울하고 화날 사람이 어디 있어. 자네 마음
대로, 자네 기분대로 화내고 소리치고 울어! 통곡이라도 하라
고! 내가 이렇게 화나는데, 왜 자네는 아무렇지도 않아? 그게 말
이나 돼, 말이 돼냐구?」

정수는 그제서야 그의 감정을 읽을 수 있었다. 그의 허전한 침묵
에 발악 같던 남 박사의 말투가 이제는 안타까운 애원으로 바뀌었
다.

「이봐, 아무것도 눈치볼 거 없어. 자네 생명이야. 자네에게 자네
생명만큼 중요한 게 또 어디 있어. 세상은 넓어. 내 이 얄팍한 의
학지식이 세상의 절대 진리는 아니야. 무슨 짓이든 하고 싶은 대
로 해. 신도 찾고, 다른 병원도 다니고, 하다못해 무당에게라도
쫓아가고……. 발악이라도 해봐. 벼랑 끝에 매달려서 무슨 짓인
들 못해. 그런다고 누가 뭘 욕하겠어? ……추하다고? 점잖지 못

하다고? 너도 별수 없구나 할까 봐?」

「그러면 뭐가 변하는데?」

정수는 그렁그렁 눈가에 고인 그의 애달픔을 외면한 채 담담하게 말했다.

「그렇게 하면 살 수 있기라도 한 거야?」

「……」

「그런 것도 아닌데, 내가 왜 뻔한 결과에 추하게 매달려야 해? 지금까지 추했던 것만도 억울한데……」

「자네가 뭘 그렇게 추했는데? 그리고 좀 추해지면 어때? 그 꼴난 자존심 때문에 그만큼 외로웠으면 됐지, 마지막까지 그 알량한 자존심 가지고 가서 뭐할래?」

다시 남 박사의 언성이 높아지고 있었다. 정수는 그 서글프고 부질없는 넋두리를 그만두고 싶었다. 어차피 결론 없을 그 공허한 입씨름은 그야말로 의미 없는 투정일 뿐이잖은가.

「그만 하자.」

「……」

차분한 그의 대꾸에 남 박사도 흥분을 삭이고 이성을 되찾았다. 누가 먼저랄 것도 없이 두 사람은 다시 시선을 발 밑으로 내리고 걸음을 옮기기 시작했다.

답답하기는 정수보다 오히려 남 박사 쪽이 더한지도 몰랐다. 그를 위해 자신이 어떻게 해야 할지 도무지 알 수조차 없는 노릇이었으니. 위로를 하기에는 너무도 큰일이었고 그렇다고 모른 척 외면하고 방관하기에는 가슴 찢기는 아픔이었다. 남 박사는 자신이 의사라는 사실조차 원망스러웠다. 차라리 자신이 의사가 아니어서 이 엄청난 사실을 몰랐다면, 아니 다른 이의 입을 통해 듣기라도 한 것이라면, 다른 이들처럼 「뭔가 최후의 방법은 없어?」라고 되물을 수만 있다면, 「어떻게 그런 일이」 하고 혀를 차며 한 발 물러나 방관자가 될 수 있었다면……. 그 자신은 그럴 수조차 없이 죽음의, 그것도 타인 아닌 친구의 죽음 한가운데에 덩그마니 내던져 있었다. 그는 마치 그 죽음의 화살을 날린 사수(射手)가 자신인 것 같은 기분마저 들었다.

앞에 환하게 불을 밝힌 2층의 카페가 눈에 들어왔다.

「술…… 할래?」

남 박사의 질문에 흘끗 돌렸던 고개를 정수는 시선도 마주치지 않고 다시 되돌렸다. 그리고는 아무런 대꾸 없이 걸음을 계속했다.

카페를 지나고 얼마를 더 걷자 동대문이었다. 거리는 변함없이 러시아워의 혼잡에 고통스런 신음을 토해내고 있었다. 그러나 정수에게는 그 혼잡이 며칠 전에 느꼈던 짜증스러움이 아니라 아름다운 군무(群舞)처럼 여겨졌다.

횡단보도 신호등의 지루한 빨간빛은 마치 영원토록 펄펄 끓을, 뜨겁고 싱싱한 혈맥의 상징처럼 가슴 설레게 했다. 모든 것이 아름다웠다. 육교 위에 쭈그려앉은 걸인의 동냥바구니도, 어느 틈에 취했는지 가로수 밑동에 웩웩 오물을 토해내는 초라한 중년의 굽은 등도, 심지어는 희미한 붉은 등 아래에서 허연 허벅지를 다 드러낸 채 천박하게 뻘건 화장을 한 여인의 비린 웃음까지도.

휘적휘적 말없는 정수의 발길을 남 박사는 묵묵히 따랐다. 운동장을 지나고, 장충단공원을 스쳐 지나가고……. 한남대교가 저만큼 다가오도록 두 사람은 아무런 말 없이 걸었다.

　마침내 정수가 걸음을 멈추고 남 박사를 돌아봤다. 한남대교 북단 끝이었다.

「배고프다.」

　불쑥 내뱉은 자신의 말에 스스로도 멋쩍은지 정수가 피식 웃음을 흘렸다. 편안한 얼굴이었다.

「그럼, 저쪽으로 돌아가자.」

　남 박사가 막 지나온 한남동 쪽을 가리키며 말했다.

「아니야, 다리 건너가서 먹자.」

「왜? 배고프다면서?」

　그는 자못 걱정스런 표정이었다.

「괜찮아.」

　정수가 다시 발길을 내디뎠다.

　강바람은 제법 시원했다. 그사이 촉촉이 등을 적셔오던 땀방울이 어느새 선득한 느낌으로 변했다. 서 있다시피 다리를 메운 자동차의 매연도 가끔씩은 강바람에 밀려 상쾌함마저 느끼게 했다.

「남박…….」

　정수는 그를 불러놓고도 아무런 말이 없었다.

「그래, 말해.」

　나란한 걸음을 멈추지 않은 채 남 박사가 얼마 만에 그의 말을 재촉했다.

「취하고 싶다.」

　남 박사가 흘끗 고개를 돌렸다. 정수의 표정이 더없이 허전해 보였다.

「그래, 취해보자.」

「아니, 얼마 동안은 계속 취해야 될 것 같아.」

「그래, 계속 취해. 너 하고 싶은 대로 해.」

「혼자인 게 두려워. 외로울 것 같아서 그래.」

「그러니까 집사람에게 하루라도 빨리 이야기해.」

「아니, 그게 아니라……」

「그럼?」

「혼자서 마시고, 혼자서 취해야 될 게 두렵다는 거야.」

남 박사는 비로소 그 의미를 알아들었다. 정수는 외로워서 술을
마시고 취하고 싶었지만 취하는·그 순간, 취하려고 술을 마시는
그 순간의 외로움이 두려운 것이었다.

「걱정 마, 언제든 같이 마셔줄게.」

「그러다가 제수씨에게 쫓겨나면 어떡하고?」

정수는 자신의 농담이 멋쩍다고 느꼈는지 씁쓸하게 웃고 있었
다.

「또 시작이야?」

남 박사도 정수를 따라 미소를 지었지만 어색하기는 마찬가지였
다. 그 어색함을 지우려는 듯 남 박사가 다시 말을 이었다.

「걱정 마라. 제수씨처럼 미인도 아닌데 쫓겨나면 어때. 혹시 내
게도 기막힌 기회가 올지 아냐.」

「도둑놈 심보하고. 그런데 이 친구야, 제수씨가 뭐야? 형수님이
시지.」

「이런 친구하고. 나이 어린 할아비는 있어도 나이 어린 형님은
없댄다.」

「내가 왜 나이가 어려, 이 친구야?」

「그럼, 주민등록증 꺼내볼까?」

「그거야, 호적이 잘못된 거지.」

「나도 호적 잘못되기는 마찬가지다.」

「그럼, 자네가 먼저 죽을 거야?」

「…….」

그 동안 수천 번도 넘게 주고받던 농담이었는데 이제는 그 다음 대꾸를 이을 수가 없었다. 갑자기 어색한 침묵이 이어졌다.

「뭘 먹을까? 뭐 기막히게 맛있는 거 없을까?」

정수가 억지스럽게 그 침묵을 깨뜨렸다.

「그래, 뭘 먹을래?」

남 박사도 얼른 그의 말을 받았다.

「돼지갈비에 소주 어때?」

「겨우 돼지갈비?」

「겨우라니? 이 친구, 이제 배가 불렀구먼.」

남 박사는 끝내 평상을 벗어나지 못하는 그가 안타까웠지만 더 이상 억지쓰지는 않았다.

남 박사는 세상에서 제일 화려하고 값나가고 맛있는 것으로나마 그의 마지막을 보상하고 싶었다. 지금껏 소박하고 성실한 삶만이 전부였던 그에게 성실하지 못하고 타락한 환락의 맛이라도 보여주고 싶었다. 그렇게 세상의 쾌락이나마 즐기고 가야 조금은 덜 억울하지 않을까도 싶었다. 그러나 그것 또한 살아남는 자의 교만일 수 있다는 두려움에 문득 소름이 끼쳐왔다.

택시 안에서도 내내 콧소리를 흥얼거리던 정수는 차에서 내려서는 길로 한번도 듣지 못한 노래를 악을 쓰듯 고래고래 소리내어 부르기 시작했다. 그것도 고장난 레코드가 어느 골을 넘지 못하여 한 구절만을 반복해 소리내듯.

「어차피 남남인데 정은 왜 들어. 후회도 했소, 원망도 했소. 떠도는 가슴앓이를…… 어차피 남남인데 정은 왜 들어. 후회도 했소…….」

술에 취해 엉망이 된 정수는 갈지자걸음으로 비틀거렸다. 그러나 거의 의식이 없는 듯하면서도 어깨를 감싸안는 남 박사의 두 손은 매번 여지없이 뿌리쳤다. 반사적인 동작이었다. 남 박사는 그것을 죽음에 대한 거부의 몸짓, 그리고 혼자서 감당해 내려는 고집의 반동이라 생각했다.

거의 같이 마셨는데도 남 박사의 의식은 말짱했다. 그는 내내 머릿속을 맴도는 걱정으로 긴장한 채였다. 저러다가 극심한 통증을 만나면 어떡하나. 병원에서 나올 때 미처 진통제를 챙겨오지 못한 자신의 소홀함을 탓했지만 소용없는 일이었다. 늦은 시간이라 거리의 약국들마저 모두 문이 닫혀 있었다.

「이봐, 남박.」

걸음은 멈췄지만 흔들리는 몸뚱이는 어쩌지 못한 채 정수가 혀 꼬부라진 소리를 했다.

「그래, 말해.」

마치 투정 부리는 어린아이를 달래는 듯한 애처로운 말투였다.

「자네, 우리 지원엄마에게 말하면 안돼. 알아?」

「그래, 그래. 절대로 안할게.」

「그래, 절대로 안하는 거야. 만약 하면…… 알아?」

정수가 한 손의 주먹을 불끈 쥐어 허공으로 치켜들었다.

「그래, 염려 마.」

「이대로 지내다 가자. 마누라에게 구박받고 자식놈들에게 따돌림당해도, 난 지금 이대로가 좋아. 내가 무슨 별난 동물이라도 되는 양 이상한 눈빛으로 보는 건 정말 싫어. 갑자기 절절한 애정이 생긴 양, 하늘이 무너지듯 안타까운 양, 마치 내가 없으면 하루도 못 살 것처럼 그렇게 말도 안되는 눈빛과 표정을 대하는 건 우선 내 자신이 싫어. 아직은 지금 이대로가 좋아. 자네와 술에 취해 이렇게 함께, 예전처럼 밤늦게 집으로 쳐들어갈 수 있다는 게 좋다구. 알아? ……알아?」

「그래, 알아. 걱정 마. 아무 말도 안할게.」

「그래, 좋아. 그럼 가자. 어차피 남남인데 정은 왜 들어…….」

정수는 다시 노래를 흥얼거리며 휘청거리는 발길을 내딛기 시작했다.

아파트 단지 안은 늦은 시간임에도 제법 많은 사람들이 오가고 있었다. 그 사람들을 의식해서인지 정수의 노랫소리도 차츰 작게 변해갔다.

꽤 많은 양의 술을 마셨는데도 전혀 취기를 느끼지 못한 남 박사는 밤늦은 시간이지만 빈손으로 친구의 집을 방문한다는 것이 몹시 마음에 걸렸다. 더구나 전에 비해서 상당히 오랜만의 방문이었으니.

과일이라도 사려고 가게를 찾아 두리번거리던 남 박사는 정수네 아파트에 다 와서야 상가단지를 발견할 수 있었다. 그곳은 정수의 처와 아이들이 수시로 이용하는 상가였다.

　남 박사가 정수의 팔을 끌며 말했다.

　「이봐, 저기 가게에 잠깐 들르자.」

　「가게? 가게는 왜?」

　「아이들에게 줄 과일이라도 좀 사가지고 가야지.」

　「과일? 거, 좋지. 그래 가자.」

　정수가 비틀거리는 걸음으로 과일가게를 향해 앞장섰다.

　그때 막 셔터를 내리려던 과일가게 옆의 약국이 남 박사의 눈에 들어왔다. 그는 안도하는 기분이 되어 약국을 향해 빠른 걸음을 옮기며 정수에게 말했다.

　「먼저 고르고 있어. 난 약국에 잠깐 다녀올게.」

　「약국? 그래, 그래라.」

　정수는 남 박사가 약국으로 들어가고 난 조금 뒤, 여전히 비틀거리는 걸음으로 과일가게에 들어섰다.

　「어서 오세요.」

　과일가게 주인은 그 시간에도 말똥말똥한 눈빛을 한 채 상냥한 웃음을 흘렸다.

　「거, 과일 좀 주쇼.」

　휘황한 백열등에 눈이 부신 정수는 한 손을 이마에 얹어 그 빛을 가린 채 엉거주춤한 자세로 과일무더기를 가리켰다.

　「어떤 걸로 드릴까요?」

　「요즘 아이들 잘 먹는 걸로 주쇼.」

　「지원이하고 회원이 잘 먹는 게…… 응, 저기 오렌지와 키위를 좋아하죠.」

주인남자가 정수를 알고 있다는 표시를 했다.

「우리 지원이와 희원이를 아쇼?」

「그럼요, 참 예쁘고 똑똑하죠. 그런데 지원아버지가 웬일이세요, 아이들 과일을 다 사가시고?」

장삿속이기는 하겠지만 그 사내 나름의 친근함이 술취한 정수의 속을 긁은 격이 되었다. 가뜩이나 아이들과 소원하다고 생각하고 있던 터에 낯모르는 사내까지 웬일로 과일을 다 사가느냐니. 그만 그의 쌓인 울분이 터지고 말았다.

「뭐? 웬일로? 야! 내가 내 새끼들 과일을 사다주든 말든, 네가 뭔데 잔말이야!」

과일가게 사내는 뜻밖의 반응에 황당한 표정이 되었다. 트집도 그런 생트집이 어디에 있겠는가.

「야! 네가 지원이 아비냐? 뭐야 예쁘다고? 그래 예쁘다, 어쩔래?」

「어이구, 이거 약주가 과하셨군요. 그만 가세요.」

「뭐? 가? 야, 네가 술 사줬냐, 엉? 네가 술 사줬어?」

「어허, 이거 점잖으신 분이 왜 이러세요. 그만 가세요.」

「뭐? 못 가, 못 가! 임마, 네가 뭔데 가라 마라야!」

정수의 말도 안되는 억지에 마침내 과일가게 사내도 마주 언성을 높이기 시작했다.

「이 사람이 왜 이래, 빨리 가!」

「뭐, 이 사람?」

「그래, 이 사람!」

과일가게 사내가 떠밀어내듯 어깨를 밀치는 순간, 엉거주춤한 자세로 있던 정수가 어, 어, 소리와 함께 그만 과일무더기 위로 나뒹굴고 말았다.

　우르르 엎어져 나뒹구는 수박, 참외, 오렌지, 키위, 토마토…….
가게 앞은 순식간에 난장판이 되었다. 어느 틈엔가 시끄러운 고성을 듣고 몰려들었던 사람들까지 나뒹구는 과일을 줍고 피하느라 이리저리 움직이고…….

　「어쭈, 사람을 쳐!」

　정수가 악을 쓰며 일어나려 했지만 이미 중심을 잃은 몸뚱이가 제대로 말을 들을 리 없었다.

　남 박사가 약국을 나온 것은 바로 그때였다. 아수라장이 되어버린 과일가게, 모여선 구경꾼들, 일어서려 하면 연신 비틀거리며 과일 위에 처박히는 정수, 한심한 표정으로 팔짱을 낀 채 그 모습을 지켜보는 과일가게 남자…….

　남 박사는 왈칵 눈물이 쏟아져 나왔다. 생각 같아서는 과일가게 주인부터 구경하는 사람들까지 모조리 흠씬 두들겨 패주고 싶었다. 와락 저 가엾은 친구를 껴안고 하염없는 통곡이라도 하고픈 심정이었다. 그러나, 그러나…….

　「이봐, 이 친구야.」

　정수는 남 박사의 부축을 받고서야 겨우 똑바로 설 수 있었다.

　「이 자식이 사람을 쳐…….」

　정수는 연신 주먹을 휘둘렀지만 과일가게 주인이 그 휘청거리는 주먹에 맞을 리 없었다. 사내가 어이없다는 표정으로 책임을 요구하고 나섰다.

　「내 경찰에 신고하겠어요. 이거 남의 가게에서 무슨 짓이에요.

술취했으면 그냥 곱게 갈 일이지, 왜 멀쩡한 가게는 두드리고 난리요, 난리가.」

앞뒤를 따질 것도 없었다. 실제 물건을 누가 부숴뜨렸냐 따위는 그리 중요한 문제가 아니었다. 술에 취해 먼저 시비를 걸었을 것은 뻔한 일이었으니 그 다음 상황이야 도매금으로 무조건 넘어갈 게 뻔했다.

「미안합니다, 미안해요. 이 친구가 너무 과음을 해서……..」

남 박사는 연신 손이 발이 되도록 사정을 했다.

「미안하다는 한마디로 될 일입니까? 손해가 얼만데……..」

「염려 마세요. 내 이 친구 데려다주고 나와서 해결해 드리리다.」

마침내 남 박사가 명함을 건네주고 어쩌고 한 뒤에야 가게주인은 주변을 정리하기 시작했다.

그때까지도 정수는 고래고래 악을 쓰고 있었고, 주위 사람들은 마치 재미있는 구경거리인 양 바라보았다. 흉측한 괴물을 보는 듯했다.

영신은 여전히 거실 소파 그 자리에 앉아서 정수의 귀가를 기다리고 있었다. 잠시 전까지 함께 있던 딸 지원은 샤워를 하겠다며 욕실로 들어갔고, 아들 희원은 아직도 독서실에 있을 시간이었다.

오디오의 스피커에서는 그녀가 틀어놓은 팝 피아니스트 리처드 클레이드먼의 '사랑을 위한 사랑' 이 잔잔히 흐르고 있었다. 모차르트의 플루트협주곡을 편곡한 그 곡은 영신이 가장 즐겨 듣는 곡 중의 하나였다. 음악이 흐르는 텅 빈 넓은 공간이 새삼 공허로웠다.

그러나 영신에게는 아무런 특별한 의식이 없었다. 공허로움도,

외로움도, 그리고 들뜨거나 설레는 작은 무엇도. 그냥 그렇게 있는 것이 원래 자신의 모습인 것만 같았고, 그것에 익숙했다. 이미 버릇처럼 몸에 밴 그 자리, 그 시간, 그 자세, 그 무의식…….

사실 그녀는 남편을 기다린다는 생각조차 잊고 있었다. 귀가 시간이 언제이든 거의 대부분의 날을 남편은 현관문을 들어서자마자 곧바로 자신의 방으로 향했다. 그리고 세면과 용변을 위한 서너 번의 화장실 출입, 그러나 술취한 날에는 그것조차 거의 없었다. 저녁상을 함께한 기억도 가물가물했다. 그래도 지원과 희원이 있어서 외롭다는 느낌을 받아보지는 못했다. 아무튼 이제는 남편을 기다린다기보다는 거의 무의식에 가까운 반사적 행동이었다. 아니, 어쩌면 남편을 기다리는 것이 아니라 아들 희원을 데리러 갈 그 시간을 기다리고 있는 것인지도 모른다.

그래서인지 그녀는 요 며칠 사이 눈에 띄게 변한 남편의 일상에 대해서도 특별한 생각을 갖지 못했다. 술에 취해 희원의 방에서 레코드를 듣던 그날, 그리고 그후 이틀 동안의 이른 귀가. 그 이틀 동안 남편은 술을 마시지 않았으면서도 마치 술취한 사람 같은 느낌을 풍겼었다. 화장실 출입이 아닌, 낡은 레코드 판을 들고 나오다 거실에서 자신과 지원을 발견하고는 슬그머니 다시 방으로 돌아서던 타인 같은 어색한 행동, 더욱 없어진 말수, 밤을 샌 것 같은 푸석푸석한 얼굴……. 그 모든 것들이 그녀에게는 조금도 별스럽게 여겨지지 않았었다. 언제나 그랬던 것 같았거나, 그렇지 않았다 하더라도 그게 무슨 큰 의미가 있겠는가라고 생각했는지도 모른다. 아니, 어쩌면 눈앞에서 벌어지는 그런 모두가 그녀의 의식을 건드리지조차 못했다는 것이 더 맞는 표현일지도 모른다.

결혼 20년. 갱년기 어쩌구하는 통상적인 권태나 무기력이 아니었다. 한때 무엇인가 문제가 있는 것이 아닌가 하고 생각도 해보았지만, 특별한 문제는 없는 것 같았다. 남편에게 여자가 있다는 것은 애당초 말도 되지 않는 일이었고, 그녀 또한 그 점에서는 마찬가지였다. 그렇다고 생계가 곤란한 지경도 아니었고, 자식들이 속을 썩이는 것도 아니었다. 평범하고 조용했다. 화려하지는 않았지만 단란하고 화목하고 평온했다. 그런데?

결국 굳이 문제를 찾자면 지나치게 문제가 없다는 것, 즉 지극히 평범하다는 것이 문제라면 문제였다. 남들에게는 결코 쉽지 않은 행정고시라는 화려한 관문을 뚫고서도 집념이나 욕심보다는 순리를 따르는 남편의 자세, 그것이 무능력으로 보이기도 하지만. 그리고 조금은 천박하게 보이는 남편의 취향, 이를테면 평범한 대중소설과 유치한 대중음악을 즐기는 따위들. 그런 것들에 대한 나름대로의 작은 실망과 아이들에의 기대—지원이나 희원은 그런 점에서는 훨씬 엄마인 영신을 닮은 편이었다—가 남편에 대한 간섭을 줄어들게 했지만, 영신은 그것이 남편에 대한 소홀이라고는 생각지 않았다. 다만 젊은 그 시절처럼 뜨거운 열정이나 사랑의 감정이 없어진 것일 뿐, 더구나 그런 변화는 어떤 부부나 다 마찬가지이리라 여겨졌다.

아무튼 영신은 지금 같은 이런 시간이 좋았다. 아니 좋았다기보다는 익숙해져 있었다. 조용한 음악을 듣고 책을 읽으며, 혹은 틈틈이 사둔 그림들을 보며, 예쁘고 똑똑한 딸아이와 다른 세상의 이야기를 하고. 그리고 또다른 귀염둥이 아들을 기다리고…….

딩동, 딩동, 딩동…….

요란한 차임 벨 소리가 끝없이 울렸다.

술에 취해, 그것도 누군가와 동행을 하는 날이면 어김없이 나오는 남편의 버릇이었다. 그렇다고 그가 동행이 있음을 알리기 위한 배려로 신호를 해주는 것은 아니었다. 무슨 이유에서인지 남편은 동행이 있을 때면, 특히 술에 취한 날은 항상 그랬다.

「영신 씨, 밤늦게 미안해요.」

역시 동행인은 남 박사였다.

「임마, 형수씨보고 영신 씨라니!」

미처 영신이 인사도 받기 전에 정수의 객기 서린 농담부터 튀어나왔다. 값싼 주정 같아서 영신이 제일 싫어하는 행동 중의 하나였다.

「지원아빠…….」

「이 친구야, 영신 씨가 어떻게 형수씨냐?」

「무슨 소리야? 지난번에 형수씨라 하기로 약속했잖아?」

「그래, 알았다. 형수씨다, 형수씨.」

「어서 들어오세요.」

현관 앞에서의 소란이 끝나고 그들이 막 거실로 들어설 때, 마침 욕실에서 지원이 나왔다.

「오, 우리 자랑스러운 딸 지원이…….」

정수는 두 팔을 활짝 벌렸지만 휘청거리는 자신의 몸도 제대로 가누지 못했다.

「안녕하세요.」

정수의 손길을 피하며 남 박사에게 인사를 하는 지원의 얼굴에 짜증과 싫은 기색이 역력했다. 물론 그것은 아버지의 흐트러진 모습에 대한 반발이었다.

「그래, 너 남박 알지. 이거 순 돌팔이야, 돌팔이.」

지원은 정수의 그런 표현에 더구나 익숙지 않았다. 자신의 아버지였지만 실망스러웠고, 아버지 친구에 대한 수치감에 어쩔 줄을 몰랐다.

「지원아빠……. 지원아, 넌 어서 들어가.」

영신 역시 난감한 표정을 감추지 못하며 우선 지원이부터 방으로 들여보냈다. 지원은 젖은 머리카락을 감쌌던 수건으로 얼굴까지 가리며 자신의 방으로 들어갔다. 그녀로서는 아버지에 대해 더없이 실망한 셈이었다.

정수는 이미 아무런 의식도 없었다. 오로지 취하고 싶다는, 영원이든 잠시든 잠들 때까지 취하고 싶다는 생각뿐이었다.

「이봐, 뭐해? 빨리 상 차리지 않구!」

그는 영신에게 연신 술상을 재촉하며 소리를 질러댔다. 그러나 술상은 영신보다 남 박사가 더욱 마다했다.

영신이 주방에서 찻물을 끓이는 동안에 정수는 벌써 소파에 등을 기댄 채 두 눈을 끔벅이고 있었다. 졸음이 오는 모양이었다.

남 박사는 약국에서 준비한 진통제를 영신에게 맡기고 어서 돌아갈 생각이었다. 슬그머니 자리에서 일어선 그가 영신에게 다가가 막 약봉지를 꺼내려는 순간이었다.

「야, 이 새끼야!」

벽력 같은 고함소리와 함께 거짓말처럼 튕기듯 달려온 정수가 남 박사의 어깻죽지를 잡아챘다. 끔벅이던 눈이 떠지는 순간, 남 박사가 영신에게 다가가 있자 자신이 암에 걸렸다는 사실을 알리는 것으로 생각한 모양이었다.

어깨를 잡아채인 남 박사는 맥없이 식탁 모서리에 처박히고 말았다. 다행히 다치지는 않았지만 남 박사보다 영신이 이만저만 놀란 것이 아니었다. 처음으로 보는 남편의 과격한 행동이었다.

「어머, 여보! 남 박사님! …… 괜찮으세요?」

놀란 영신의 비명이 저절로 튀어나왔다.

「예, 예…… 괜찮습니다.」

남 박사를 일으키려는 영신의 팔을 세차게 밀친 정수가 이번에는 채 일어서지도 못한 남 박사의 팔을 잡고는 주방 밖으로 끌어내려 했다.

「여보, 이게 무슨 짓이에요!」

「아, 괜찮습니다.」

남 박사는 정수에게 끌리다시피 나가면서도 영신에게 두 팔을 저어 괜찮다는 시늉을 했다. 영문을 알 리 없는 영신으로서는 남편의 주정이 이제는 과격해지기까지 하는구나라는 생각뿐이었다. 두려운 생각보다는 왈칵 눈물이 솟구쳐왔다. 왠지 자신이 비참해지는 기분 때문이었다. 후들거리는 다리를 가누지 못한 그녀가 무너지듯 주방바닥에 주저앉았다.

정수는 거실로 끌어낸 남 박사의 멱살을 거머쥐었다.

「이 새끼……」

「그만 해, 이거나 받아.」

남 박사가 씩씩거리는 정수의 손을 걷어내며 주머니 속의 약봉지를 내밀었다.

「…….」

그제야 이유를 알아챈 정수가 슬그머니 멱살 잡은 손을 풀었다.

「혹시 밤에라도 통증이 오면 각각 한 알씩 먹어. 위경련 비슷한 통증일 거야. 이제 나, 간다.」

귓속말로 속삭인 남 박사는 얼른 약봉지를 정수의 주머니에 넣어주고 현관으로 돌아섰다.

갑작스런 욕설과 고함에 놀라 방문을 열었던 지원이 그 모든 광경을 보았다. 그러나 그녀는 건네지는 약봉지보다는 주저앉는 엄마와 거친 아버지의 추태만을 기억했다. 놀랍고, 유치하고, 창피하고, 경멸스럽고…… 그런 것들이 그 순간 그녀가 느낀 감정의 전부였다.

3

그날 밤의 일을 기억하지 못하는 정수는 그후로도 여전히 술에 젖어 있었다. 아니, 기대고 있었다는 게 옳을 것이다. 그나마 다행인 것은 남 박사의 우려와는 달리 아직 극심한 통증은 한번도 느끼지 않았다는 점이다.

이렇게 술에 취하기만 할 것이 아니라 무엇인가 정리를 해야 한다는 생각은 하고 있었지만 퇴근길의 발길은 어김없이 남 박사를 향했고, 그때마다 남 박사는 말없이 술좌석의 동반자가 되어주었다. 거의 며칠 동안 두 사람이 나눈 대화는 「소주?」「남박 먼저 들어가」「괜찮아」「그만 가자」「조심해 들어가」「미안해」「통증 느끼면 곧바로 약 먹어」가 전부였다. 그래도 남 박사는 일요일에도 병원에 나와 그를 기다려주었고, 정수 또한 늦은 잠자리에서 일어나면 그길로 남 박사를 찾았다.

무엇을 정리해야 된다는 것인지 그 의미도 알 수 없었지만, 막상 정리를 한다고 해도 무엇을 어떻게 정리해야 하는 것인지 막막하기만 했다. 직장이야 달랑 사표 한장 내면 되고, 퇴직금이야 곧바로 죽을 목숨이니 연금보다는 당연히 일시금으로 받아야 할 것이다. 그리고 집이야 어차피 아내 명의로 되어 있었으니 걱정할 바 없었고, 그 동안 이런저런 사정으로 마지못해 들었던 월급에서 공제되는 몇 가지 보험과 적금들이야 이미 아내가 모두 알고 있는 것들이었다. 그 외에는 더이상 수입으로 정리할 것이 없었다. 정수는 그 부분에서 스스로 생각해도 자신이 참 한심하다는 느낌을 떨칠 수 없었다.

다른 이들은 그렇지 않을 것 같았다. 아내 모르게 숨겨둔 부동산이나 증권, 적금통장이나 채권, 아니면 하다못해 단돈 몇십만 원이라도 들어 있는 비밀통장 같은 것이라도 있어서 그것을 내놓고는 깜짝 쇼까지는 아니더라도 공연한 헛기침 정도는 할 수 있을 것 같았다. 그런데 그에게는 정말 아무리 생각해 봐도 그런 것이 없었다. 공연히 책상서랍의 밑바닥까지 샅샅이 뒤져도 보고 케케묵은 수년 전의 수첩을 꺼내놓고 혹시 뭐 잊고 있는 것은 없을까 뒤적거려도 보았지만, 통장으로 입금되지 않는 몇만 원 단위의 시간 외 근무수당 이외에는 손에 쥐어본 적이 없는 그에게 그런 것이 있을 리 없었다.

정수는 그 사실이 그렇게 허탈할 수 없었다. 정말 뭔가 끔찍하게 손해보고 살아온 것 같았고, 자신만이 세상에 뒤처져서 살아온 낙오자 같은 느낌이었다.

그 반면 자신이 갚아야 할 채무는 엄청나게 많은 것 같았다. 매달 통장에서 결제되기는 했지만 몇 개월 전에 신용카드 할부로 샀던 여름양복 잔금, 그리고 지난달에 산 여러 권의 책값, 또 아내의 잔소리를 들어야 할 현금서비스로 인출해 쓴 10만 원. 통장에 그만한 잔금이야 있을 테지만 곧바로 확인이 되면 직원들의 야식비로 썼다는 사실을 고백하고 괜한 눈치를 봐야 할 것 같아서 한 달 넘게 시간을 끌 수 있는 현금서비스를 받았던 것인데 그것도 걱정이었다. 물론 아내야 그러면 현금을 찾아 쓰지 왜 이자 비싼 현금서비스를 받았느냐고 하겠지만, 그 동안 몇 번 눈치보인 적이 있다는 것을 아내가 인정할 리 없었다.

채무는 그뿐이 아니었다. 암이란 사실을 확정짓느라 그 여러 번의 검사를 하는 동안 한푼의 검사비도 받지 않았던 남 박사에게도 그냥 모르는 척 넘어갈 수는 없었다. 또 몇 번 호텔 일식집에서 비싼 저녁을 산 적 있는 친구 장 변호사에게도 한번쯤은 근사한 저녁으로 보답을 해야 했고, 그 동안 자신에게 특별한 관심을 기울여주었고, 특히 지난 연말 정기표창 때에 그 많은 직원들을 다 제쳐놓고 자신을 국무총리표창 대상자로 추천해 줬던 국장에게도 조촐한 감사의 술자리라도 꼭 한번 마련해야 할 것 같았다. 그뿐이 아니었다. 무능한 주무 담당관임에도 내색 한번 없이 묵묵히 따라와준 계장 이하 직원들에게도 작은 선물이나마 하나씩 해줘야 했고, 매일 아침 출근길에 그토록 환한 웃음과 깍듯한 인사를 건네주던 청원경찰관에게도 그냥 있을 수는 없었다. 거기다가 그 동안 여러 번 술에 취했을 때 자신의 차로 집까지 태워다줬던 이 주사에게도 기름이나마 몇 번 넣어줘야 했고, 사무실 근처 단골 식당에서 언젠가 천 원인지 이천 원인지를 덜 준 것 같아 그것도 께름칙했다. 심지어는 주문하는 책마다 항상 잊지 않고 챙겨주던 단골 서점의 아가씨에게 스타킹 한 켤레로나마 고맙다는 인사를 하지 못했던 것까지 생각하면 온통 갚아야 할 빚투성이였다.

정수는 그런 것들이 우선 정리되어야 아내에게 무엇을 부탁하고, 지원과 희원에게도 뭔가 할말을 찾을 수 있을 것 같았다. 또 동생들에게 돌아가신 아버지와 어머니 산소에 대한 몇 가지 부탁도 하고, 그 동안 찾아뵙지 못했던 고모님 이모님도 찾아뵈어야 하련만……

그러나 사실은 그 모든 것이 생각뿐이었다. 솔직히 말하면 그냥 아무것도 하기 싫었다. 아니, 무엇을 어떻게 해야 하는지 정말 알지 못해 아무것도 하지 못하고 있는 것이었다. 그래서 남 박사에게나마 물어보고 싶었는데 매번 술자리에서는 입이 떨어지지 않았다. 술에 취하면 될까 싶었지만 우선은 남 박사가 입을 열지 않으니 어떻게 할 수가 없었고, 또 그러다 보면 매일 술자리에 불러내는 것이 미안해서 에이, 내일…… 하고 미룰 수밖에 없었다.

얼마 남지 않은 시간은 자꾸만 흘러가는데……. 정수는 시간이 지날수록 점점 더 답답해지기만 했다.

점심 시간이라 평소처럼 직원들과 어울리기는 했지만 특별히 식욕을 느낀 것은 아니었다. 이미 소화기능의 문제가 심각한 터라 국물만 몇 숟가락 뜨는 정도였는데, 사무실로 돌아온 정수는 명치 부근을 중심으로 심한 통증을 느끼기 시작했다. 마치 장기가 끊어지는 듯, 바늘로 찌르는 것 같은 극심한 통증과 압박감이 함께 찾아왔다. 그는 진땀을 흘리며 남 박사가 지어준 진통제를 입 안에 털어넣었다.

통증이 가라앉는 동안에 정수는 그 육체적 고통보다 덜컥 밀려드는 두려움에 더 시달려야 했다. 비로소 죽음과 고통이 실감되는 순간이었다. 막연히 죽어야 하는가 보다 생각했던 잠시 전과는 그 느낌의 차이가 이루 말할 수 없었다. 그토록 거부하고 싶었던 두려움이었는데 어느 순간 여지없이 전신을 에워싸고 있는 것이었다.

정수는 세차게 고개를 내저었다. 의지의 나약 운운하는 것은 그야말로 언어의 사치였다. 살고 싶은 욕망 같은 것도 후차적 문제였다. 고통과 죽음, 그 자체에 대한 두려움이었고 그것은 그렇게 의지 따위로 쉽사리 제어되지 않는 가장 원초적인 본능이었다.

「서기관님, 어디 불편하세요?」

그 소리에 정수는 내젓던 고갯짓을 멈췄다. 6급 주사인 이미란이었다. 그녀는 휘둥그래진 눈으로 자못 걱정스러운 표정을 짓고 있었다.

「아, 아니에요.」

정수는 고통을 숨기느라 더이상 말을 잇지 못하고 눈짓으로 그녀의 용건을 물었다.

「예, 저…… 오전에 결재 올린 거…….」

「아, 저, 저기…….」

겨우 고갯짓으로 책상 한쪽 모서리를 가리킨 정수는 힘겹게 의자를 돌려 창가를 향했다. 진통이 진행되는 중에도 어느 순간 격렬하게 치밀어오르는 통증의 반발을 견딜 수가 없어서였다.

한참 동안이나 고개를 갸우뚱거리며 정수를 바라보고 섰던 이미란이 뒤늦게 결재서류를 챙겨들고 돌아섰다.

「으으윽……」

그녀의 멀어지는 인기척을 확인하고서야 정수는 밭은숨과 함께 고통의 신음을 내뱉었다.

거의 통증이 사그라들고 난 뒤, 정수는 허탈감과 함께 극심한 초조감을 느끼고 있었다. 이제는 정말 바쁘구나. 이러다가 고통의 두려움에 빠져 이성을 잃어버리면 정말 아무것도 정리하지 못한 채 추하게 끝날지도 모른다. 오늘부터는 정말 술에 기대지 말자. 이성이 살아 숨쉴 때 어서 하나라도 더 깨끗이 정리하자.

사표는 언제든 통증이 심하면 낼 수 있는 것이니 당분간 출근은 계속하도록 하자. 가장 큰 문제는 무엇보다도 지원과 희원이다. 그 아이들에게 아빠에 대한 좋은 기억과 추억도 만들어줘야 하고, 그 아이들이 제대로 성장하여 제 삶을 꾸려갈 때까지의 준비도 해줘야 한다.

또 아내 영신에 대해서도 뭔가 결론을 내려줘야 한다. 언제부터인가 원만치 않게 느껴지던 부부관계, 꼭 성의 문제만이 아니다. 아내에게는 자신에 대한 사랑의 감정이 남아 있지 않은 것 같다. 그렇다고 아내에게 다른 성(性)이 존재한다는 의미는 아니지만, 이제는 아내도 자신의 인생을 아름답게 꾸며가야 한다. 언제까지 아이들에게 묶여 인생을 망치게 할 수는 없다. 엄마와 여자로서의 아내의 문제, 그 부분만큼은 자신이 나서서 아이들을 이해시키고 양해를 얻어줘야 할 것이다. 물론 아직 희원인 나이가 어려서 어떤 반응을 보일지 알 수 없지만, 지원이만큼은 충분히 납득하고 이해해 줄 것이다.

정수는 자신의 그런 생각들이 지나친, 정말 주제넘은 걱정이라고는 전혀 생각하지 않았다. 오히려 당연히 해야 할 책임이고 마지막 의무인 것만 같았다.

아르바이트로 영어와 수학을 가르치는 지원은 오늘 학생의 몸살로 다른 때보다 일찍 귀가했다. 더구나 한달분 과외비까지 받은 날이었다. 물론 친구들을 불러내 수다를 떨며 시간을 떼울 수도 있었지만 요 근래 들어 더욱 쓸쓸해 보이는 엄마의 친구가 되어주는 편이 나을 것 같아 곧바로 집으로 향하고 있는 길이었다.

점점 더 심해져서 이제는 거의 매일이다시피 술에 취해 집에 들어오는 아빠. 언제부터가, 아침에 같은 방에서 나오는 모습을 본 적이 없는 아빠와 엄마. 그리고 며칠 전, 아빠의 그 타락한 주정. 정말 그 모습은 다시 기억하고 싶지 않은 것이었다. 싸구려 3류 연속극에서나 보았던 그런 천박하고 추한 모습이 바로 아빠의 모습이었다니, 지원은 정말 혀를 깨물고 싶을 만치 수치스러웠다. 그날 허물어지듯 바닥에 주저앉던 엄마의 모습이 그렇게 가여울 수 없었다.

아침이면 텅 비어버리는 집. 엄마는 그 집이라는 새장 안에 갇힌 고독한 새였다. 희원은 새벽이 가까워서야 귀가를 할 테고, 아빠는 여전히 술에 젖어 고통만 가져다주는 모습으로 돌아올 테니, 그나마도 엄마에게 위안을 주고 말벗이 될 사람은 자신뿐일 것 같았다.

지원은 엄마에게 사다드릴 과일을 생각했다. 그중에서도 엄마는 특히 포도와 딸기를 좋아했다. 가능하면 오늘 저녁에는 엄마와 마주앉아 와인이라도 한잔 할까 싶었다.

과일가게 아저씨는 언제나처럼 환한 모습으로 손님들을 대하고 있었다. 약간은 푼수끼로 보이는 수선스러움과 함께 아파트 단지의 모든 사람을 기억하는 듯이 친근하게 대하는 모습이 어쩔 수 없는 장사꾼으로 여겨졌다. 그러면서도 언제나 요란한 그의 인사는 싫지 않았다.

「아저씨, 안녕하세요.」

「어, 그래. 지원이구나. 야, 우리 동네 자랑 지원이가 갈수록 예뻐지네. 서울대보다 이화여대에 들어갔으면 메이 퀸은 따놓은 당상일 텐데.」

그는 여전히 예의 과장된 수다로 인사를 받았다.

「아저씨도 참, 이젠 이화여대도 메이 퀸 안 뽑아요.」

「그래? 허…… 거, 왜 안 뽑지?」

그는 못내 아쉽다는 표정으로 입맛까지 쩝쩝 다셨다.

「아유, 그만 놀리시고 과일이나 주세요.」

「허허허…… 그래, 뭘로 줄까? 오렌지? 키위……?」

「아뇨, 오늘은 포도하고 딸기 주세요.」

「그래, 엄마가 좋아하시는 과일을 사는 걸 보니, 오늘 과외비 받은 모양이구나.」

사내는 빠른 동작으로 봉투에 과일을 주워담으면서도 연신 입을 쉬지 않았다. 몸에 밴 버릇 같았다. 양까지 적당히 알아서 담아주는 그에게 모든 것을 맡기고 지갑의 돈을 꺼내고 있던 지원을 그가 흘끗 돌아봤다.

「그날 저녁에 아버지 별일 없었니?」

무슨 소리인지 알 까닭이 없는 지원이 두 눈을 끔벅였다.

70

「어, 모르는 모양이네. 그런데 왜 어머니는 요즘 통 안 오시지?」

사내는 고개를 갸우뚱거려가며 말끝을 흐렸다.

「그게 무슨 말씀이세요?」

「으응…… 왜, 지난 금요일인가? 며칠 전 아버지가 술에 많이 취하셨던 날……」

「……」

요 근래 하루도 쉬지 않고 술에 취해 귀가했던 아버지였으니 지원에게 특별히 기억되는 날이 있을 리 없었다.

사내는 여전히 모르겠다는 표정을 짓고 있는 지원을 보자, 이제는 과일 담던 동작까지 멈추고 허리를 폈다.

「왜, 그날 양복에 과일물이 잔뜩 배었을 텐데……」

사내의 동의를 구하는 듯한 말투에 지원은 비로소 그날 저녁을 기억했다. 욕실에서 나오다가 아버지의 옷에 무엇인가 묻어 있는 흔적을 어렴풋이나마 본 것도 같았다.

「예에……」

지원의 알겠다는 듯한 표정에 신이 난 듯 사내는 그날 일을 소상하게 과장까지 곁들여 떠벌이기 시작했다.

「어이구, 말도 말아. 그날 어찌나 술에 취하셨던지…… 공연히 화를 내시며 우리 과일 더미를 발로 차고 하시더니, 나중에는 과일 위로 넘어지셔서, 쯧쯧…… 나도 나중에는 화가 나서 경찰에 신고를 다 하고 싶더라고. 그래도 학생과 어머니를 봐서 참았지만. 그 아버지 친구분이 그날 고생 많이 하셨을 거야. 그렇게 말려도 고래고래 소리를 치시면서…… 나중에 그 친구분이 오셔서 과일값을 변상해 주시겠다고 해서 안 받으려다 조금만 받았지.

그 친구분은 의사시라던데, 참 점잖으시더구먼. ……난, 또 그
일 때문에 어머님이 통 안 오시나 했지.」

비로소 사정을 알게 된 지원은 수치감에 낯이 화끈거려 어쩔 줄
을 몰랐다. 아버지 양복에 묻었던 과일 흔적, 그리고 남 박사님,
또 술취한 아버지의 난폭한 행동……. 엄마는 분명 그 일을 알고
있을 것이다. 이 말 많은 아파트 단지 안에서 그런 일이 소문나지
않았을 리 없다. 그러면서도 엄마는 아무런 내색이 없었으니…….
지원은 그래서 그저께와 어제, 엄마 얼굴이 그렇게 무거웠구나 싶
었다. 그 반면 아빠는 어땠는가. 그러고서도 아무런 일이 없었다
는 듯 태연히 아침을 보냈고, 또 여전히 계속 술이었으니……. 지
원은 이제 정말 참을 수 없을 만큼 아버지가 싫고 미웠다.

「아! 그날 밤, 그 아저씨가 저 학생 아버지세요?」

때마침 가게 안에 들어와 있던 아이 업은 젊은 여인이 그 일을
아는 척했다. 그녀의 시선이 지원에게는 경멸의 눈빛으로 여겨졌
다.

「아, 아주머니도 그날 보셨어요?」

사내와 젊은 여인은 본격적으로 그날 밤의 일을 되씹을 태세였
다. 지원은 불에 덴 듯 얼굴이 화끈거렸고, 눈앞이 침침해 아무것
도 보이지 않을 지경이었다.

어떻게 셈을 치렀는지도 몰랐다. 생각 같아서는 과일이고 뭐고
다 팽개치고 싶었지만, 그러면 정말 비참한 몰골일 것 같아 억지
로 과일봉투를 건네받아 가게를 나왔다. 지원은 다리가 후들거렸
다. 뒤꼭지가 화끈거리고 눈앞이 뿌예지더니 기어코 눈물이 볼을
타고 흘러내렸다. 그것은 수치와 미움과 분노와 증오가 함께 어우

러진, 아주 진한 탁류였다.

영신 역시 그 사실은 이미 알고 있었다. 남편의 양복에 묻은 흉한 과일의 흔적들로 어렴풋이 무슨 일인가 있었구나 짐작하던 그녀에게 다음날 오후가 되자 전날 밤 이야기가 들려왔던 것이다. 그녀 역시 그런 남편의 모습에 대한 실망과 수치감이 없는 것은 아니었다. 그러나 아버지에 대한 딸의 격렬한 비난에 같이 동참할 수는 없었다. 자신에게도 인연을 거부할 수 없는 남편이었지만 아이들에게는 그야말로 피로 이어진 아버지가 아닌가. 그녀는 가능한 무심한 척 애썼다.

「그런 일이 있었다니?」

「엄마, 정말 몰랐어?」

「응, 몰랐어.」

「아이, 참…… 이제 창피해서 이 아파트에서 어떻게 살아? 어떡해, 엄마?」

「뭘, 어떡해.」

「창피해서…… 엄마.」

「뭐가 창피해. 그럴 수도 있지.」

「그럼, 엄마는 아무렇지도 않아?」

「그게 어때서. 어디 아빠만 그러시니. 다른 사람들도 다 똑같아. 직장에서 스트레스 받으니 술 마시는 거고, 그러다가 취하면 취중에 그런 일 한번 벌여 스트레스 푸는 거지.」

「아니야, 다른 아빠들은 그렇게까지는 안해. 난 정말 아빠가 싫어, 미워.」

「됐어, 그만 해.」

「엄마, 우리 이사 가자.」

「희원이 학교는 어떡하고?」

「어차피 엄마가 등하교시키잖아.」

「어디 다른 동네로 이사 가면 아빠가 안 그러신다든?」

지원은 더이상 말을 꺼내지 않았다. 그러나 그녀의 가슴에는 점점 엄마에 대한 가여움과 아빠에 대한 미움이 함께 쌓여가고 있었다.

그날 처음으로 죽음을 선고받던 그 포장마차 안에서였다. 험상궂은 인상의 주인은 단번에 두 사람을 알아봤다. 그는 불과 열흘도 지나지 않았건만 아직도 정수가 살아 있다는 사실이 기적 같다는 표정이었다.

사내는 정수와 남 박사가 주문도 하기 전에 소주병과 잔을 내놓고는 이것저것 안주거리를 장만하기 시작했다. 그의 바쁜 손놀림이 반가움에 대한 표현을 대신하고 있었다. 정수와 남 박사는 사내의 그런 모습에서 죽음을 맞은 이에 대한 동정 같은 서글픔보다는 인간과 사내로서의 훈훈함을 먼저 느낄 수 있었다.

오늘은 정수의 말수가 많은 편이었다. 비록 직접적인 마음의 표현은 아니었지만 이곳으로 오는 동안에 정수는 꾸준히 무엇인가를 말하고 있었다. 그것이 숨겨진 내면을 드러내기 위한 준비라고 생각했기에 남 박사는 그의 실없는 소리에도 부지런히 대꾸를 해줬다.

「통증은?」

남 박사는 다시 다물어진 정수의 입을 열기 위해 슬그머니 말을 붙였다.

「점심 먹고 사무실로 돌아와서 곧바로…….」

남 박사는 가슴이 철렁했다. 처음으로 나타난 말기적 증상의 시작이었다. 말도 안되는 바람이었지만 기적처럼 그렇게라도 오래도록 끌어주었으면 했는데, 기어코……. 뭐라고 대꾸해야 할지 갑자기 아득했다.

「네가 준 약 먹고 30분쯤 지나니까 괜찮아졌어.」

정수가 말을 이어 그에게 여유를 만들어줬다.

「술 좀 어지간히 먹지…….」

겨우 생각해 낸 대꾸가 그것이었다.

정수는 말없이 피식 웃었다. 이미 술을 피할 이유도 없었기에 스스로 술자리의 파트너를 마다 않던 친구, 그렇게 마땅한 대꾸를 생각해 내지 못할까. 생각하면 우습기도 했지만 한편 못내 씁쓸했다.

「오늘은 안주나 많이 들고 술은 조금만들 드슈.」

포장마차 주인이 소담스럽게 담긴 싱싱한 굴 한 접시를 내놓으며 싱긋이 웃어보였다. 그의 인상과 어울리지 않을 것 같은데도 자연스럽게 느껴졌다.

「어이구, 고맙습니다. 아저씨도 한잔 하시죠.」

남 박사가 재빨리 자신의 잔을 비워들고 일어나 사내에게 내밀었다.

「아니, 내게는 신경쓰지 말고 말씀들이나 나누슈. 서로 하고 싶은 이야기들이 많을 텐데.」

사내는 남 박사가 내민 잔에 술을 채워주고는 다시 돌아서 안주거리를 만지기 시작했다.

「그래, 할말이 많을 것 같은데?」

다시 자리에 앉은 남 박사가 사내의 말을 따라하며 정색을 했다.

「……」

망설이는 듯 정수는 남 박사의 시선을 피하며 아무런 말이 없었다.

「이제 시작해야지?」

그 시작이라는 단어가 정수에게는 몹시 어색하게 들렸다.

「시작? ……그래, 짧은 끝이겠지만 그것도 시작은 시작이겠지.」

「……」

「그렇잖아도 오늘 하루종일 무엇부터 어떻게 정리해야 하나 많이 생각했어.」

「……」

「우선, 아직은 그렇게 심하게 힘들지는 않으니 당분간 더 출근은 해야겠어. 그리고 무엇보다 걱정은 아이들과 그 사람이야. 아이들에게도 특별히 남겨줄 건 없고 그 사람도 영원히 그렇게 혼자 지내게 할 수는 없으니……. 특히 그 사람 문제는 내가 먼저 나서서 정리를 해줘야 할 것 같아. 그게 내 소홀함에 대한 책임일 것도 같고, 또……」

「이혼이라도 하겠다는 거야?」

불쑥 남 박사가 그의 말을 잘랐다.

「아, 아니. 그건 아니지만……」

「그럼? 네가 나서서 재혼 자리 중매라도 하겠다는 거야?」

「아니, 그런 이야기가 아니고……」

「그럼, 뭐야? …… 지금 너 뭐하고 있는 거야? 미친놈…….」

몹시 화가 난 듯 남 박사가 거칠게 욕설까지 내뱉었다.

「아니야, 그게 내가 할 도리야.」

「도리? 무슨 도리? 이 친구야, 그건 자네 몫이 아니야. 자네가 해야 할 정리는 그런 게 아니야. 아니, 그래, 그런 부분의 정리도 필요하겠지. 그렇지만 그건 나중 문제야. 지금의 자네는 그런 걱정을 할 때가 아니야.」

얼굴마저 벌겋게 달아오른 남 박사가 소리치듯 말했다.

「그럼……?」

「제일 중요한 건 자네야. 그 앞에 선 당사자는 다름아닌 바로 자네란 말이야, 알아? 지금 이 순간, 세상에서 자네 자신보다 소중한 건 없어. 자네를 위한 정리를 하란 말이야.」

「그래, 그래서 그런 것들을 걱정하고 정리하려는 거 아니야.」

「이런, 답답한……. 이봐, 자네 걱정을 해. 하루라도 더 살고 싶으면 당장 사표 던지고 병원에 입원이라도 하든가, 아니면 절에라도 가서 스님을 찾거나 성당의 신부님을 찾아서 마음의 평안이라도 얻어. 그것도 싫으면 어디 너 편안하게 해주는 여자라도 사귀어서, 하다못해 단 며칠이라도 너만을 위한 너의 인생을 즐겨보든가…….」

어느새 포장마차 주인도 분주하던 손길을 멈춘 채 둘의 대화에 넋을 놓고 있었다. 그도 남 박사의 말에 공감이 간다는 듯 가만히 고개를 끄덕였다.

「나 괜찮아. 아무렇지도 않아, 평온하다고.」

정수의 말은 정말 진심이었다. 남 박사의 말처럼 그렇게 종교에 기댈 만치 불안하거나, 자신의 인생 어느 부분에 못내 억울하고 아쉬워 꼭 해보고 싶은 간절한 것이 있다고는 전혀 생각되지 않았다.

「그래, 잘났다. 정말 잘났어. 야, 이 얼빠진 친구야. 그런데 왜 지금 이 상황에서 자네 집사람에게는 아무런 말도 못하고 있는 거야? 지금이 어떤 처지인데, 지금 자네 코앞에 있는 게 무엇인데? ……자네, 지금 어떤 상황인지 실감이나 하는 거야? 아니, 내가 오진을 한 것쯤으로 생각하고 있는 건 아니야? 그래서 정말 암이, 그것도 친구인 나마저 손을 놓아버리고 이렇게 자네 술벗이 돼줘야 할 정도인 그런 종말의 암이란 걸 믿지 않는 거야? 그런 거야? 그런 거냐고?」

남 박사는 거의 울먹이고 있었다. 당장에라도 고함치며 흐느낄 듯, 그리고 멱살이라도 잡고 흔들듯이 그렇게 소리쳤다.

정수는 말없이 고개를 저었다.

「그런데? 그런데, 왜? ……이봐, 나라면 아니야. 난 절대 그렇게 못해. 자네처럼 그렇게 돌아서서도 욕 한번 못할 정도로 사랑하는 아내는 아니지만, 내가 지금 자네 처지라면 난 아내에게 모든 걸 말할 거야. 그리고 그 동안 하고 싶었던 모든 말, 모든 욕, 모든 원망 다 털어놓고…… 단 얼마간이라도 내 마음대로 할 거야. 그래야 나 죽은 뒤에라도 아내가 자책감 같은 것은 갖지 않을 거 아니야. 나 또한 가슴에 남겨진 것 없이 후련하게 툴툴 털어버리고 허허롭게 사랑하는 마음만 갖고 갈 거고.」

「난 정말 그런 것 없어.」

「속이지 마. 지금 자네는 자네 자신을 속이고 있는 거야. 이 마당에 무슨 체면과 어쭙잖은 희생이야. 그건 사랑도 희생도 아니

야. 등신, 팔푼이들이나 하는 그야말로 위선이고 허세야. 난 알
아. 그 동안 자네가 얼마나 외로워했는가를. 그러면 자네는 또
모든 게 자네 탓일 뿐 아내의 탓은 조금도 없다고 말하겠던지만,
어차피 부부는 공동 책임이야. 잘되든 잘못되든, 모든 게…….
자네가 그 동안 얼마나 성실했는데. 바람을 한번 피웠던가, 아니
면 허튼 욕심으로 집사람을 불안하게 해줬던가? 하다못해 거창
한 술자리 한번을 만들었나, 노름을 한번 해봤나? 언제나 그 모
습 그대로, 매순간 최선을 다한 사람 아닌가? ……그런데 왜?
왜, 뭐가 부족해서 이 처참한 처지에서도 혼자 두려움에 떨며 외
로워해야 하는 거야? ……말해, 오늘 저녁에라도 당장. 그리고
함께 나눠. 가족이 뭔데? 아내가, 자식이 다 뭔데? 왜 자네만 힘
들어야 하고, 자네만 책임을 져야 하는 거야. 제발, 남들처럼 그
렇게 살아. 자네 집사람도 그걸 원할 거야.」
「그만 해.」
정수가 낮은 목소리로 가만히, 그러나 단호하게 말했다.
「자네는 내 처지가 아니니까 그렇게 말할 수 있는 거야. 자네도
내 처지가 되어봐.」
남 박사도 막상 그 말에는 선뜻 아니라고 대꾸할 자신이 없었다.
그것은 모든 남편과 아버지들의 마음일 것이었다. 지금까지 했던
그의 말은 어쩌면 그 자신이 꿈꾸는 바람일지도 몰랐다.
「술이나 마시자.」
남 박사가 말없이 술잔을 비워냈다.
「말씀들 중에 죄송하우만, 나도 한잔 주시겠수?」
그사이 다른 안주 몇 접시를 더 내놓았던 포장마차 주인이 슬그

머니 끼여들 기색이었다.

「아, 예.」

이번에도 남 박사는 성큼 나서서 그에게 잔을 건네고 술을 부었다. 빠른 속도로 잔을 비운 사내가 정수에게 빈 잔을 건넸다.

「한잔 받아주시겠소?」

사내는 나름대로 매우 공손한 말투를 쓰려는 것 같았다. 그리고 인상과 달리 태도도 몹시 부드러웠다.

「예.」

정수도 스스럼없이 그의 잔을 건네받았다. 두 번째의 상면이어서가 아니라, 왠지 모를 친근함을 아까부터 느끼고 있었다. 그것은 아마도 그가 자신의 사정을 알고 있다는 편안함 때문일 것이었다.

사내는 정수가 잔을 비울 때까지 소주병을 들고 기다렸다가 그 잔을 다시 건네받았다. 그리고 정수가 채워준 잔을 다시 한번에 비우고는 남 박사에게 술잔을 되돌렸다. 그 술잔에 술을 따르며 사내가 말했다.

「본의 아니게 엿들은 꼴이 되었수만, 정말 내 마음이 다 무겁수. 보아하니 이쪽 친구분은 의사신 것 같고, 저쪽 분도 나름대로 성공한 분인 것 같은데…….」

말을 중단한 사내가 맥주잔 한 개를 꺼내놓더니 거기에다 소주를 가득 부었다. 사내는 그 술을 단숨에 털어넣고도 아무렇지 않은 얼굴로 다시 소주병을 따서 제 손으로 술을 채웠다.

「안주 좀 하시죠.」

남 박사가 슬그머니 안주 한 점을 집어 그에게 내밀었다. 사내는 그 걱정스러운 남 박사의 표정에 피식 멋쩍은 웃음을 흘렸다.

「됐수……. 댁들같이 성공한 분들에게 나 같은 무식쟁이가 이런
저런 말을 한다는 게 우습소만, 나도 워낙 거친 인생을 살다 보
니 나름대로 인생이 뭔가 생각해 본 적이 있었수.」

사내가 다시 자신의 말이 멋쩍은 듯 피식 혼자 웃음을 지으며 술
잔을 들더니 이번에도 그것을 단숨에 비웠다. 그리고는 버릇처럼
스스로 그 술잔을 채웠다.

술병은 또 비워졌다. 사내는 귀찮다는 표정으로 빈 술병을 구석
으로 밀쳐놓고 이번에는 한꺼번에 소주 세 병의 뚜껑을 모두 따놓
았다.

「자식새끼, 마누라…… 다 좋수. 그렇지만, 인생에서 제일 소중
한 건 역시 내 자신입디다. 나도 고약한 성질 못 참다가 처음 형
무소에 갔을 때는 오로지 자식새끼, 그리고 마누라 걱정뿐이었
수. 자식새끼들 보기 부끄럽고, 마누라에게 미안하고…… 그런
데 나와보니 그게 아닙디다. 난 모두 내 편인 줄 알았는데, 알고
보니 다 남이었수. 아니, 제각자의 인생일 뿐이었수. 그토록 애
지중지 키운 자식이고, 아무렇거나 그래도 마누라라고 제일 믿
었는데. 나 없는 동안에 살아보니 살 만했던 모양이우. 그렇게
변하고 차가울 수가 없었수. 한편 서럽기도 하고, 어이없기도 하
고……. 그러다가 다시 사고 치고 형무소 가고 했더니 이제는
거의 남남이 되었수. 그래서 나도 이제는 숫제 그쪽에는 신경쓰
지 않고 살 요량으로 이짓을 하고 있지만, 그래도 가끔 자식새끼
들 보고 싶은 생각은 있습니다. 그게 모두 정인가 뭔가 하는 더
러운 미련 때문인 것도 같고, 같잖은 양심 탓인 것도 같수…….

형무소에 있는 독한 놈들 말마따나 뒈지도록 두드려패는 그런 놈들 마누라가 더 사랑을 압디다. 내가 스스로 미안해 하고 죽어 주면 그럴수록 내 자리는 더 없어지는 것이라우. 그래도 이렇게 욕은 할망정, 아직 두들기고 싶은 생각은 없소만…… . 허, 허허 허…… 미안하우. 무식한 놈이 같잖은 소리를 지껄여서…… .」

사내가 쑥스러운 웃음을 토해내며 다시 술잔을 비웠다.

「무슨 말씀을요. 다 똑같은 사람인데.」

남 박사가 소주 반 병을 부어 사내의 술잔을 채워주며 고개를 끄덕였다.

그때 포장마차 안으로 서너 명의 손님이 머리를 들이밀었다. 그들을 흘끗 돌아본 사내가 다시 소주잔을 들며 말했다.

「오늘 장사 끝났수.」

「아니, 왜요? 안주도 이렇게 많은데, 누구는 손님 아니에요?」

꽤 젊은 축들이었다. 문전박대라고 생각했던지 몹시 기분 나쁜 표정으로 따지듯 말했다.

「이런 놈의 새끼들이! 내가 안한다는데 웬 잔말이 많아!」

사내는 당장에 잡아먹을 듯이 으르렁거리며 소주병을 집어들어 머리 위로 치켜들었다.

「아, 아니에요. 가, 가죠.」

서너 명의 젊은이들이 질겁을 하며 누가 먼저랄 것도 없이 등을 돌려 꽁무니를 뺐다.

「허허허, 저 보슈. 오직 내 생각만 하며 살아야 한다니까요. 허 허허…… .」

사내는 어색한 비유를 하고서도 아무렇지 않게 기분 좋은 너털

웃음을 터뜨렸다.

「장사를 하시지, 왜……?」

남 박사가 미안한 얼굴로 물었다.

「장사요? 허허허…… 인생이 쓸쓸한데 그건 해서 뭐하겠수. 아무튼 두 분 사모님을 우리 마누라에 비하겠수만, 남편? 아버지? 거, 모두 내가 있고 난 다음 이야기요. 이쪽 선생에겐 안됐소만, 선생 죽고 나서 얼마나 당신을 그려줄 것 같수? 그리고 그려주면 또 뭐할 거요? 선생 없어도 다 살게 되어 있수. 그저 훌훌 선생 응어리나 털어버리슈. 산 놈이 그래도 행복한 거요. 개똥밭에 굴러도 이승이 낫다고들 하잖수, 왜. 내 선생 끝까지 술친구 해줄 테니 아무때고 오슈. 몇 푼 안되지만 술값도 걱정 말고. 가능하면 언제 마음에 맞는 젊은 색시도 한번 데리고 오슈. 내 멋지게 대접할 테니. 허허허……」

사내의 말이 한동안 더 이어졌다.

정수는 한편 그 사내가 부럽기도 했다. 어딘지 자신과는 달리 자유스러워 보였고, 여유로운 것 같았다. 거친 표현, 어두운 비유이기는 했지만 그의 속마음을 모르는 바 아니었다. 어쩌면 자신의 가슴 저 깊숙이에 숨겨져 있는 내면의 세계도 그와 같을지 모른다는 생각이 들었다. 다만, 그와 같이 거칠게 내뿜지 못하는 서러움이 좀더 깊은 외로움으로 변한 것일 뿐.

정수는 자신이 점점 외로워하고 있다는 사실을 깨달았다.

아내와 지원이 함께 거실 소파를 지키고 있었다. 오늘 밤에는 아내의 방을 찾아 약간이나마 지금 자신의 상황을 내비칠까도 싶었는데 지원을 보자 그만 자신이 없어져 버렸다. 무엇보다 거의 드물었던 아내와의 잠자리를 딸에게 보이는 것이 부끄럽게 생각되었기 때문이었다.

「지원이 여태 안 잤었구나?」

「……」

정수 스스로가 생각해도 모처럼의 다정한 인사이건만 지원은 아무런 대꾸도 없었다.

「어, 이놈 왜 이래? ……왜 잔뜩 골이 났어?」

「……」

「왜, 아빠에게 뭐 할말 있어?」

지원은 여전히 아무런 말이 없었다. 나름대로 따지고 싶은 것을 망설이고 있는 것이었다.

「지원아……」

뭔가 말하려는 지원의 입술을 보고는 영신이 간곡하게 달랬다.

「……?」

영문을 모르는 정수는 의아한 표정을 지었고, 지원은 나름대로 감정을 억누르고 있었다.

「그만 들어가서 자, 어서.」

단호한 영신의 말투에 지원이 마지못해 자리에서 일어나 자신의 방으로 향했다. 그러나 여전히 정수에게는 아무런 인사도 없었다. 순간, 정수도 화를 억누르지 못했다.

「한지원, 무슨 짓이야!」

그의 고함에 팩 돌아선 지원의 눈빛이 예사롭지 않았다.

「버릇없이 무슨 짓이야. 어서 들어가.」

다시 한번 단호한 영신의 말소리에 지원이 겨우 등을 돌렸다.

「야, 한지원!」

이어지는 정수의 고함에도 아랑곳없이 지원은 방문을 닫아버렸다.

「왜 이래? 이게 무슨 짓들이야!」

「그만 해요. 당신도 잘한 것 없어요.」

차가운 대꾸와 함께 돌아선 영신도 곧장 안방으로 들어갔다.

정수로서는 정말 어이없는 봉변이었다. 아무런 이유 없이, 기껏 해야 술에 취해 늦게 집에 들어온 것 뿐인데 두 사람이 이렇게까지 하다니……. 무슨 이유였건 간에 아버지에 대한 딸의 무례한 태도에도 아내는 자식의 잘못을 깨우쳐주고 용서를 빌게끔 하려 들지 않았다. 아니 어쩌면 한편으로 속시원해 했을지도 모른다. 정말 포장마차 주인의 말 그대로가 아닌가 하는 생각이 들었다.

딸과 아내에게 당한 그 봉변에도 정수는 끝내 더이상의 어떤 분노의 표현은 하지 못했다. 그저 예전처럼 그렇게 스스로의 외로움으로 울분을 삭이고 있었다. 그는 이제 완전히 기운을 잃어버린 셈이었다.

오늘은 그렇게 취하지도 않았지만 그 취기마저 사라져버렸다. 아무리 눈을 감고 가슴을 달래도 도저히 잠을 이룰 것 같지 않았다. 벌떡 일어선 정수는 책장 위의 레코드를 다시 찾아 꺼냈다.

그룹 ELO의 'Fire On High'. 정수는 그 레코드를 들고 희원의 방을 향해 성큼성큼 걸음을 옮겼다. 마치 그 분노와 울분에 대한 항의의 표시처럼.

아버지의 턱없이 큰 걸음소리, 맞은편 희원의 방문이 열리는 소리, 낡은 전축을 만지는 덜그럭거리는 소리, 그리고 칙칙거리는 라디오소리에 이어 들리는 처음 듣는 음악……. 잠시 후 그 음악 소리는 그쳤지만 지원은 아버지가 무엇을 하는지 알 수 있었다. 얼마 전 희원에게서 들었던 아버지의 이상한 행동. 아버지는 분명 헤드폰을 쓴 채 낡은 레코드의 음악을 듣고 있을 것이다.

지원은 세차게 머리를 흔들며 침대 속을 빠져나왔다. 도저히 참을 수가 없었다. 그렇게 실수를 하고서도 여전히 술은 계속이었고, 반성이나 미안함은커녕 오히려 갈수록 주사(酒邪)는 심해졌으니. 그것도 이상하리만큼 떳떳이…….

4

　머릿속이 욱신거렸다. 아들 희원이 돌아오고도 정수는 오랫동안 잠을 이루지 못했다. 환청같이 들려오는 'Fire On High'의 음울한 악마의 괴성, 그리고 날카로운 기타소리의 잔영이 그를 거의 신새벽까지 뒤척이게 했다. 아내가 깨우지 않았다면 그는 점심 시간까지 늦잠을 잤을지도 몰랐다.

　겨우 물만 적시는 정도의 세수를 마치고 돌아왔을 때, 그의 이부자리 위에는 하얀 편지봉투 하나가 가지런히 놓여 있었다. 그가 세수하는 동안에 누군가가 놓아둔 모양이었다. 정수는 특별한 느낌 없이 그 봉투를 집어들었다. 제법 두툼했다. 글씨를 보니 지원이가 보낸 편지였다. 분명 어젯밤의 일에 대해 잘못을 비는 내용일 것이라 생각하니 흐뭇했다. 무엇보다 딸에게서 처음 받아보는 편지였기에. 정수는 한가한 시간을 이용해 사무실에서 여유롭게 읽을 생각이었다.

이미 아침밥을 먹기에도 늦은 시간이었다. 바쁘게 옷을 갈아입은 정수는 서둘러 자신의 방을 나섰다. 거실에는 아내뿐이었다. 그녀는 주방 식탁 위에 차려놓은 밥상을 눈짓으로 가리켰다.

「아니야, 시간 없어. 지원이는……?」

정수의 목소리는 한껏 밝았다. 영신이 웬일이냐는 표정을 지었다. 최근 들어 들어본 적 없는 밝은 목소리였고, 더구나 아침 시간에 아이들을 찾는 일은 극히 드물기 때문이었다.

「지원이……?」

정수는 신발을 신으면서도 지원을 찾았다.

「제 방에 있지요..왜요?」

「자식, 아비가 나가는데 얼굴이나 보이지…….」

영신으로서는 남편이 갑자기 왜 저러나 싶기만 했다. 정수도 더 이상 지원을 찾지는 않았다. 현관문을 열면서 정수가 한 손을 들어 다녀오겠다는 시늉을 할 때는 영신도 그만 실소를 흘리고 말았다. 그것은 정말 이제는 잊어버린 오래 전의 모습이었다. 영신은 지원이 아빠의 방에 편지를 갖다놓았으리라고는 상상도 하지 못했다. 더구나 그 내용은. 그리고 그것 때문에 남편의 아침이 그렇게 달라진 것이리라고는.

정수는 내내 유쾌했다. 오늘은 출근길 전철의 혼잡도 짜증스럽지 않았고, 맵고 탁한 도심의 매연도 거북하지 않았다. 점심 시간에도 제법 많은 양의 음식을 먹어 포만감을 느꼈지만 거북하지 않았다. 다만 아쉬운 것은 느긋하게 딸의 편지를 읽을 여유가 오늘 따라 쉬 나지 않는다는 것뿐이었다. 그날 이후 줄곧 머릿속을 떠나지 않던 죽음에 대한 느낌도, 저 깊은 곳에서 빳빳이 고개를 세우려던 가족에 대한 아쉬움도 사라졌고, 심지어는 가벼운 육체의 통증마저도 전혀 없었다. 날아갈 것 같은 기분이었다.

퇴근 무렵이 거의 다되어서야 정수는 한가로운 여유를 찾을 수 있었다. 하루종일 그의 가슴을 따뜻하게 해주었던 양복 속주머니의 그 두툼한 봉투를 정수는 소중히, 정말 소중히 꺼냈다. 가슴까지 가볍게 설레었다. 이 소중한 편지를 한동안 읽지 말고 그대로 가슴에 품고만 다닐까도 생각했다. 그래도, 그래도…… 이 편지를 읽어야 오늘 저녁 딸에게 따뜻한 한마디라도 해줄 수 있지 않을까. 작은 갈등이 잠시 스쳤다.

정수는 심호흡으로 마음을 가다듬고 봉투 속의 편지를 꺼내 펼쳤다. 갑자기 눈앞이 침침했다. 두어 번 눈을 끔뻑이고 나서 책상 위의 돋보기까지 눈 위에 걸쳤다. 그 정도야 돋보기가 없어도 됐지만 혹시 한자라도 놓쳐 딸의 고운 마음을 조금이나마 잃을까 싶어서였다.

「험, 험…….」

괜히 마른침이 삼켜지고 헛기침이 나왔다.

편지지는 하얀 리포트 용지였고, 장수는 모두 석 장이었다. 그 위에 파란 잉크의 만년필로 쓴 지원의 예쁜 글씨가 빼곡히 들어차 있었다.

편지는 '아버지'로 시작되고 있었다. 정수는 지원이 아버지라는 단어를 안다는 것이 신기했다. 아직 한번도 딸의 입에서 아버지라는 호칭을 들어본 적이 없기 때문이었다. 지원은 언제나 어린아이처럼 '아빠'라 불렀고 정수 역시 그 아빠라는 단어에 전혀 거부감

이 없었다. 오히려 아버지라고 부르면 서글플 것 같았다. 그래서
정말 조심스럽게 딸 앞에서는 '아버지'라는 단어의 사용을 피했었
다. 그런데 딸은 이미 그 단어를 알고 있는 것이었다. 그래도 그렇
게 서글프지는 않았다. 오히려 아빠보다 포근했고, 한편 뿌듯하기
까지 했다. 그런데, 그런데……

「아버지, 전 지금 당신에게 몹시 실망하고 있습니다. 그 실망은
분노에 가깝습니다.
전 언제나 당신이 다른 그 누구보다도 저와 희원의 훌륭한 아버
지시고 엄마의 남편이기를 기대해 왔습니다. 그러나 아버지는
매번 저희를 실망시켰습니다.
언제나 술취한 모습, 그리고 비틀거리고 흔들리고 나약하고 볼
품없는 모습. 왜 저희는 그런 아버지의 모습에 익숙해야 합니까.
저희도 남들처럼 자랑스럽고 성공한, 그리고 멋진 아버지를 갖
고 싶습니다.
아버지, 당신이 매일 저녁 술을 찾으시는 이유가 무엇입니까. 엄
마에 대한 불만이신가요? 그렇다면 엄마처럼 아름답고 완전한
여인을 보신 적이 있습니까. 그렇지 않으면 저희들에 대한 불만
이신가요? 그럼 저희는 또 무엇을 얼마나 잘못했나요. 저희가
언제 손가락질 받을 잘못을 저지른 적이 있었나요? 아니면, 성
적이 나쁘고 공부를 못해 가슴 졸이게 해드린 적이 있나요? 만
에 하나 저희가 기억 못하는 그런 일이 있었다 하더라도 아버지
보다는 엄마가 더 가슴 아파야 합니다.
제 기억에 남아 있는 그 어린 시절부터 아버지, 당신은 차라리

남이었습니다. 유치원 입학식 사진에도, 졸업식 사진에도, 그리고 국민학교 입학식, 또 졸업식, 중학교 입학식, 또 졸업식, 끝내는 고등학교까지. 그 많은 사진 어느 구석에도 당신의 얼굴은 없었습니다. 유일하게 당신을 볼 수 있는 것은 저의 대학교 입학식 사진뿐입니다. 그런데 전 그 사진 속 당신의 얼굴에서 고마움보다는 서글픔을 느낍니다. 그것이 당신이 못 이룬 꿈에 대한 한풀이란 것을 알기 때문입니다.

아버지도 모르지는 않으실 겁니다. 제가 중학교에 들어가던 날, 엄마는 저와 같이 중학생이 되었습니다. 제가 고등학교에 들어가던 때는 엄마도 다시 고등학생이 되었습니다. 아버지의 박봉에 제대로 과외 한번 시키지 못하는 딸의 성적이 떨어질까 봐, 엄마는 스스로 중학생, 고등학생이 되어 저와 함께 밤을 지새웠습니다. 그래도 아버지는 엄마에게 수고한다, 고맙다는 말 한번 없이 언제나 아버지의 인생만을 사셨습니다.

언제나 무관심한 표정. 그 당신의 무관심에 저와 희원과 엄마는 얼마나 서러웠는지 아십니까?

아버지, 그런 당신이 이뤄내신 것은 무엇입니까. 누구처럼 어느 한 부분을 버린 대신에 거창한 사회적 명성을 이루셨던가요. 아니면 많은 재산을 축적하여 엄마에게 화려한 부귀라도 준비해 놓으셨나요.

그 어느것이 아니어도 좋습니다. 제가 원하는 것은 아버지가 진정한 아버지의 자리에 있어만 주셨으면 하는 겁니다. 그것은 희원도 엄마도 마찬가지입니다. 그중 특히 엄마의 바람이 가장 간절하실 겁니다.

당신에게 친구가 얼마나 소중한지는 저도 친구가 있어서 잘 압니다. 그러나 아무래도 친구보다는 가족이 우선입니다. 아니, 우선이어야 합니다. 아버지, 당신이 지금 커다란 고난에 처한다면 과연 누가 진정한 당신의 편이 되어줄까요. 친군가요? 동룐가요? 아닙니다. 절대 아닙니다. 아버지에게는 아버지의 가족들만이 남아 있게 될 겁니다. 아버지의 친구들, 그분들도 결국은 그분 가족들의 한 구성원일 뿐입니다. 결코 영원한 아버지의 친구이지는 못할 겁니다.

제발 친구들에게서 가족으로 시선을 돌려 당신의 자리를 찾아주십시오. 당신의 건강을 염려하는 엄마를 위해서, 그리고 당신의 따뜻한 사랑을 그리는 희원이를 위해서.

전 정말 이제 술에 취한 아버지의 흔들리는 모습, 그리고 유치하고 천박한 주정을 더이상은 보고 싶지 않습니다. 부디 다시 한번 제가 아버지로 인해 상처받는 일이 없도록 해주세요.

아버지를 사랑하고픈 딸

지원이가.」

편지는 거기에서 끝난 것이 아니었다. 지원은 다시 그 하단에 결연한 추신까지 남겨두었다.

「P.S : 아버지, 전 절대 이 편지에 대해서 후회하지 않습니다. 그리고 앞으로도 후회하지 않을 겁니다. 이 편지로 인해 받으실 아버지의 상처, 그것은 분명 아버지의 책임입니다. 아버지의 냉철한 이성으로 어서 아버지의 자리를 찾아주십시오. 그것만이 이

딸의 유일하고 간절한 바람입니다.」

그것은 비수였다. 그의 마지막 남은 아련한 환상마저 갈가리 찢는 잔인한 비수. 머릿속이 휑하니 빈 느낌이었다. 그 머릿속처럼 텅 빈 가슴 한켠으로 서늘한 찬바람이 밀려왔다. 품속에 넣어두고 꿈만 꾸지 편지는 왜 읽었던가. 미처 후회할 틈도 없었다. 가슴 설레었던 자신이 부끄러웠고, 세상을 모두 잃어버린 것 같은 허탈감에 진저리가 쳐졌다.

도저히 믿어지지 않았다. 정수는 떨리는 손을 진정시키고 다시 편지를 펼쳐들었다. '어떻게 지원이가, 내 그토록 사랑하는 딸 지원이가……. 절대 그럴 리 없다. 뭔가 잘못된 것이다. 아니, 내 착각이다. 내가 미쳐서 뭔가 다른 환영을 읽은 것이다……'

그러나 정수는 다시 한장을 채 읽기도 전에 고통의 신음을 내뱉어야 했다. 격렬한 통증이 밀려오고 있었다. 어제에 이은 두 번째 통증이었다. 하지만 이번에는 아무런 두려움도 없었다. 꿈도 희망도 모두 잃어버린 그에게 새삼 무슨 두려움이 있겠는가. 그냥 고통스럽기만 했고 어서 이대로 모든 것이 끝나기만을 바랐다.

정수는 책상서랍 속에 지원의 편지를 던져넣었다. 그리고 이를 악문 채 의자에 등을 기대고 온몸으로 고통을 받아들였다. 힘들고 서러웠다. 땀인지 눈물인지 모를 습기가 그의 양볼을 촉촉이 적셔갔고, 팔걸이를 잡은 그의 양손에는 점점 힘이 들어갔다. 다행히 저마다의 업무에 바빠 그런 정수에게 관심을 두는 직원은 아무도 없었다.

시간이 흐를수록 그 고통의 심연은 격렬하게 깊어갔다. 도저히 더는 견딜 수가 없어 진통제를 털어넣었다. 정수는 그것마저 못내 서러웠다. 의지와 달리 움직이는 나약함과 그렇게 쓰러지지도 못하는 본능의 비겁함이 싫었다.

통증이 가라앉은 뒤의 지친 의식 속에서, 정수는 아까의 허탈감과는 다른 치밀어오르는 분노에 몸을 떨었다. 아무리 세상이 미쳐버렸다 해도, 그래 네 말대로 내가 그렇게 볼품없고 무능하고 나약하고 천박했다 할지라도, 네가 어떻게 나에게…… 실망했다고? 소홀했다고? 무관심했다고? 상처 입었다고? ……자랑스런 아버지, 남들처럼 성공한 아버지, 멋진 아버지를 갖고 싶었다고?

소리쳐 절규하고 싶었다. 어떻게 네가 내 사랑을 그토록 처참히 짓밟을 수 있으며, 감히 네가 나를 그렇게 무참히 비난할 수 있느냐? 내가 너를 얼마나 소중히 여기고 가슴 깊이 사랑했는지, 내 가슴을 열어 보여줄까? 아니면 내 지난 과거를 찾아다 펼쳐보일까?

허무했다. 분노의 포효로 세상을 송두리째 무너뜨리고 싶었다. 그러나 그 뜨거운 분노도 잠깐이었다. 다시 밀려드는 허탈감과 함께 정수는 깊은 허무의 늪 속으로 빠져들었다. 지치고 피로한 그에게 이제 유일한 위안은 아련한 추억뿐이었다.

정수에게 있어서는 아들 희원도 마찬가지이지만 특히 지원은 더없이 소중한 보물이고 자랑이었다. 제 엄마를 닮아 이제는 서울대 메이 퀸이란 소리를 들을 정도로 빼어난 미모에다 어느새 정수보다도 커버린 늘씬한 키, 타고난 영리함인지 초등학교 때부터 줄곧 놓치지 않던 우등의 성적, 작은 것 하나에도 소홀하지 않은 치밀한 성격, 제 한계를 넘지 않고 절제할 줄 아는 또렷한 이성, 껴안고 베풀 줄 아는 따뜻한 성품……. 어느 것 하나 흠잡을 데 없는, 세상 그 무엇과도 바꿀 수 없는 보석 중의 보석이었다.

정수는 그 지원을 위해 어느 한해는 꼬박 35라는 숫자에 묶여 살기도 했었다. 지원이 고등학교 3학년이던 해였다. 딸이 중학교에 입학을 하면서부터 같이 중학생이 된 듯 함께 영어와 수학을 공부하며 가르친 영신의 덕분인지, 지원은 일찍부터 영어에 남다른 관심과 자질을 보였었다. 그리고 마침내 대학도 영문과를 지망했었다. 그것도 서울대학교 영문과를.

늘상 옆에서 지켜보면서도 그 딸을 위해 아무것도 해준 것이 없다고 느꼈지만, 딸이 뿌듯했다. 그러나 자랑스럽고 설레는 마음 한편으로 정원 35명이라는 숫자가 그에게는 부담이었다. 35. 고만고만한 비슷한 실력의 수많은 경쟁자를 이기고 그 좁은 관문을 통과한다는 것에는 실력 이외에도 운이라고 표현되는 어떤 축복이 있어야만 할 것 같았다. 딸의 능력을 뒷받침해 줄 그 어떤 축복. 신의 축복이어야 한다면 신에게 간구하고, 하늘의 축복이라면 하늘에 간구하고픈 심정이었다. 그러나 그는 종교도 몰랐다. 욕심 없이 오직 스스로의 삶에 순간순간 충실할 뿐, 그 어떤 신에게도 기대본 적이 없었다.

결국 그가 찾아낸 길은 자신의 진실한 마음을 담은 소박하고 순수한 방법이었다. 정수는 그해 1년 동안 한번도 버스의 뒷좌석에 앉아본 적이 없었다. 앞에서부터 35번째 안에 자신이 있어야만 딸도 그 좁은 35의 관문을 통과할 것 같아서였다. 아무리 피곤하고 뒤쪽의 좌석이 비어 있어도 그는 전체 승객의 35번째 안에 들지 않으면 앞쪽에 서 있기를 고집했다.

출근길의 지하철에서도 마찬가지였다. 열차가 도착하고 그 열차에서 함께 하차하는 모든 이들 중 35번째 안에 개찰구를 빠져나와야만 할 것 같았다. 그래서 그는 계단과 가장 가까운 곳에 정차하는 객차만을 고집했다. 그리곤 항상 출입문 앞에서 대기했다. 열차가 도착하기 직전에는 스타트 라인의 육상선수처럼 호흡을 가다듬었다. 그리고 문이 열리면 뜀박질을 시작했다. 에스컬레이터의 편리함보다는 호흡이 가쁘고 땀에 젖더라도 계단을 이용해 뛰었다.

왜소한 50대 사내의 힘겨운 뜀박질. 서글플 수도 있었고, 초라해 보일 수도 있었다. 그래도 정수는 매번 행복했다. 부끄럽지도 않았다. 힘겨워 헐떡이면서도 웃는 얼굴로 뛰었다. 그리고 개찰구를 빠져나오면 긴 호흡을 내뿜었다. 위기를 넘긴 사람이 내쉬는 안도의 한숨처럼. 정수는 빙긋이 웃었다. 딸의 합격통지서를 받은 것처럼.

언제인가 그 사연을 들은 남 박사가 안쓰러웠던지 운전을 배워 차를 장만하라고 권했었다. 그때 정수는 그렇게 대답했다. 「여태 못 배운 운전을 배우는 건 가능해도, 신호등이 바뀔 때마다 35번째 안으로 멈춰서 있는다는 건 도저히 불가능해서 안된다」고. 결국 남 박사는 그런 자랑스런 딸보다 그토록 사랑하는 아빠의 마음이 더 부럽다고 말했었다.

그뿐이 아니었다. 직장에서는 그해 내내 35번째 안으로 출근했고, 심지어는 1번부터 35번까지의 버스가 아닌 36번 이후의 버스도 이용하지 않았으며, 택시를 타거나 동료들의 승용차에 편승을 할 때도 번호판의 끝 두 자리가 35 내의 숫자가 아니면 절대 타지 않았다. 35, 그 꿈을 지키기 위해 그는 그해 내내 35의 강박에 시달렸다. 그래도 힘든 줄 몰랐고 그것을 지켜내는 하루하루가 더없이 행복했다.

그리고 정수는 매주 토요일이면 어김없이 관악캠퍼스를 찾았다. 해가 질 때까지 이듬해에 이곳을 걷게 될 지원의 모습을 상상해 보았고, 정문을 나설 때는 그 캠퍼스를 바라보며 간절히 빌었다. 「부디 내 딸을 당신의 학생으로 받아주소서」라고. 스스로가 생각해도 조금은 우스꽝스럽고 부질없을 것 같은 그런 행동을 하면서도 정수는 한번도 건성으로 하거나 소홀히 하지 않았다.

그 지루한 한해가 지나가고, 마침내 지원은 그토록 원하던 그 대학 영문과에 당당히 합격했다. 정수는 기뻤다. 그의 생애에서 그토록 기쁜 날은 그전에도, 그리고 그 이후에도 없을 것만 같았다. 정수는 마치 자신의 정성도 그 합격에 일조를 한 듯 뿌듯한 기분으로 만나는 모든 이들에게 지원을 자랑했다. 정겨운 이웃들이, 그리고 친구와 동료가 진정으로 그것을 축하해 줬다. 그 누구도 그런 정수를 시기하거나 비웃지 않았다. 너무도 아름다운 사랑이었기에, 소박한 정성이었기에.

그리고 정수는 처음으로 자식의 입학식에 참석했었다. 어찌할수 없는 천성 탓에 몹시 어색하고 쑥스러웠지만 너무도 사랑스런 딸의 작은 성공을 축하하기 위해.

그날, 평생 처음으로 사들고 간 빨간 장미꽃다발이 왜 그렇게 쑥스럽고 부끄러웠던지, 때늦은 꽃샘추위에도 그는 진땀을 흘렸었다. 그래도 그렇게 즐겁고 행복하고 뿌듯할 수가 없었다.

그러나 지원은 중요한 회의까지 불참하고 간 정수에게 그렇게 반가워하거나 고마워하는 기색을 보이지는 않았다. 하지만 정수는 그것을 표현의 미숙, 겸손의 천성이라고 여겼을 뿐, 결코 아빠에 대한 소원(疏遠)이라고는 상상도 못했었다.

그런데, 그런데 그렇게 아끼고 사랑했던 그 소중한 딸이…….

오늘도 정수는 남 박사를 찾았다. 이제 기댈 수 있는 이는 오직 그뿐이었다. 아내도, 자식마저도 자신의 드러내지 않는 사랑을 보지 못하건만, 친구인 남 박사는 그것을 알아주었다. 그래서 편했다. 유일한 의지처였다.

두 사람의 발길은 자연스레 어제의 포장마차를 향하고 있었다. 정수는 유일하게 기대는 남 박사에게 미안했고, 남 박사는 그런 정수에게 아무것도 해줄 수 없는 자신의 부족함이 미안했다. 그래서 그들은 조금이나마 덜어주고 더해줄 수 있는 그 이름도 모르는 험상궂은 사내에게 발길을 내딛고 있는 것이었다.

역시 사내는 어제처럼 변함이 없었다. 말수 적은 그대로, 어색한 웃음으로 반기며 소주병과 잔부터 내밀었다. 그리고 다시 안주거리 장만에 바쁜 손놀림을 시작했다.

오늘은 잔이 비워지는 속도가 몹시 더뎠다. 우선 정수가 그랬다. 남 박사는 그런 정수의 잔을 흘끗거리며 말없이 자신의 잔을 매만지고만 있었다.

「통증은?」

그 오래잖은 침묵의 답답함을 먼저 남 박사가 견뎌내지 못했다. 사실 그것은 작은 두려움이기도 했다. 인생의 아쉬운 종지부 앞에서도 내내 인내하는 친구의 고뇌, 그것은 안타까운 절제이기도 했지만 위험한 억제이기도 했다.

의사로서의 오랜 세월 동안, 그토록 많이 보아온 죽음 앞의 본능들. 거의 모두가 초조와 혼란이었다. 그리고 기대였다. 철학도, 지성도, 부귀도, 공명도, 그리고 사랑까지도 죽음 앞에서는 모두 공허였다. 그런데, 그런데 이 왜소하고 나약해 보이는, 소박하게 살아온 보통 키의 마르고 볼품없는, 두꺼운 안경을 항상 품속에 넣고 다니는, 부끄러움 많이 타고 손해보는 것에 익숙했던 그런 친구가 이성으로 견뎌내고 있는 것이다.

「괜찮아.」

한참 만에 튀어나온 그의 대답은 이미 포기해 버린 초연이었다. 남 박사도 그 대답이 통증이 없었다는 의미가 아님은 알 수 있었다. 그런데 어쩐지 그의 얼굴이 낯설어보였다.

「왜? …… 무슨 일이라도 있었어?」

정수는 아무런 대꾸도 없었다. 물끄러미 소주잔에 고정시킨 채 시선도 움직이지 않았다.

「어제는 내가 너무 주제넘었수. 오늘은 조용히 있을 테니 두 분 이야기 나누슈. 안주나 많이 들고 소주는 적게 하고…….」

포장마차 주인이 장만한 안주를 내놓으며 쑥스러운 낯빛으로 말했다.

「아니, 무슨 말씀을요. 같이 한잔 하시죠.」

남 박사가 잔을 비워 그에게 내밀었다. 그러나 사내는 그 잔에 다시 술을 채워주고는 등을 돌렸다.

「그거 오늘 오후에 시장 나가서 수월찮이 구해온 진짜 민물장어요. 정력에 좋은 거니 어서들 드슈, 여기 더 있수.」

등 너머로 들려온 사내의 투박한 말투에는 훈훈한 정이 묻어 있었다. 말은 정력을 들먹이고 있었지만 내심은 분명 정수의 체력을 위함이었으리라. 남 박사는 그의 풋풋한 정이 진심으로 고마웠다. 죽음을 눈앞에 둔 사람에게 체력이 무슨 의미일까만, 그래도 어느 순간까지는 체력이 통증을 견뎌낼 수 있는 가장 큰 힘이 될 것이었다.

정수는 내내 말이 없었다. 그리고 거의 술잔도 비우지 않았다. 고개를 푹 떨군 채 우두커니 앉아 있어 넋빠진 사람 같기도 했고, 골똘한 생각에 잠긴 것도 같았다.

남 박사는 공연히 가슴이 뛰었다. 포장마차 주인도 마찬가지인 모양이었다. 이미 차갑게 식어버린 접시 위의 장어를 보면서도 데워줄 생각도, 더이상의 권함도 없이 멍하니 서 있기만 했다.

「억울해.」

불쑥 튀어나온 정수의 말소리에 남 박사는 가슴이 철렁했다. 그는 그것을 정수의 회한이라 생각했다. 그리고 어젯밤 자신이 흥분하며 내뱉은 말들을 떠올렸다.

「무슨 일이 있었는가 보우?」

포장마차 사내가 남 박사보다 더 성급히 나섰다. 그러나 그의 말투는 마치 모든 것을 다 알고 있다는 듯 너그러웠다.

여전히 정수는 고개를 숙인 채로였다.

「자식새끼, 마누라 다 소용 없수…….」

사내는 긴 한숨을 내뱉으며 술잔을 꺼냈다. 오늘도 어제처럼 맥주잔이었다.

남 박사가 그 말이 맞는지를 묻는 듯 힐끔 시선을 돌렸지만 정수는 아무런 대꾸도 없었다. 마음속으로는 남 박사에게만은, 아니 꼭 남 박사가 아니라도 누구 한사람에게만은 말해두고 싶었다. 어떻게 이럴 수가 있느냐고, 이게 말이나 되냐고 따지고, 항의하고, 호소하고, 소리치고 싶었다. 그러나 하지 않았다. 할 수가 없었다. 그토록 의지하고 믿으면서도 남 박사에게마저 말할 수 없었다. 너무도 부끄러워서였다. 자신의 초라한 모습이 그렇게 부끄러울 수 없었다. 또한 두려웠다. 혹시라도, 정말 혹시라도 남 박사가, 아니면 뒤늦게 지원이 누구인지를 알게 된 누군가가, 그 아이를 경원하고 비난하고 욕할까 봐 두려웠다.

포장마차 주인은 어느 틈에 다시 구운 장어접시를 내놓고는 처음의 접시를 자기 앞으로 가져갔다.

「드슈. 억울한 건 댁 혼자일 뿐이우. 누구도 댁의 억울함을 나눠 가질 순 없수. 먹고 기운 차려 단 하루를 살아도 힘있게 사는 게 최고유.」

그가 다시 자신의 잔에 술을 따르며 서글프게 웃었다.

「그럽시다.」

정수도 서글프게 마주 웃으며 잔을 들었다. 사내와 부딪친 잔을 정수는 단숨에 비웠다. 그리고 접시 위의 장어 몇 점을 집어 쑤셔 넣듯 입 속으로 가져갔다.

「그래, 그렇게 억지로라도 들어보슈. 어떻수, 맛이 괜찮수?」

「예, 아주 좋네요.」

하나 가득 입 안에 든 장어를 우물거리며 정수가 대답했다.

남 박사는 그가 하는 양을 물끄러미 지켜보고만 있었다. 뭔가 큰 충격을 받았음이 분명했다. 왠지 불안했다. 좋지 않은 변화의 조짐처럼 느껴져서였다.

안주를 삼킨 정수가 입 안을 헹구듯 다시 소주 한 모금을 마시고 남 박사를 돌아봤다.

「남박.」

「……」

「비싸고 좋은 술집 많이 다녀봤지?」

「……?」

「자네는 그래도 많이 다녀봤을 거 아니야.」

결코 공연스레 해보는 이야기가 아닌 듯 보였다.

「왜?」

「나도 죽기 전에 그런 데 한번 가보려고.」

「이봐, 정수……」

너무도 태연스레 죽음을 말하는 그에게서 남 박사는 슬픈 허무의 냄새를 맡을 수 있었다.

「잔말 말아. 지금까지 너무 등신처럼 살아왔어. 이제는 단 하루를 살아도 남들처럼 할 짓 다하며 멋있게 살 거야.」

「그게 멋있는 거야?」

「이봐, 그 판단은 내가 해. 자넨 내가 아니야. 더이상 딴소리하지 마.」

어쩔 수 없었다. 너무도 단호한 그의 태도에 남 박사도 오늘은 더이상 이유를 묻지 않기로 했다.

「그래, 알았다.」

「그런 데는 어때? 어디 있어?」

「먼저 자네가 가본 좋은 곳부터 이야기해. 그래야 그보다 나은 집을 말해주지.」

「그렇군. ……그래, 자네도 같이 갔었지? 왜, 작년 고등학교 동
창회 때…….」

「……?」

「거, 무슨 호텔에서 동창회 했었잖아?」

「그래, 생각나.」

「그때 멋있더라. 그런데 그날 술은 별로 못 먹었어. 다 좋은데
의자도 없이 비쭉이 서서들 그게 뭐냐? 나는 다리가 아파서 오
래 못 버티겠더라.」

남 박사의 입가로 서글픈 미소가 스쳐 지나갔다.

「그리고?」

「그리고는…… 응, 얼마 전 부산에서 동생이 왔을 때, 강남에
있는 갈비집에 한번 가봤다. 그런데 좋더라.」

「또?」

「응…… 별로 없다. 자하문에 있는 중국집에 직원들과 가본 적
이 있는데 나는 별로더라, 너무 기름져서. 그리고는 사무실 근처
의 한정식집 정도…….」

짜릿하게 밀려오는 아픔으로 남 박사는 절로 콧등이 시큰했다.
'그래도 그만하면 성공한 인생인데. 아니, 그것이 성공과 무슨 상
관이랴. 그토록 성실하게 살아왔으면 그보다는 더 나은 보상을 받
았어야지. 그 나이가 들도록 겨우……. 그래, 네 마음대로 해봐라.
누구라서 널 욕할 거며, 너의 그 초라한 사치를 비난할 수 있으랴.
설령 네가 그보다 더 비난받을 짓을 한다 해도 난 네가 가여울 거
다. 그리고 네 아내도 널 비난하지는 못할 거다…….'

남 박사는 자꾸만 매워지는 눈자위를 손등으로 달랬다.

「어떤 데를 가고 싶어?」

「글쎄…… 어디가 어떤지 알아야지.」

정수는 쑥스러운지 멋쩍은 웃음을 지어보였다.

「그래, 그렇겠구나. 그럼 나와 같이 다니자.」

「그건 싫다.」

「왜?」

「이 친구야, 난 익숙지 못한데 자네는 익숙하면, 내가 폼이 안 나잖아. 멋있으려고 가려는 건데.」

「뭐? 허, 허허허……」

어이없다는 듯 남 박사가 건성 웃음을 웃었다.

「그러니 딴소리 말고 어디에 있는지, 어떤 곳인지, 어떻게 해야 하는지, 그런 것만 말해.」

「그럼, 혼자서 가려고?」

「혼자 가면 안돼?」

「안될 거야 없지만, 이상하게 볼걸.」

「왜?」

「혼자 오는 사람은 거의 없으니까.」

「알았어, 아무튼 알려주기나 해.」

「그래도 혼자 갈 거야?」

「아니야.」

「그럼?」

「자네처럼 잘 아는 사람말고 나처럼 모르는 사람과 같이 갈 거야.」

「누구?」

「우리 사무실 직원.」

「아마 그 직원도 자네보다는 익숙할걸.」

「그건 자네 생각이야. 자네같이 특별한 몇몇을 제외하면 다들 나와 같아.」

「이 친구, 날 아주 이상하게 여기고 있었구먼.」

「그건 아니야. 월급쟁이들 이야기하는 거야. 물론 자네도 월급쟁이기는 하지만, 특별하지 않은 보통의 월급쟁이.」

「난 뭐가 특별한데?」

「자네는 특수직 아닌가. 그리고 월급도 은행통장으로 들어가진 않을 거고.」

「마찬가지야. 나도 통장으로 들어가.」

「그래?」

정수는 믿어지지 않는다는 표정이었다.

「정말이야, 자네보다 구멍이 많기는 하지만.」

「알았어, 그래도 아무튼 자네는 안돼.」

「허허허…… 그래. 그런데 돈이 꽤 많이 들 텐데?」

「얼마나? 많이 비싸?」

「자네 상상 밖일 거야.」

포장마차 주인이 넋을 놓은 채 그들의 하는 양을 지켜보고 있었다. 그가 보기에도 두 사람의 풍경은 너무도 아름다웠다. 소박하고 순수하고 정겨운 그림처럼.

초저녁부터 거실을 지키고 있던 지원은 꽤 늦은 시간임에도 방으로 들어갈 기색이 없었다. 전에 없던 일이었다. 특별히 할 이야기가 있거나, 그렇지 않으면 기분 좋은 일이라도 있어 엄마에게 수다를 떨 때를 제외하고는 거의 방안에 틀어박혀 있는 편이었다. 어쩌다 거실에 나와 있는 날도 음악을 듣거나 소파 위에 드러누워 책을 읽는 정도였다. 그런데 오늘은 거의 보지 않던 TV에만 줄곧 시선을 주고 있었다. 그것도 특별한 프로그램도 아닌 매일 반복되는 따분한 프로그램에.

덩달아 영신도 무료하게 TV를 지켜봐야만 했다. 그녀 역시 TV를 잘 보는 편이 아니었다. 오히려 TV는 정수가 즐기는 편이었다. 최근 한동안 그런 남편의 의식을 읽기 위해 그녀 또한 의식적으로 TV에 매달려봤지만 도무지 흥미를 느낄 수가 없었다.

영신은 평소때와 다른 지원의 모습이 이상하다고 생각했다. 그렇다고 특별히 말수가 없었던 것은 아니지만 평소와 너무도 달랐다.

「왜 안 들어가? 무슨 일 있니?」

벌써 몇 번째 반복되는 질문이었다.

「아니야, 무슨 일은…… 조금만 더 있다가…….」

여전히 같은 대답이었다. 무엇을 추궁할 수도 없이 꼬리를 자르는 대답. 그렇듯 태연스런 지원에게서, 더구나 편지에 대해서는 전혀 상상도 하지 못하는 영신으로서는, 그녀가 정수의 귀가를 기다린다는 것을 읽어내기란 도저히 불가능했다. 뭔가 개운치 않은 구석이 없는 것은 아니었지만, 별일 아닌가 보다 하고 넘겨버렸다.

영신이 아직 눈치채지 못했지만 지원은 줄곧 벽시계를 힐끔거리고 있었다. 벌써 자정이 가까웠다. 그래도 정수에게서는 여태 전화 한통 없었다. 지원은 점점 자신이 옳았다는 생각을 굳혀가고 있었다.

물론 후회하지 않은 것은 아니었다. 더구나 출근길의 아버지가 자신을 찾는 소리를 들었을 때는 정말 잘못했구나 후회했다. 당장 달려나가 편지를 돌려받고 용서를 빌고도 싶었다. 아마 아버지가 큰소리로 자신의 이름을 한번만 더 불러주었어도 그렇게 했을 것이다. 결국 방문 앞에 선 채 아버지의 출근소리를 들으며 저녁을 기다렸다.

'오늘은 분명 일찍 들어오실 것이다, 잔뜩 화난 얼굴로. 그리고 내 뺨이라도 한대 때려주실 것이다. 그러면 난 어쩌면 처음에는 왜 때리냐고 대꾸할지도 모르지만 결국은 그 품에 안겨 잘못을 빌 것이다. 그러면 아빠는 용서를 할 것이고……. 그리고 우리 가족 모두는 전보다 훨씬 나아질 것이다.' 지원은 그렇게 생각했다.

그런데 결국 아버지는 오늘도 어제와 다름없었다. 지원의 입장에서는 버림받고 포기당한 기분이었다. 네가 뭐라든 나와는 상관없다. 난 네 아빠 자리 따위에는 진작부터 관심도 없었다. 그러니 네 마음대로 생각하고 네 마음대로 해라. 우린 각자의 인생을 제각각 살 뿐이다……. 그런 아버지의 무심한 목소리가 들리는 것만 같았다.

지친 지원이 자리에서 일어설 무렵이었다. 현관문에 열쇠가 꽂히고 자물쇠가 풀어졌다. 지원을 따라 영신도 일어섰다. 역시 정수였다. 몇 잔 마시지도 않았고 술에 취할 기분도 아니었던 그가 집 안에 들어선 순간 그 앞에 선 모녀의 눈빛은 경멸로 가득해 보였다. 누구 한사람 정겨운 인사는커녕 고개조차 숙여보이지 않았다. 정수는 말없이 그들 옆을 스쳐 자신의 방으로 향했다.

물씬 풍겨오는 소주 냄새, 충혈된 눈빛, 흔들리는 걸음새…….
그들의 눈에는 여느 때나 변함없는 모습이었다. 오늘도 역시…….

「그만 들어가 자거라.」

영신이 주방으로 향하며 지원에게 말했다. 그런 영신의 표정에
는 아무런 변화도 없었다. 이미 익숙하다는 듯 변화 없는 그런 엄
마의 모습이 지원은 더없이 애처로웠다. 당장이라도 달려가 껴안
고 울고 싶었다.

벌컥 문이 열리고 황급한 발걸음으로 정수는 욕실을 향했다. 이
제 구토 증세까지 시작되고 있었다. 울렁이는 정도가 아니었다.
역한 기운의 느낌과 함께 온통 내장이 뒤집어지는 것 같은 고통이
치솟아 올라왔다.

우웩…… 웩…….

욕실에서 새어나오는 고통스러운 신음소리가 지원에게는 취객
의 욕지기로만 들렸다. 차라리 눈을 감고 귀를 막고 싶었다. 어쩌
면 저럴 수가. 그토록 간절한 딸의 소망에도 불구하고 또다시 술
에 취해 저런 추한 모습을 연출하다니……. 욕실을 향한 지원의
눈빛에는 증오와 미움만이 가득했다.

영신은 비록 딸이지만 지원을 마주 대하기가 부끄러웠다.

「뭐해, 어서 들어가.」

그녀의 말에 떠밀리듯 지원이 자신의 방으로 향했다. 영신은 지
원이 제 방으로 들어가고도 한참 동안 더 거실을 서성였다. 정수
의 고통스런 신음이 잦아들자 그제야 영신도 안방문을 열었다.

비참했다. 방금 전 내장이 뒤집어질 듯한 심한 고통보다 거울 속 자신의 모습이 더 비참했다. 쾡하니 들어간 눈, 누렇게 변해가는 낯빛, 까칠한 피부, 점점 튀어나오는 광대뼈……. 사실 아직은 그렇게 눈에 뜨이는 정도는 아니었다. 그러나 진행되는 병상을 알고 있는 그로서는 더욱 절감할 수밖에 없었다.

이미 위를 비롯하여 근처 장기(臟器)에까지 전이(轉移)되었다는 암세포. 구토의 시작은 그중 위로 전이된 암세포의 상태를 짐작하게 해주는 증세였다.

정수는 점점 심해질 고통보다 가족을 비롯한 다른 이들에게 알려진다는 사실이 더 두려웠다. 이렇게 점점 심해진다면 아무리 술 냄새를 풍기며 돌아와도 오래지 않아 아내도 이상하게 생각할 것이었다. 더구나 이제 얼마 후면 술도 받아들이지 못할 것 같았다. 가출이라도 해버릴까……. 정수는 엉뚱한 생각까지 들었다.

정수가 욕실에서 나왔을 때, 거실에는 역시 아무도 없었다. 다행이다 하면서도 왠지 허전하고 서글픈 생각이 불현듯 밀려들었다. 숨기고 싶으면서도 기대고 싶어지는 자신의 야릇한 이중성에 정수는 스스로 쓴웃음을 지었다.

5

정수는 아침부터 줄곧 누구와 어디에 갈까만을 생각하고 있었
다. 자꾸만 짓쳐오는 생각들의 꼬리를 자르느라 심각한 문제처럼
고민하고 있었지만 실상 이미 그 결론은 나 있었다.

어젯밤 남 박사에게 들은 곳 중에서 그래도 여의도의 일식집이
제일 나을 듯싶었다. 아무래도 생선은 소화시키는 데 부담이 덜할
것 같았고, 개포동의 집과 반대 방향이었기에 가족들에 대한 미안
함도 잊을 수 있을 듯싶어서였다.

함께 갈 파트너로는 같은 사무실의 김 계장을 꼽아두었다. 그는
7급 주사보로 공무원생활을 시작하여 십여 년 만인 작년에 사무관
으로 승진했다. 능력도 있었지만 성격도 밝았고 무엇보다 붙임성
이 있어 정수와도 가까웠다. 그 또한 어쩔 수 없는 공무원이었고
월급쟁이라서인지 언제나 소박했고 기껏해야 돼지갈비집이 전부
인 친구였다. 언젠가 술에 취해 술값 계산을 그가 하도록 내버려

둔 것이 항상 마음에 걸리기도 했었다.

계산은 신용카드로 할 생각이었다. 괜히 현금을 인출했다가 아내가 알게 되었을 때 변명거리를 찾느라 허둥대느니보다는 역시 그 편이 나을 듯싶었다. 오늘부터 사용하는 대금의 청구서는 다음 달 말에나 나올 것이고, 그때쯤이면 죽든 입원을 하든 무슨 사단이 생길 테니 그때는 변명거리를 생각해 내지 않아도 될 것이었다. 스스로도 비겁하다는 생각이 들기는 했지만, 평생 처음이자 마지막인데 그것을 따지지는 않겠지라는 생각이 앞섰다. 그리고 만일에 사용처를 따진다면 그때는 오히려 큰소리를 쳐줄 생각이었다. '알 거 없어, 그 정도는 나도 쓸 권한 있어'라고.

「서기관님.」

그의 상념을 깬 것은 이미란이었다.

「예? 아, 예.」

화들짝 놀라는 정수의 반응에 그녀가 환한 웃음을 지었다.

「눈을 뜨고 계셨으니 주무신 건 아닐 테고, 무슨 생각을 그렇게 골똘히 하세요?」

「아, 아무것도 아니에요. 그런데 무슨…….」

「별일은 아니에요. 공무원 긴급생활 지원자금 융자신청을 하라기에 말씀드리려고요.」

「무슨 자금요?」

「긴급생활 지원자금요.」

「그게 뭡니까?」

「급하게 돈 필요하신 분들께 장기 저리로 융자해 주는 건데, 이번 달에는 신청자가 별로 없나 봐요. 오늘이 마감이니 필요하신 분들 신청하시래요.」

「저도 해당돼요?」

「왜요? 서기관님도 신청하시게요?」

「글쎄…… 하여간요.」

「당연하죠, 서기관님은 공무원 아니신가요.」

「액수는 얼마나 되고, 또 상환조건은요?」

「네…… 백만 원부터 천만 원까지 가능한데, 상환조건은 36개월 분할상환이에요.」

「36개월…… 만약 도중에 퇴직하면요?」

「예? 서기관님 퇴직하시게요?」

이미란의 두 눈이 휘둥그래졌다.

「아, 아니…… 그게 아니라, 언제든 사고를 당할 수도 있는 거니까요.」

「전, 또…… 그건 염려 마세요. 퇴직금에서 자동 공제되니까요.」

「아, 예.」

그 편이 수월할 것 같았다. 퇴직금은 상세한 내역을 통보하지도 않을 것이고, 전체 금액과 비교해 백만 원쯤은 있으나 없으나 별 표시가 나지도 않을 터였다. 더구나 다음달쯤에는 사표도 내야 될 테니, 이번 달 봉급에서 얼마간 공제되더라도 그 정도야 봉급명세서만 갖다주지 않으면 어떻게든 둘러댈 수 있었다.

「백만 원에 월 3만 원 정도씩 상환하는데, 신청해 드려요?」

그 정도 돈이라면 더구나 어렵잖게 변명할 수 있지 않겠는가. 이미란이 다시 설명을 이었다.

「봉급공제는 다음달부터 할 거예요.」

어쩌면 다음달 봉급 전에 사표를 쓰게 될지도 모르는 일이었다. 정수는 마침내 안도하는 심정으로 결정을 내렸다.

「그럼, 좀 부탁해요.」

「얼마 신청하시게요? 천만 원요?」

「아니, 백만 원만요.」

「예?」

그녀는 믿어지지 않는다는 표정을 지었다. 아무리 봉급이 예금 통장으로 입금되기는 한다지만 그래도 그 위치에서 돈 백만 원이 없어 융자를 받을까 싶었다.

「더는 필요없어요. 그런데 오늘 나옵니까?」

그녀는 갈수록 태산이라는 표정이었다.

「오늘 당장 쓰셔야 돼요?」

「예, 그랬으면 싶은데…….」

「잠깐만요.」

잠시 자신의 자리로 돌아갔던 이미란이 봉투 하나를 들고 돌아왔다.

「저, 서기관님…….」

그녀가 잠시 망설였다.

「예. 말씀하세요, 이 주사. 왜, 무슨 문제 있어요?」

「그게 아니라…… 마침 제게 내일 쓰려고 찾아놓은 돈이 있어요. 급하신 것 같은데, 먼저 쓰세요.」

「예? 아, 아닙니다. 괜찮습니다.」

「아니에요. 내일 융자금 나오니까, 제가 그 돈 쓰면 돼요. 여기 서명하시고 도장이나 찍어주세요.」

이미란은 돈봉투와 신청서류를 책상 위에 내려놓고 도망치듯 돌아섰다.

「이, 이봐요, 이 주사님…….」

「제가 보관료 드릴 게요.」

그녀의 재치 있는 대꾸에 정수도 더이상은 거절하지 못했다.

결국 인생은 이렇게 아름다운 것이었다. 돌아보면 모두 고맙고 정겨운 사람들이었다. 때로는 짜증스럽기도 하고 더러는 힘들기도 했었다. 미운 때도 있었고 다툼도 있었다. 그러나 결국은 모두 같은 마음, 다정한 이웃이었다. 이 소중하고 고운 사람들과 이렇게 헤어져야 한다는 게 너무도 서글펐다. 찡해오는 코끝을 의식하며 정수는 책상서랍을 열었다. 또 뭔가 다른 일, 다른 생각을 해야했다.

무심히 뒤지던 책상서랍 속에서 지난 봄에 받았던 퇴직연금 통지서가 나왔다. 매년 그맘때면 으레 받아보던 통지서였다. 벌써 내가 1억 원도 넘게 모아뒀구나 하면서도, 언제 이것을 받으랴 싶어 아무렇게나 구겨 던지던 그 종이쪽지에 불과하던 것이 이제는 현실로 다가와 있었다.

제법 많은 돈이었다. 불현듯 희원의 얼굴이 떠올랐다. 다리 밑에서 주워와 길렀다고 놀리던 만큼이나 닮은 구석이 없는 녀석이었다. 장대 같은 키, 부리부리한 눈매, 벌어진 어깨에 굵은 음성하며, 다시 없는 사내였다. 중학교 때는 전국대회에 나가 메달까지 딸 정도로 태권도에 빠져 공부에 소홀하더니만, 고등학생이 되면서부터는 처진 공부를 따라잡는다며 결사적이었다. 그날 밤 그룹 'ELO'의 음악을 듣다가 본 이후로는 아직까지 희원의 얼굴을 보지 못했다.

언제나 지원이 먼저 떠올랐는데 오늘 희원이 먼저 생각난 것은 무슨 까닭일까. 지원에 대한 실망, 아니면 아들에 대한 기대? 알 수 없었다. 정수는 맥없이 씁쓸한 입맛을 다셨다.

문득 보험금과 적금액을 확인해 봐야겠다는 생각이 들었다. 그래야 아이들을 위한 구체적인 대책을 마련할 수 있을 것 같았다. 보험증권과 통장은 아내가 보관하고 있었지만 금액을 확인하는 정도는 경리과에 부탁하면 가능할 것이었다.

장난처럼 따라오던 김 계장의 눈이 휘둥그래 커졌다. 사실 놀라기는 정수 역시 마찬가지였다.

그 일식집은 여의도 한가운데에 있는 빌딩의 4층을 통째로 쓰고 있었다. 엘리베이터를 가운데로 해서 한편은 일반 홀이었고, 그 반대편은 밀실이었다. 일반 홀이라고는 하지만 정수의 눈에는 모든 것이 매우 화려해 보였다. 그는 내심 긴장되기까지 했다.

그러나 정수는 태연스레 홀의 반대편을 향했다. 한복을 곱게 차려입은 여인이 그들을 방으로 안내했다. 다다미가 깔린 방은 한눈에도 고급스러워 보였다. 등받이가 붙은 방석 같은 의자를 권하고 윗도리를 받아 옷걸이에 건 여인이 소리 없이 물러갔다.

「서기관님, 무신 일이십니꺼?」

김 계장이 더이상 못 참겠다는 투로 물었다.

「뭐가?」

정수는 짐짓 태연을 가장했다.

「뭐가라니요? 저희한테 이런 데가 가당키나 한깁니꺼?」

「남들 다 다니는데 우리라고 못 올 게 뭐야.」

「서기관님, 집에 무신 일이라도 있습니꺼?」

김 계장은 점점 걱정스러워지는 표정을 지으며 다급하면 나오는 버릇대로 투박한 사투리를 토해냈다.

「이 사람, 집에 무슨 일이 있으면 집에 들어가지 술은 왜 마셔?」

「하긴…….」

「아무것도 아니야. 괜히 한번 이런 데도 와보고 싶었어. 그래서 온 거야.」

「그라면 갱년기의 발악입니꺼?」

김 계장이 비로소 장난스러운 표정으로 돌아갔다.

「그래, 그렇다고 봐둬.」

「혹시, 서기관님 이러실라고 오늘 융자신청하신 거 아입니꺼?」

「후후…… 금방 들통났구먼. 그래, 맞아.」

그것은 누가 이야기해서가 아니라 좁은 사무실에서 눈치로도 금세 알 수 있는 일이었다. 더구나 융자신청을 알리던 이미란이 한참이나 정수의 자리에서 머물렀고, 작성된 서류를 들고 나갔으니 뻔한 일이었다.

「그란데, 갱년기 발악 한번 무섭네요. 융자 받아가 요정에를 다 오시고요. 한데 서기관님도 이런 데 처음이시죠?」

「후후…… 그래.」

「알았십니더. 그라이까 저를 파트너로 잡으신 건 분위기 잡으라 이 말씀이지예?」

털털한 성격 그대로 김 계장은 쉽게 적응하고 있었다.

「그보다 언젠가 내가 술값을 바가지씌운 일이 있어서, 그것도 갚을 겸…….」

「핑계대지 마이소, 언제 그런 일이 있었다고요. 하여간 알았심더, 염려 마이소.」

그의 너스레에 소심한 정수도 쉽게 긴장을 풀 수 있었다.

그때였다. 녹색 저고리와 빨간 치마를 차려입은 20대 후반으로 보이는 여인이 방문을 열고 들어왔다. 그렇게 뛰어난 미인은 아니었다. 아내 영신보다 곱거나 지적으로 보이지는 않았지만 어딘지 특별한 매력이 있어보였다.

눈치껏 상석이라 생각되는 정수의 옆에 다가와 앉은 그녀가 살포시 허리를 굽혔다.

「처음 뵙습니다, 이소령입니다.」

아마 그녀의 이름이 소령인 모양이었다. 그러나 김 계장이 가만히 있을 리 없었다.

「아, 이 소령. 난 김 중령이고, 그 옆에 계신 분은 한 대령님이시오.」

「예, 반갑습니다. 김 중령님, 한 대령님.」

재치 있는 그녀의 대꾸에 그만 폭소가 터졌고 자리는 금세 부드러워졌다. 안주와 술이 들어오고 김 계장의 너스레가 시작되며 자리는 점점 무르익어갔다. 떠드는 쪽은 김 계장이었고, 그 말상대는 소령이었다.

그런 중에도 그녀는 잠시도 정수에게 소홀하지 않았다. 이것저것 맛있어보이는 것으로만 골라 정수의 접시에 놓아주는가 하면, 그가 받아놓은 술잔을 슬그머니 끌어다 스스로 비우기도 했다. 담배를 물면 불이 필요할 때와 그렇지 않을 때를 알았고, 눈에 보이지 않는 음식물의 흔적에도 재빨리 물수건을 내놓았다. 심지어는 김 계장의 우스개에도 정수를 보며 웃을 때와 상대와 마주 웃을 때를 세심하게 구분했다. 그런 작은 것 하나까지 말없이 놓치지 않는 그녀가 정수는 점점 편하게 느껴졌다. 그것이 직업적인 익숙함과 몸에 배인 눈치라 하더라도, 편안한 그녀의 모습은 아름다워 보였다.

「한 선생님은 왜 말씀이 통 없으세요?」

잠시 김 계장이 조용하자, 그녀가 정수를 돌아보며 물었다.

「아…… 미안해요, 난 말재주가 별로 없어요.」

부끄러운 듯 얼굴을 붉히는 정수의 미소가 소령에게 깊은 인상을 남겼다.

「그래도요. 전, 제가 마음에 안 드시나 했죠.」

「아, 아니에요, 난 신경쓰지 말아요. 듣기만 해도 재미있네요.」

별다른 말은 아니었지만 소령은 모처럼의 따스함을 느꼈다. 앞쪽의 상대가 격의 없는 반말로 편한 사람이라면, 옆의 상대는 거북하지 않은 존대로 인간적인 위안을 주는 사람이었다.

소령은 대부분의 손님들이 마구 내뱉는 반말과 성적 농담에 인간적인 모멸감을 수없이 느끼며 살아왔다. 물론 개중에는 앞의 상대처럼 편한 반말로 거부감을 주지 않는 축도 있었지만, 대부분의 경우는 그 바탕에 멸시를 깔고 있었다. 그렇다고 꼭히 존댓말을 원하는 것은 아니었다. 오히려 그 존댓말이 더한 비하를 바탕으로 한 경우도 수없이 보아왔다.

그런데 옆의 상대는 그런 거만과 교만을 바탕으로 한 존대가 아니라 진정 겸손과 교감을 밑바닥에 깔고 자신을 존대하는 것이었

118

다. 소령은 그것을 본능적으로 알 수 있었다. 처음 자리에 앉으며 옷깃이 스쳤을 때, 상대는 반사적으로 몸을 뒤로 움직였다. 그것은 움츠림도 거부도 아닌 몸에 배인 상대에 대한 예우였다. 좌석의 다른 누구도 눈치채지 못하도록 하는 자연스런 움직임의 배려.

그뿐이 아니었다. 술잔을 받을 때도, 그것을 사양할 때도, 또 웃을 때도, 농담을 받을 때도, 그 어느 때 한번 무심하지 않았다. 더구나 그는 이런 자리가 처음인 사람이었다. 소령은 오래지 않은 경험이었지만, 그 긴장을 쉽게 읽을 수 있었다. 문득문득, 어쩌다 손끝이라도 스칠 때면 상대는 굳은 채 긴장을 감추지 못했다. 소령은 점점 그 상대에게 끌려가고 있었다.

김 계장이 화장실을 가느라 자리를 비운 틈이었다. 이제 술자리도 서서히 그 끝이 보였다.

「한 선생님은 뭐하시는 분이세요?」

그녀는 김 계장이 부른 '서기관님'이라는 호칭을 기억하고 있었지만 굳이 '선생님'이란 호칭을 사용했다.

「허허…… 그냥 월급쟁이요.」

단둘만의 어색함에 공연히 소리내어 웃는 정수를 보며 소령은 잠시 마음을 다졌다.

「저…….」

막상 입술을 떼고서도 소령은 또 머뭇거렸다.

「……?」

정수는 부드러운 눈빛으로 그녀를 편하게 했다.

「저…… 선생님과 언제 점심 한번 같이하고 싶은데요.」

또한번 머뭇거린 그녀가 마른침을 삼키며 말했다. 어차피 이제

다시 오지 않을 손님이었다. 그렇다고 그 상대가 먼저 어떤 말을
해주지도 않을 터였다. 그녀로서는 자꾸만 목에 걸리고, 온몸이
불에 덴 듯 화끈거리도록 부끄러운 말이었지만 그대로 보내기보
다는 나은 일이었다. 정말 목덜미가 후끈거렸다. 그러나 소령은
아무렇지도 않은 듯 태연히 상대의 눈을 마주했다. 그것만이 상대
또한 편하게 해주는 길이기 때문이었다.

「나…… 하고요?」

드러나지는 않았지만 정수의 목소리는 갈라지고 있었다.

「예……. 왜 어려우세요?」

소령은 일부러 토라지는 시늉을 했다.

「아, 아니에요.」

말과 함께 정수는 물잔을 들었다. 그러나 그 잔은 비어 있었다.
다시 내려지는 그 잔에 물을 따르며 그녀가 웃었다. 그녀 역시 어
딘지 어색해 보였다.

「아, 아니…… 괜찮은데…….」

정수는 자신의 갈증을 들킨 것 같아 못내 쑥스러웠다.

「괜찮아요, 드세요.」

「고마워요.」

「그럼, 이제 약속하신 거예요?」

장난스러운 말투였지만 그녀로서는 다짐이었다.

「예? 아, 예…….」

「그럼, 명함 한장 주세요.」

「그러지요. 삼청동에 수제비 잘하는 집이 있어요.」

명함을 건네주며 정수가 말했다. 꼭 그 집을 가겠다는 의미보다

는 어색함을 덜기 위해 다급하게 뱉은 말이었다. 그러나 그녀에게
는 그것이 더욱 곱게 들렸다. 이름도 어려운 특별한 요리를 들먹
이는 것보다는 훨씬 진솔했고 인간적이었다.

「고마워요. 아무때나 가도 되죠?」

그녀는 진정으로 기쁜 표정이었다.

「그래요, 그런데…… 내가 어쩌면 곧 그곳을 떠날지도 모르는데
…….」

소령은 그 이야기를 인사 발령쯤으로 생각했다. 그리고 그런 작
은 배려까지 잊지 않는 그가 더욱 고마웠다.

「염려 마세요. 어쩌면 내일 갈지도 몰라요.」

「그래요…….」

때마침 김 계장이 들어와 둘의 어색한 자리는 그것으로 끝이 났
다.

술값은 30만 원에 가까웠다. 정수로서는 생전 처음 써보는 액수
였다. 여러 사람이 모인 자리라면 몰라도 단둘의 술값으로는 정말
처음이었다. 괜히 가슴까지 두근거렸지만 그렇게 나쁜 기분은 아
니었다.

정수는 남 박사에게서 들은 대로 5만 원을 팁으로 내놓았다.

「이렇게 많이 주세요?」

소령은 정말 고마운 마음이었다. 언제나 받는 비슷한 액수였지
만 오늘은 왠지 자신이 대접을 받은 기분이 들어서였다.

「아, 그럼 여기도 있소.」

김 계장은 액수가 적다는 불평으로 들은 모양이었다. 지갑을 뒤
적인 그가 3만 원을 더 내놓았다.

「어머, 오해하셨나 봐요. 전, 진심이에요.」

소령은 정색을 하지는 않았지만 분명 언짢다는 기색이었다.

「아, 그럼 미안해요. 이번에는 제 정성으로 다시 드리는 겁니다. 고마웠어요.」

김 계장 또한 그렇게 무례하지는 않은 사람이었다. 재빨리 사과의 말과 함께 지갑 속에 도로 돈을 넣었다가 다시 꺼내어 내밀었다. 그의 부드러운 태도가 진심임을 말해주었다.

소령이 다시 웃었다.

「제가 오히려 건방졌네요. 받겠습니다, 고맙습니다.」

결코 가볍지 않은 여자였다. 거친 세파에 시달리면서도 거칠어질 것 같지 않은 여자, 아무리 혹독한 시련을 마주해도 지나고 나면 다시 그 자리에 그대로의 모습으로 있을 것 같은 여자. 그러한 분위기는 그녀의 생에 대한 자신감과 스스로를 아끼려는 자존심에서 나오는 것이 아닐까 하고 정수는 생각했다. 비로소 그녀의 특별한 매력이 무엇인지 어렴풋이나마 알 것 같았다.

엘리베이터를 기다리는 잠시 동안이었지만, 정수는 등뒤에 선 그녀의 눈길이 자신에게 고정되었음을 느낄 수 있었다.

정수는 아침부터 부산했다. 그렇다고 그의 몸이 부산한 건 아니었다. 마음과 머리만 부산한 것이었다.

경리과 담당자는 아침 일찍 계산된 금액을 알려주며 해약해서 사업이라도 벌이시려는 거냐고 농담처럼 말했다. 그러나 정수는 실제 어떤 작은 돈벌이를 구상하고 있었다. 물론 그의 아내 영신을 위한 것이었다.

122

저축성 보험들이기는 했지만 제법 큰돈이었다. 경리과 담당자는 중도해약으로 계산해 얼마되지 않는다고 말했지만 약관에 따른 사망보상금으로 계산하면 무시할 수 없는 돈이었다. 적금도 꽤 목돈이 되었다. 아내와의 관계가 무난하던 시절, 그녀가 시키는 대로 당시로는 제법 부담스런 액수로 불입을 시작했는데 벌써 만기가 가까웠던 것이다. 그리고 퇴직금, 물론 어제 신청한 융자금을 상환한 계산이었다.

 우선 아들 희원이가 가장 마음에 걸렸다. 오늘 아침 조금 늦게 출근을 하면서까지 사무실 근처 보험회사에서 챙겨온 팸플릿과 상품 설명서, 약관 따위를 샅샅이 훑었다. 만에 하나라도 희원이가 재수를 하게 될 경우도 생각해야 했다. 아무래도 그 비용은 학원비와 용돈, 옷값 등을 계산하여 2천만 원은 족히 들 것이었다. 그리고 대학 4년과 군대 3년. 아무리 자신이 죽고 난 뒤라 해도 아들이 경제사정 때문에 아르바이트를 하고 그로 인해 공부에 지장이 생긴다면 그건 정말 눈감아도 못 봐줄 노릇이었다. 또 결혼비용까지……. 우선 두 개의 보험 중 하나인 사망보상금과 적금을 아들 명의로 하여 교육보험에 들도록 할 생각이었다.

 그 다음에는 딸 지원이었다. 아직 졸업은 2년이 넘게 남아 있었지만 그렇게 염려되지는 않았다. 지금도 제 학비나 용돈은 거의 스스로 감당하고 있었고, 또 워낙에 똑똑하고 야무져서 졸업 후에도 충분히 제 몫을 할 터였다. 그래도 아비로서 만일을 대비한 여유자금과 결혼비용 정도는 준비해 두고 가야 할 것이었다. 결국 나머지 보험인 사망보상금은 그 아이의 몫으로 생각해야 했다. 그 돈이면 호화혼수는 아니어도 웬만한 준비는 할 수 있을 것이고,

또 여유자금으로 얼마쯤은 남겨서 제가 가지고 있을 수도 있었다.

그러나 그 모든 것들이 결국은 자신의 사망 이후에나 가능한 일이었다. 아무리 자신의 죽음이 확정적이라 해도 사망 전에 보상금을 지급해 줄 리는 만무하지 않은가. 씁쓸했다. 결국 자신이 직접할 수 있는 일은 아무것도 없는 셈이었다. 모든 것이 아내의 몫이었고 짐이었다.

그래도 그는 뭔가 해둬야 한다고 생각했다. 그래야 아내의 혼란도 덜 수 있을 것이고, 아무래도 세상물정 모르는 아내보다는 자신의 계획이 더 나을 것이라는 생각에서였다. 그러면 결국 유언장을 작성해 둬야 했다. 또 상속세의 문제도 있으니 그것도 미리 알아봐 둬야 할 것이었다. 그렇게 그 모든 일이 미리 준비되었다가 신속하고 정확하게 마무리되어야 모두 제자리를 찾기가 수월할 것 같았다.

유언장 작성이나 상속세의 처리 문제 등은 친구인 장 변호사에게 의뢰할 생각이었다. 그 친구라면 누구보다 잘 처리해 줄 것이니 안심해도 될 것 같았다.

이제 남은 것은 자신의 퇴직금뿐이었다. 거기에서 정수는 그만 낙담하고 말았다. 그의 당초 생각은 아무래도 아내가 혼자서 살아가려면 경제적으로 힘들 것이니 퇴직금과 다른 것들을 합해서 마땅한 제과점이라도 하나 준비해 줬으면 했다. 그런데 막상 따져서 계산해 보니 남는 것은 퇴직금뿐이었고, 그 돈만으로는 아무리 물정을 몰라도 턱없이 모자랄 것이 뻔했다. 가게보증금에 혹시 모를 권리금, 또 처음 하는 장사이니 제대로 된 업체의 체인점이 안전할 것이고, 그러자면 그 보증금과 기계 구입비에 인테리어 시설비

등등……. 아파트를 팔아서 하도록 할까도 생각해 봤지만 그건 아무래도 안될 일이었다. 아내 역시 펄쩍 뛰겠지만 그래도 장사란 알 수 없는 건데, 만약을 위해서라도 집은 있어야 했다. 그래야 세 식구 흩어지지 않고 서로 위로하고 살 것이 아닌가. 그 생각을 하니 또 콧등이 시큰했다.

정수는 의자에 등을 기대고 한참 동안 마음을 달랬다. 한편으론 날 그토록 외롭게 하다니, 하는 섭섭한 생각이 없는 것은 아니지만, 그래도 사랑하는 마음이 앞섰다. 어쨌거나 그들은 아내이고 자식이었다. 가족이었다. 그 가족들에게는 아무리 못났어도 자신이 울타리였을 것이다. 자신보다는 남을 아내가, 딸이, 아들이 더 안쓰럽게 여겨졌다.

아무리 생각해도 더이상은 남은 것이 없었다. 적지 않은 봉급이었지만 그 봉급만으로 생활하고, 세 사람 용돈 주고 또 학비에, 공과금에…… 결코 저축된 돈이 있을 것 같지도 않았다. 결국 정수는 아파트의 저당을 생각했다. 그렇게 하면 그런대로 아내의 가게를 마련할 수 있으리라 생각했다. 만약 아내가 재혼을 하게 되더라도 자신만의 수입이 있어야 아이들을 돌보기가 쉬울 것이었다. 그렇기 때문에라도 아내에게 가게는 꼭 필요한 것이었다. 은행융자는 별로 어렵지 않으리라 여겨졌다. 아파트를 담보로 하면 은행에 근무하는 친구들도 별 부담 없이 들어줄 것 같았다.

정수는 이제 가게 자리를 알아봐야 했다. 가게는 아무래도 아파트와 가까워야 할 텐데, 그런 쪽으로는 잘 아는 친구가 없었다. 결국 자신이 발로 뒤지며 다녀야 한다는 생각이 들자, 공연스레 마음이 바빠지기 시작했다.

전화가 온 것은 바로 그때였다.

「서기관님, 따님이시랍니다.」

생각에 잠겨 있느라 누구의 목소리인지도 몰랐다. 오로지 딸이라는 소리만 귓전을 울렸다.

「예.」

괜히 긴장되고 마음 설레어 정수는 마른침까지 삼켰다. 아직 한 번도 사무실로 전화한 일이 없던 지원이었다. 분명 자신의 잘못을 사과하기 위한 전화이리라 생각되었다.

「안녕하세요.」

그런데 상대는 전혀 다른 목소리였다.

「누, 누구세요?」

「후후…… 저 이소령이에요.」

정수는 왠지 가슴 철렁했고 주위의 눈치까지 살폈다. 그러나 아무도 그에게 관심을 두고 있지 않았다.

「아, 예…….」

「벌써 목소리도 잊으셨어요? 섭섭한데요.」

「아, 아닙니다. 그게…….」

「괜찮아요.」

당황하는 그와 달리 그녀는 여전히 밝고 부드러운 말투였다.

「어, 어떻게……?」

「저 선생님 사무실 근처에 와 있어요. 점심 사주신다고 하셨잖아요.」

그는 이미 그 약속을 잊어버리고 있었다. 그런데…….

정수는 김 계장부터 둘러봤다. 하지만 그 약속조차 알 까닭이 없는 김 계장은 자신의 자리에서 업무에만 열중할 뿐이었다. 정수는 그제야 안도의 한숨을 내쉴 수 있었다.

　그녀가 먼저 손을 들어주지 않았다면 미처 못 알아보았을지도 몰랐다. 물 바랜 청바지에 하얀 반팔 니트셔츠 차림의 소령은 화단 옆 돌턱에서 일어서며 선글라스를 머리 위로 치켜올렸다. 약간 수줍은 듯한 눈빛의 환한 미소. 어제와는 전혀 다른 모습이었다.
　그것이 원래 그녀의 모습인지도 몰랐다. 해맑은 미소는 눈부시고 반짝이는 큰 눈에는 생기가 넘쳤다. 채색된 조명보다 태양빛이 더 어울리는 여자, 어두운 빛그림자에서는 슬퍼도 자연의 바람 앞에서는 자유로운 여자, 소령은 그런 싱그러움을 풍기고 있었다. 나이가 들어보이기는 했어도 그것이 오히려 성숙한 싱그러움으로 보여졌다.
　갑자기 불어온 바람에 그녀의 긴 생머리가 아무렇게나 날렸다. 정수는 문득 어젯밤에 본 그녀의 머리가 쇼트 컷이었음을 기억했다.
　「하룻밤 사이에 머리가……?」
　불쑥 내뱉던 정수는 자신의 기억이 잘못되지 않았나 싶어 말꼬리를 흐렸다.
　「맞아요, 어제는 가발이었어요.」
　소령이 피식 웃으며 대답했다.
　「아, 예……?」
　분명 정수는 그 이유를 묻고 있었다.
　「후후…… 한복을 입으려면 머리를 올려야 하는데 귀찮은 것보다 왠지 서글퍼서요.」

「예…….」

그녀의 눈치 빠른 대답에 정수는 가만히 고개를 끄덕였다. 그 '서글퍼서'의 의미를 충분히 알 수 있었다. 그러나 지금 그녀에게서는 아무런 서글픔도 읽을 수 없었다.

「딸이라고 해서 놀라셨어요?」

오른쪽 어깨의 큰 숄더 백을 왼쪽으로 옮겨멘 소령이 정수의 왼팔에 팔짱을 끼며 장난스럽게 물었다. 순간, 정수의 온몸이 멈칫 굳어졌다. 소령은 모르는 척 그의 팔을 끌며 걸음을 옮겼다.

「달리 누구라고 할 말이 없어서 잠시 빌린 거지, 진짜 딸이고 싶은 생각은 없어요.」

「그, 그래요? 그럼……?」

정수는 어색함을 감추기 위해 생각 없이 되물었다. 하지만 정수도 그녀에게서 딸 같다는 느낌은 전혀 받을 수 없었다.

「으음…… 친구요, 아니 애인요.」

아무렇지도 않은 그녀의 대답으로 보아 앞에서 보인 망설임은 형식적인 것 같았다.

「예? 허, 허허허…….」

정수의 걸음이 다시 멈칫했다. 그러나 그녀는 그것을 의식적으로 무시하고 있었다.

「수제비집이 어디예요? 빨리 가요, 배고파요.」

그녀는 어색해 하는 정수를 위해 말을 돌리고 있었다.

「이제 겨우 11시가 조금 넘었어요.」

「저, 오늘 아침도 안 먹었단 말이에요.」

그녀는 정말 몹시 배가 고프다는 표정이었다.

「어떡하지……?」

「왜요?」

걸음을 멈춘 그녀가 정수를 빤히 올려다봤다.

「저…… 수제비집은 12시가 되어야 문을 열어요.」

그녀의 눈길을 피하면서도 정수는 난처한 기색을 감추지 못했다. 그것이 그녀의 눈길 때문인지 수제비집 때문인지는 정수 자신도 알지 못했다.

「그럼, 다른 걸로 먹어요.」

「그럴까요? 그럼, 뭘……?」

「아무거나요. 한 선생님은 뭘 좋아하세요?」

「글쎄요…… 가까운 데에 청국장 잘하는 집이 있기는 한데…….」

「좋아요, 그럼 우리 거기 가요.」

소령이 가볍게 웃어보였다. 다시 한번 그가 따뜻하게 느껴졌다. 사람에게 이토록 진솔하게, 그리고 사람으로 대우받은 적이 언제였던가 아득했다. 언제나 모두들 천한 이빨을 등뒤로 감춘 채 허세와 위선으로 그녀를 대했다. 그들에게 소령은 사람이 아니라 단지 호기심과 욕망의 대상일 뿐이었다. 그런데 이 남자는 그런 호기심이나 욕망과는 거리가 먼 들녘의 잡풀처럼 수줍고 초라한 자세로 자신을 감싸주고 있었다.

소령은 그에게 묘한 애처로움을 느끼기 시작했다. 왠지 안아주고 보듬어주고 싶은 애틋한 연민이 가슴 밑바닥에서부터 아스라이 피어올랐다.

정말 배가 고팠는지, 언제나 그렇게 소담한지 그녀는 열심히, 정말 열심히 밥그릇을 비워냈다. 숟가락 위의 뜨거운 청국장을 소리 내어 후후 불기도 하고 매운 풋고추를 된장에 찍어 먹고는 호호거리며 냉수를 들이켜기도 했다. 정수에게는 눈길 한번 주지 않았다. 배추김치를 물김치 국물에 씻어 먹으면서도, 손등으로 콧물을 훔치면서도……. 덩달아 정수도 허겁지겁 밥그릇을 비웠다.

마침내 수저를 놓고 입 안 가득 물을 담아 우물거리며 양치까지 한 그녀가 환하게 웃었다.

「와, 맛있다. 가요, 양치질부터 해야겠어요.」

어디를 가자는 것인지, 어디에서 양치질을 하겠다는 것인지는 몰랐지만, 바쁘게 일어서는 그녀를 따라 정수도 황급히 일어섰다.

「커피는 제가 사달라는 데에서 사주세요.」

청국장집을 나오기 바쁘게 그녀가 말했다.

「예? 아, 예.」

정수는 여전히 더듬거리고 있었다.

「좀 먼 곳인데, 괜찮죠?」

「어디……?」

「택시 타면 잠깐이에요.」

「예, 그럼 괜찮아요. 아직 시간 여유가 있네요.」

12시였다. 이제 막 시작된 점심시간으로 빌딩마다 무더기로 사람들이 빠져나오고 있었다. 소령은 여전히 그의 팔짱을 끼고 있었다. 정수는 그나마 사무실에서 좀 떨어진 곳이라 다행이다 싶었다. 그 많은 사람들 중에서 자신을 알아보는 사람은 아무도 없었다.

그녀가 택시를 세운 곳은 소공동의 한 호텔 앞이었다. 정수는 커피숍을 생각했다. 택시요금을 치르고 호텔 안 커피숍으로 곧장 들어선 정수는 별로 많지도 않은 손님 가운데에서도 소령을 찾을 수가 없었다. 그는 곧 오겠지 하는 마음으로 입구 쪽 테이블에 자리를 잡았다.

그녀는 커피를 마신다고 했지, 난 뭘 마실까? 정수는 공연히 차림표를 훑어보며 메뉴 선택에 몰두하고 있었다. 아니, 몰두하려 애쓰고 있었다. 아무리 대낮이고 커피숍이라지만 그에게 호텔이란 쑥스러운 장소였다. 아무래도 커피는 거북할 것 같았다. 녹차, 인삼차, 주스…….

「뭐하세요?」

소령이 테이블 앞에 서서 빤히 지켜보고 있었다.

「예…… 앉아요.」

「가요.」

어디를 가자는 것인지 말도 없이 소령은 벌써 커피숍을 나서고 있었다.

정수는 황급히 그녀의 뒤를 따랐다. 소령은 벌써 엘리베이터 앞에 서 있었다. 정수는 얼핏 입구 안내판에서 봤던 맨 위층의 불란서 식당을 생각했다. 상호는 무슨 콘티넨털이었던 것 같은데 아직 영업시간 전인 걸로 기억되었다.

「불란서 식당이 벌써 영업을 할까요?」

그러나 소령은 아무런 대꾸도 없었다. 그녀의 표정은 몹시 굳어보였다. 처음 보는 표정이었다.

엘리베이터에 오른 그녀는 8층의 버튼을 눌렀다. 8층은 분명 전체가 객실인 층이었다. 영문을 모르는 정수가 무언가 말을 하려다

입을 다물었다. 그녀의 표정이 너무도 굳어 있기 때문이었다.

간힌 공간 속의 단둘. 그녀의 옅은 호흡소리까지 또렷이 들려왔다. 정수는 마치 자신의 두근거리는 심장 박동소리마저 들리는 것 같았다. 엘리베이터가 8층에 설 무렵, 그녀의 가벼운 한숨소리가 들려왔다. 아니, 그것은 심호흡이었다. 그녀도 긴장하고 있었음에 틀림없었다.

엘리베이터에서 내린 소령은 여전히 굳은 표정으로 앞장서서 복도를 걸어갔다. 정수도 엉거주춤 그녀의 뒤를 따랐다. 그녀는 어느 객실 앞에 멈춰서서 열쇠로 방문을 열었다. 정수가 커피숍에서 기다리는 동안 그녀는 프런트에 가 있었던 것이다.

소령은 객실문을 열어둔 채 먼저 안으로 들어갔다. 정수는 어쩔 줄을 몰라 멍하니 방문 앞에 서 있었다.

「들어오시지 않고 뭐하세요?」

다시 문밖으로 나온 그녀가 말했다. 때마침, 땡 하는 엘리베이터 소리가 들려왔다. 정수는 그 소리에 쫓기듯 안으로 들어섰다.

벌겋게 상기된 정수의 낯빛을 보고, 먼저 소령이 멋쩍게 웃었다.

「여, 여긴, 왜……?」

정수의 말투가 몹시 더듬거렸다.

「양치질부터 해야 된다 그랬잖아요. 커피는 여기서 시켜 마셔요.」

그녀의 말투가 매우 빨랐다. 정수는 그녀도 몹시 쑥스러워하고 있음을 알았다. 이제는 그녀에게 뭐라고 추궁을 할 수도 없게 되었다. 그 역시 어찌해야 좋을지 몰랐다. 어디에 앉아야 할지, 아니면 서 있어야 할지, 뭐라고 말을 해야 하는 것인지, 지금 커피를 시켜야 하는지, 심지어 시선을 어디에 둬야 하는 것인지.

「앉으세요.」

「괘, 괜찮아요.」

「……..」

「빨리 양치질해요.」

하마터면 소령은 웃음을 터뜨릴 뻔했다. 줄곧 등을 돌린 채 서성거리는 것도 그랬지만 어서 양치질을 끝내고 나가자는 투의 그의 말 때문이었다.

한참을 또 그렇게 서 있었다. 소령은 가슴이 포근하다 못해 이제는 콧등까지 시큰했다. 그에게서 사람 냄새가 물씬 풍겨왔다. 오랫동안 잊고 있던 따뜻한 사람의 냄새였다. 정(情)의 냄새였다.

소령은 가만히 그의 등뒤로 다가갔다.

「한 선생님.」

속삭이듯 나지막이 그녀가 말했다.

「……..」

「저 좀 보세요.」

「……..」

「선생님, 어서요.」

마침내 정수가 등을 돌렸다. 와락 안기듯 소령이 그의 품으로 파고들었다. 정수의 본능적인 거부를 느끼는 순간, 소령은 몹시도 서러웠다. 그녀의 눈에 핑 눈물이 고였다. 그녀의 눈물에 정수의 몸짓도 멈춰졌다.

어느새 눈물이 그녀의 볼을 적셨다. 소령은 그 촉촉한 볼을 정수의 뺨에 비벼댔다. 그리고 그녀의 입술이 정수의 입술을 더듬었다. 짜릿한 전율과 함께 정수의 두 팔도 그녀를 껴안았다. 밀려들어오는 그녀의 혀끝이 달콤했다. 점점, 점점, 깊어지며……

두 사람은 아주 깊은 늪 속으로, 그것도 몹시 뜨거운 늪 속으로 점점 빠져들고 있었다.

6

벌써 4일째 아무런 연락이 없었다. 남 박사는 그날 저녁 포장마차에서 보았던 정수의 태도가 못내 마음에 걸렸다. 분명 무슨 일인가 있었다. 처음에는 그가 아내 영신에게 자신의 병을 말한 게 아닐까 하는 생각도 해보았다. 혹시 하는 마음에서 다른 병원을 찾아 다시 검사를 받는 것은 아닐까도 생각해 보았다. 그렇게라도 자신을 아끼고 남은 몇날에나마 애착을 가졌으면 하는 게 친구로서의 간절하고 솔직한 심정이었다.

그러나 시간이 지날수록 자신의 생각은 바람일 뿐, 사실은 그런 게 아니라는 느낌을 떨칠 수가 없었다. 어떤 경우든, 그의 아내 영신은 결코 자신에게 전화 한통 없이 함부로 움직일 사람이 아니었다. 그런데 그녀에게서도 역시 아무런 연락이 없었다. 그것은 정수가 아직 아내에게 자신의 병을 말하지 않았다는 의미였다.

먼저 연락을 해볼까도 싶었지만 어떤 스스로의 결단에 따른 것이 아닌가 싶어 망설이고 있었다. 그것이 어떤 결단이든 남 박사 자신으로서는 지켜봐 주는 것만이 유일한 길이었다. 설령 마지막 그 순간까지 지금까지의 삶 그대로를 반추하며 그렇게 사그라진 다 한들 그가 뭐라 말할 수 있겠는가.

그러나 남 박사의 마음 한구석에서는 분명 정수의 반발을 간절히 기대하고 있었다. 그것이 무엇이 되었건, 가령 도덕의 틀을 무너뜨리는 지금까지의 삶에 대한 배신의 행위라 할지라도, 아니면 하다못해 사소한 사치의 분탕질이 될지라도. 진정 자신의 삶에 대해 어느 한 부분 후회하고 죄스러워하지 못한다면 그건 너무도 가혹한 죽음일 것 같았다. 오직 한평생, 그 소중하고 귀한, 그러나 짧고 허망한 삶을 살면서, 그토록 자신을 위해보고 아껴보지 못한다면 그보다 더 초라한 인생이 어디 있겠는가 해서였다. 물론, 그 당사자의 관점은 다를 수도 있었다. 어떤 삶이든 모두 저마다 아쉽고 안타까운 부분은 있는 법이니까. 그러나 누구건 최소한 그에게만은 그 자신이 가장 소중한 것이다. 저마다의 아쉬움과 안타까움은 결국 자신에 대한 소중함을 근간으로 한 것이 아닌가.

친구로서가 아니었다. 아니, 친구로서 그를 가장 속속들이 알기에 더욱 그러했다. 그리고 객관적일 수 있었다. 사시(斜視)의 편견은 편견 그 자체보다는 무지(無知)가 더 큰 원인을 차지하는 것이 아닌가. 지난 과거는 다 기억할 수도 없으니 망각이란 이름으로 묻어버리자. 이제 목전에 죽음을 앞둔 그에게 남은 것은 오직 아내의 남편, 자식의 아버지란 자리뿐이다. 더구나 정수에게 있어서는 더욱 그러했다.

그의 인생 어느 부분을 뒤져도 가슴속 가장 큰 자리에 그 아내와 자식을 비워둔 적은 단 한순간도 없었다. 그것은 그와 더불어 산 오랜 세월에서 언제나 느낄 수 있던, 그래서 가끔은 샘나기도 했고 숙맥처럼 보이기도 했던 추억이 증명하는 것이었다. 그런데도 그는 언제부터인가, 그토록 사랑하는 그의 아내, 그리고 자녀들에게서 외로움을 느끼고 있었다. 따져보면 아무것도 아닌, 그야말로 공허한 것이라 해도 그것은 외로움이었다. 그리고 그 원인의 아주 작은 부분일지라도 그 자신에게만 미루지 못할 무엇은 분명 있을 것이다. 그것이 설령 그들의 지나친 사랑에서 비롯되었다 할지라도.

그것은 비단 정수뿐만이 아니라 남 박사 자신도 그러한지 모른다. 또 대부분의 남편, 아버지들의 마음인지도 모른다.

그렇다고 그에 대한 반발로, 정말 그 반발만으로 어떤 반발 행위를 하도록 기대하는 것은 아니었다. 자신은 그렇게 못할지라도 정수만은 그랬으면 하는 마음인 것은 그의 그 깊고깊은 사랑이 너무도 아까웠기 때문이었다.

퇴근 무렵이 되어가면서 남 박사는 더욱 자주 시계 쪽으로 눈길을 주었다. 그래도 오늘은 연락이 오지 않을까 해서였다. 장규준 변호사에게서 전화가 온 것은 바로 그때였다.

「남박, 날세.」

「응, 장변. 웬일인가?」

「음…… 혹시, 자네 한 서기관에 대해 무슨 소식 못 들었나?」

본시 농담이 없는 친구이기는 했지만 이렇게 곧바로 용건을 말하는 것도 드문 일이었다. 남 박사는 왠지 가슴이 철렁했다.

「한 서기관이라니?」

남 박사도 그것이 정수에 대한 호칭인지 모르지 않았다. 그래도 왠지 부정하고 싶었고 무엇보다 마음의 준비를 할 시간이 필요해서였다.

「누군? 정수 말이지.」

역시 정수를 말하고 있었다.

「왜? 정수가 왜?」

남 박사의 음성이 다급해졌다.

「아니, 그냥……. 그런데 자네 왜 그렇게 놀라?」

장 변호사도 뒤늦게 이상한 기미를 눈치챈 모양이었다.

「아니, 놀라기는. 그런데 정수는 갑자기 왜?」

「응, 좀 이상한 일이 있어서.」

「무슨?」

남 박사는 마른침을 꿀꺽 삼켰다.

「아, 그 친구가 갑자기 유언장 운운하기에.」

「유언장? 뭐라면서?」

「특별한 말도 없이, 그냥 물어보는 거라며 유언장은 어떻게 남기고, 그 효력은 어느 정도이며, 그 유언이 법으로 강제되는지, 또 변호사가 그 유언을 유족과 상의해서 더 나은 방법으로 변경할 수 있느냐, 뭐 그런 걸 묻더라고. 상속세에 대해서도 묻고.」

「그래서?」

「그래서 묻는 대로 대답해 줬지.」

「이유는 안 물어봤어?」

「물론 물어봤지. 그랬더니 사무실 일로 알아보는 거라나……. 그런데 아무래도 느낌이 이상해서 자네에게 전화한 거야.」

138

「언제?」

「아까 점심 무렵쯤……. 왜, 무슨 일 있는 거야?」

「아니야, 나도 몰라.」

남 박사는 무심결에 대답했지만, 아직은 정수의 뜻을 거스를 수
없다는 생각이었다.

「그래? ……난 또 무슨 일 있나 했지. 알았어, 그만 끊자고.」

그러나 막상 장 변호사가 전화를 끊으려 들자 남 박사의 생각이
다시 바뀌었다.

「잠깐…….」

「왜?」

「저…… 자네 내일 시간 어때?」

「언제쯤? 왜, 술 생각나?」

「그래, 아무때라도 좋아.」

「잠깐…… 그래, 내일 저녁엔 나도 별일 없어. 같이 한잔 하자
고.」

「그래. 아니, 점심때가 좋겠는데…….」

남 박사는 갑자기 내일 저녁에도 정수를 기다려야 한다는 생각
이 들었다.

「이 친구, 웬 변덕이야. 알았어, 그럼 그러자고. 내일 점심 시간
에 자네가, 아니 내가 그리로 가지.」

「그래, 고마워.」

이번에도 장 변호사는 뒤늦게 그 이상한 낌새를 알아챘다.

「뭐야, 정말 무슨 일이 있기는 있구나?」

「……내일 만나서 이야기해.」

「뭐야? 무슨 일이야.」

「……하여간, 내일 만나.」

「……알았어.」

남 박사는 이제 한 사람을 영원히 보내기 위한 본격적인 준비가 시작되는구나 하는 생각이 들었다. 허탈하고 답답했다. 이렇게 자신이 앞장을 서야 한다는 것이 서글프고 싫었다. 하지만 한편 어쩔 수 없는 일이라 여겨졌다. 마치 자신이 저질러놓은 것 같은 이 커다란 인과에, 결국 스스로가 감당해야 할 응보인 것만 같아서. 후회할 수도, 되돌릴 수도 없어진 그 업보가 점점 그의 어깨를 짓눌렀다.

남 박사는 수화기를 들었다. 업보라면, 응보라면 스스로 먼저 그를 찾아야 된다는 생각에서였다.

정수는 수화기를 내려놓았다. 남 박사는 별다른 말도 없었다. 그저 만나자는 말뿐이었다. 그럼에도 갑자기 그를 만나기가 두려워졌다. 무슨 핑계를 대어서든 거절할걸 하는 생각이 들었다. 마치 그에게 소령의 일을 들켜버린 것만 같았다.

그날 이후, 정수는 줄곧 그 사랑의 늪보다 더 깊은 혼란의 늪을 헤매고 있었다. 그 뜻밖의 관계가 끝난 뒤, 정수는 남 박사에게서 들은 대로—물론 소령의 그런 도발적인 행위를 예상하지는 않았지만—얼마간의 돈이라도 줘야 하는 것이 아닌가 생각했다. 그러나 정수는 그녀 스스로가 그것을 사랑의 행위라고 생각하듯—설령 그 사랑이라는 표현이 정수의 의사는 아니라 해도, 소령에게는 사랑이라고 여겨졌다—어떤 대가로 표현될 수도 없었고 표현되어서도 안된다는 생각이 들었다. 그것은 그녀의 사소한 행동 몇 가지로도 알 수 있었다.

소령은 그 깊은 사랑의 행위가 끝난 뒤, 오랫동안 정수의 품에 뺨을 묻고 있었다. 정수는 몹시 난처했다. 점심 시간이 끝나가는 시계바늘이 그랬고, 환한 창 밖의 햇살이 민망해서 또 그랬다. 그러나 그 오랫동안이라는 느낌은 정수의 어색함일 뿐이었다. 소령은 스스로 그 뺨을 떼었다.

「이제, 정말 양치질할 거예요.」

하얀 니트셔츠와 손바닥만한 하늘색의 팬티만으로 몸을 가린 그녀가 욕실을 향하며 말했었다. 그녀의 미소에서 정수는 여인의 성숙한 행복함과 앳된 수줍음을 함께 읽을 수 있었다.

당혹함과 쑥스러움으로 정수가 서둘러 옷을 입고 있을 때, 소령은 정말 양치질만 하고 욕실을 나왔다. 그녀는 제대로 매지지 않는 정수의 넥타이를 보며 공허한 박장대소를 터뜨렸다. 그리고 말했다.

「바깥 날씨 몹시 더워요. 씻고 가세요.」

「아니, 됐어요.」

「안돼요, 땀 냄새 날지도 몰라요.」

결국 정수는 떠밀리듯 욕실로 들어가야만 했다.

그가 욕실에서 나왔을 때, 소령은 정수의 넥타이를 자신의 목에 매고 있었다. 여전히 그녀는 셔츠와 팬티차림이었다.

옷을 다 입은 정수가 그녀에게 말했다.

「안 가세요?」

「예.」

소령은 너무도 당연하게 대답했다.

「……?」

「전 내일 아침까지 여기 이 자리에 있을 거예요.」

소령은 정수와의 흔적이 그대로인 침대 위를 가리키며 말했다. 쑥스러운 듯 정수가 시선을 돌리자 그녀가 다시 말을 이었다.

「선생님 흔적이 좋아서요. 이 냄새 모두가 제 몸에 밸 때까지 있을 거예요.」

그것뿐이었다. 그리고 정수는 쫓기듯 그곳을 나왔었다.

정수는 그녀의 전화번호도 알지 못했다. 그래서 어제도 오늘도 내내 사무실을 지켰다. 그러나 그녀에게선 아무런 연락도 없었다. 한편으로는 안도하면서도 한편으로는 못내 아쉬웠다. 그렇다고 그녀를 찾아가기는 더욱 망설여졌다. 동행도 없었지만, 그것이 혹 여라도 그녀에게 실망이 되지 않을까 하는 우려 때문이었다.

이틀 저녁을 꼬박 방안의 어둠 속에만 파묻혀, 정수는 내내 그녀만을 생각했다. 거실에서 들려오는 아내의 목소리, 지원의 의식적인 웃음소리, 밤늦게 들려오는 힘겨운 희원의 발걸음소리…… 그 어느것도 그에게 감흥을 주지는 못했다.

딴에는 정수를 위한 화려한 자리였다. 남 박사는 며칠 전 포장마차에서 정수가 말하던 그 작은 화려함의 꿈이 마음에 걸렸다. 그것이 무슨 꼭 이루고픈 꿈까지야 되겠는가마는 그래도 마음 한구석에 부러웠던 기억이 있었나 보다. 오죽 못났으면 지금 이 마당에 겨우 그걸 객기의 발작이라고 떠드는가도 싶었지만, 그러고 보면 그 자신도 그렇게 마음먹고 화려한 사치의 외출을 즐긴 적은 없었던 것 같았다. 어쩌다가 덩달아 휩쓸려서, 상대의 고상함에 대한 어쩔 수 없는 배려로, 자식과 가족에 대한 아비로서의 의무로…… 즐거운 날도 있었고, 덤덤한 날이 있었는가 하면, 피곤한 날도 있었다. 그러나 어떤 경우든 진정 그 자체를 즐긴 기억은 없었다.

아무튼 남 박사는 정수의 그 소박한 객기나마 달래주고 싶었다. 특별히 지배인을 찾아 부탁까지 해가며 창가의 좋은 자리, 안락한 의자, 부드러운 음식, 향 좋은 와인, 세심한 서비스까지 신경을 썼다. 덧없다 하면서도 욕심을 부렸지만 역시 덧없었다.

34층의 정통 프랑스 레스토랑 '바론즈'. 미리 준비까지 한 그 휘황한 화려함에도 역시 정수는 아무런 감흥을 느끼지 못하는 듯 보였다. 그것을 느끼기에는 이미 그의 의식과 육체가 너무 지쳐 있을 터였다.

인생에서의 종말이 출생일처럼 예정되지 않은 것은 신의 마지막 축복이 아니런가. 예수의 최후의 만찬이 예정된 최후였는지, 그럼에도 진정한 만찬—즐거운 의미의—이었는지는 알 수 없지만, 아마 그 또한 예정된 최후임을 인식한 만찬이었다면 결코 만찬이 아니었으리라. 그런데 하물며 왜소한 인간에 있어서야. 그것도 예정이 아닌 확정된 종말이라면…….

내내 창가에만 시선을 둔 채 정수는 아무런 말이 없었다. 남 박사는 그것을 시선의 회피가 아닌 허망의 침묵이라 생각했다.

「3일 동안 연락도 없이, 혼자 뭐한 거야?」

질책은 아니었다. 나름대로의 포근한 위로였다. 남 박사의 눈가로 서글픈 미소가 배어났다.

「그냥 집에 있었어.」

정수는 여전히 시선을 감추고 있었다.

「……이야기했어?」

「아니…….」

「언제 하려고?」

역시 그 질문에는 대답이 없었다. 남 박사도 그 심정은 충분히 이해할 수 있었다. 옳다고만은 할 수 없었지만 그 마음은 사랑이었다. 스스로야 떠나면 그만이지만 지켜보고 남아야 하는 사람에게는 오랜 고통이란 걸 모르지 않을 터. 결국 단 하루라도 그 고통을 덜어주고 싶은 마음일 것이었다.

「하루라도 빨리 이야기해. 고통은 나누면 가벼워지는 거야. 지원엄마도 마음의 준비를 해야지.」

남 박사는 스스로도 자신이 잔인하다고 생각했다. 거짓이나마 실낱 같은 희망의 말이라도 해줄 수 있으련만 마치 남을 사람의 고통만을 생각하는 듯한 말을 서슴없이 내뱉고 있었으니. 그러나 그것은 그의 실제 마음이 아니었다. 그렇게라도 짐이 되어줘야 결심을 할 것 같아서였다.

정수는 여전히 아무런 대꾸도 없었다. 무언가 다른 생각에 골몰한 것도 같았고 자신의 말에 침묵으로 동의하는 것도 같았다.

남 박사는 슬그머니 화제를 돌렸다.

「그래, 멋진 술집에 간다더니 가봤어?」

「아, 아니야…… 그, 그래…….」

황급히 고개까지 내저으며 부인하던 정수는 이내 고개를 떨구고 말을 바꿨다.

「이 친구, 왜 그래? 무슨 생각을 하고 있었던 거야?」

「아니야, 아무것도…….」

「……그래, 장변에게 전화까지 했으면 뭐라고 유언을 남길지 결정은 한 거야?」

그로서는 못내 참았던 말이었다. 남 박사는 정수가 지금도 그 생각에 잠겨 있다고 여겼던 것이었다. 장 변호사의 전화를 받는 순간부터 남 박사는 몹시 화가 나 있었다. 자신의 바람과는 달리 끝내 스스로에 대한 애착보다는 남겨질 가족에 대한 사랑만을 짊어지려는 정수가 안타깝다 못해 이제는 미워지려고까지 했다.

「장변이 전화했었어?」

「그래.」

「…….」

「뭘 생각하고 있는 거야? 자네가 상속세까지 걱정할 게 뭐 있어. 그렇게 안타깝고 걱정되면 차라리 살아보겠다고 발버둥이라도 쳐.」

「남박…….」

정수의 눈빛이 애처로웠다. 왜 그인들 발버둥치고 싶지 않겠는가. 그 어쩔 수 없는 마음은 남 박사가 더 잘 알고 있었다.

「그래, 미안하다…….」

「아니야, 괜찮아…… 아무리 생각해도 난 내 책임을 다 못하는 셈이니까, 뭐라도 해야 되겠다는 생각이 앞서. 그래서…….」

「그래서?」

「막상 정리를 해야겠다 생각하고 뒤져보니 그 동안 불입하고 있던 보험과 적금이 있더라고. 우선 그걸로 희원과 지원을…….」

정수의 이야기가 계속됐다. 남 박사는 그것을 정수 자신의 계획에 대한 검증과 동의의 요청이라 생각했다. 최선의 방법인지, 그만하면 적당한지, 방법 자체로서 흠이 있는 부분은 없는지…… 그런 것에 대한 검증의 요청이면서도, 한편 그것에 대한 다른 이의는 거부하겠다는 분명한 의지가 담겨 있었다. 완전한 이율배반이었다. 그러나 남 박사는 그 이율배반을 거부할 수 없었다. 검증은 바로 동의였다. 정수는 그 동의의 검증을 원하는 것이었다.

「그래, 그만하면 별문제들 없이 살아갈 수 있을 거야.」

정수의 이야기가 끝나자 남 박사는 기다렸다는 듯 동의의 표시로 고개를 끄덕였다.

「그렇지? 그만하면 괜찮겠지?」

안도하는 그의 표정이 오히려 슬펐다.

「그래, 이제는 지원엄마 제과점 자리만 알아보면 되겠구나.」

「응, 그렇잖아도 내일부터는 틈틈이 알아보러 다닐 거야.」

남 박사의 대답은 약간의 이죽거림이었다. 그것을 모르지 않으련만, 어이없게도 정수의 눈에서는 생기마저 돌았다.

「신도 나겠다. 왜, 지원엄마 재혼 자리까지 알아보지.」

「훗, 그런가…….」

정수의 입가로 쓸쓸한 미소가 스쳐갔다.

「미안하다……. 젠장, 요즘은 왜 이렇게 화가 나지…….」

자신의 지나친 말에 대해 겸연쩍어서가 아니었다. 남 박사는 정말 화가 났다. 그리고 참을 수가 없었다. 지금까지 이토록 화가 나본 적은 한번도 없었다. 뭔가 미친 듯이 고함치고 닥치는 대로 부숴버리고도 싶었다. 그런데도 막상 그럴 수가 없었다. 그것은 자

146

신의 몫이 아니기 때문이었다.

남 박사의 동작이 몹시 거칠었다. 스푼도, 포크도, 나이프도, 컵도…… 짜증스레 휘젓고, 아무렇게나 내던지고, 입 안 가득 음식을 바쁘게 구겨넣고 있었다.

「남박, 체하겠다…….」

「괜찮아, 그냥 둬. 버릇인지 알잖아.」

독특한 그의 버릇이었다. 스트레스가 쌓이고 화가 날 때면 그는 대부분 그렇게 음식으로 풀었었다. 아직은 그 상대마저 변함없이 정수였다.

결국 세상이 변할 건 아무것도 없었다. 사람들이 오고가고, 그 오가는 사람들의 자리만 변할 뿐, 세상은 도무지 변할 것이 없었다. 이제 그가 가고 나면 다른 누군가가 그 자리를 대신할 뿐, 설령 대신할 그 누군가가 없다 해도 바뀔 것은 없었다. 없으면 없는 대로 바뀌면 바뀐 대로, 남은 이들은 그렇게 변함없이 살 것이다. 또 변한다 한들 그것은 떠난 누군가로 인해 변할 것은 아니었다. 저마다의 사연으로, 제각기의 인연으로 그렇게 변해가는 것일 뿐. 결국 떠나는 이는 잊혀지는 것이었다. 그래서 떠난다는 것이 더욱 서러운 것인지도 모른다.

「남박…….」

벌써 지친 것일까. 정수의 목소리가 힘없이 낮았다. 남 박사는 묵묵히 그의 다음 말을 기다렸다. 뭐라고 대꾸하기에는 목이 너무 메였다. 가슴속에 삭여둔 울음이 와락 터질 것만 같았다.

그러나 정수의 이야기는 시작되지 않았다. 남 박사는 그가 망설인다고 생각했다.

「말해······.」

「······.」

남 박사의 뒤늦은 대꾸에도 정수는 그저 기운 없이 미소만 흘릴 뿐이었다.

그렇게 다시 한참이 흐른 뒤, 정수가 혼잣말처럼 중얼거렸다.

「남박, 나 바람났나 봐.」

「······?」

남 박사는 미처 그 의미를 알아듣지 못했다. 그러나 그는 이내 그것이 그 자신의 인생을 바람에 비유한 것이라 이해했다.

「바람? 그래, 그것도 괜찮지. 인생이란 게 원래 그렇게 허망한 것일 거야. 진작에 그렇게 얽매이지 말고 바람처럼 자유롭게 살 아야 하는 건데······.」

「아니, 그게 아니라······.」

남 박사의 엉뚱한 해석에 정수는 몹시 난처한 표정이었다.

「그럼······?」

「여, 여자······.」

「뭐야? 여, 여자? 허, 허, 하하하······.」

믿어지지 않는다는 표정의 남 박사가 유쾌한 웃음을 터뜨렸다. 사실 정수가 여자와 바람났다는 것도 믿어지지 않았지만 그의 심 각한 표정이 더욱 재미있었던 것이다.

남 박사는 한참 동안이나 웃음을 그치지 못했다. 그 동안에도 정 수는 여전히 심각한 표정을 한 채 창가에 둔 시선을 거두지 않았 다.

「그래, 누구야? 뭐하는 여자야? 어디서 만난 거야?」

겨우 웃음을 멈춘 남 박사는 재미있다는 표정을 거두지 못한 채 호기심 가득한 눈빛을 반짝였다.

「……」

정수는 부끄러운 낯빛만 붉힐 뿐 대답이 없었다. 남 박사는 문득 그날 포장마차에서 나눴던 정수의 말을 떠올렸다.

「이봐, 자네 혹시……?」

정수는 대답 대신 가만히 고개를 끄덕였다.

「하, 하하하…… 그래, 어디야? 어디, 그림 같은 요정에서 전설의 황진이라도 만난 거야?」

남 박사는 여전히 장난스러운 표정이었다.

「요정은 무슨……」

「그럼……?」

「여의도 일식집……」

「여의도? 아, 그 일식집! 허, 하하하…… 그래, 그럼 3일 동안 줄곧 그 집에 갔었던 거야?」

「아니야, 그건 아니야. 어제랑 그저께는 정말 집에 있었다니까……」

「뭐야? 그럼 첫눈에 반해서 사랑의 열병을 앓는다는 거야?」

「열병은 무슨……」

정수는 자꾸만 낯이 뜨거웠다. 더구나 남 박사가 '사랑'이니 '열병'이니 하는 단어를 말할 때는 온몸이 불에 덴 듯 화끈거리기까지 했다.

「가보자.」

남 박사는 금방이라도 나설 듯한 태도였다.

「어딜?」

「이 친구야, 첫눈에 그렇게 빠져놓고 이틀씩이나 못 봤으면 눈에 밟히겠다. 어서 가자고.」

아직 후식도 나오지 않았건만 남 박사는 벌써 자리에서 일어서고 있었다.

「아니…… 너무 늦었어. 여기서 여의도까지 가려면…….」

「시간이 대수야, 영업 끝나면 나와서 한잔 하면 되지. 빨리 나와.」

미처 더이상 말릴 틈도 없었다. 이미 남 박사는 성큼성큼 빠른 걸음으로 계산대를 향하고 있었다.

진정으로 유쾌했다. 누군가에게 새로운 정을 느끼고 있다는 사실, 누군가를 사랑할 수 있다는 사실, 그것은 아직 살아 있다는 의미였다. 비록 그런다고 달라질 건 없는 상황이었지만, 마지막 그 순간까지 살아 있다가 갈 수 있다면 그나마 억울함을 덜 수 있지 않겠는가. 그렇게라도 자신만을 위해 부여안고픈 무엇, 가슴 설레는 아쉬움…… 그런 것이라도 숨겨놓았다면, 남겨진 아내와 자식들에게 미안한 마음에라도 설움이 덜하지 않을까. 그토록 아끼고 사랑하면서도 정작 그 자신은 아내와 자식들에게서 언제나 등 시려하던 보이지 않는 고독, 그 영원히 기울어진 사랑 나누기의 일방적인 손실에 대한 보상이라도 되지 않겠는가.

무엇이라도 좋았다. 사랑, 윤리, 도덕, 의무, 책임, 성실, 신뢰…… 그런 모든 것들의 굴레에서 벗어나 단 한 틈이라도 그만을 위한 시간을 가질 수 있다면, 그 어떤 비난도 어떤 대가도 두렵거나 아깝지 않았다. 그 모든 것을 그 자신이 대신 감당한다 하더라도 말이다. 그것은 정수에 대한 친구로서의 우정이기도 했지만, 한 남자로서의 남 박사 자신이 꿈꾸는 환상이기도 했다.

그러나 정수는 설렘보다 두려움이 앞섰다. 소령에 대한 아련한 미련이야 말할 것도 없었지만 그래도 아내에 대한 배신이라는 안타까움, 지원과 희원에게 변명조차 할 수 없는 타락이라는 두려움, 그런 앞선 감정이 그의 가슴을 무겁게 짓눌렀다.

새로운 손님을 받기에는 이미 늦은 시간이었다. 그럼에도 남 박사를 알아본 마담은 너무 늦지 말아달라는 부탁과 함께 뒤늦은 상차림을 주저하지 않았다.

어느새 남 박사의 눈가에는 노여움이 가득했다. 아무리 생각해도 정수의 그 위험한 도발에는 무언가 다른 까닭이 있을 듯싶었다. 단순한 죽음에의 반발로, 혹은 지난 평범한 삶에 대한 아쉬움만으로 그 엄청난 혼란을 자초할 친구가 아니었다. 이미 그에게는 그것이 엄청난 혼란이 되고 있었다. 조금 전, 정수는 스스로 말했었다. 아무래도 스쳐 지나는 바람이 아니라 머무는 고요인 것 같다고.

결국 정수는 집요한 남 박사의 추궁에 감춰두려고 했던 딸 지원의 편지 내용을 털어놓고 말았다. 비겁한 변명이라는 스스로의 자책으로 딸자식을 감싸며.

그때 한복을 입은 아가씨가 문을 열고 들어왔다.

「미안하지만, 소령이란 아가씨를 불러주시겠소?」

굳은 표정의 남 박사가 막 들어온 아가씨에게 정중히 말했다.

「지금 손님방에 있는데요.」

그녀는 몹시 언짢은 기색이었다. 아마 자신에 대한 거부로 생각한 모양이었다.

「언짢게 생각지 말아요. 특별한 볼일이 있어서 그 아가씨를 찾는 거니까. 그리고 곧 일어날 거요.」

미안한 투의 말과는 달리 남 박사의 표정은 여전히 굳어 있었다. 그것은 마음속의 노여움이 풀어지지 않았기 때문이었다.

「그 편지 좀 보자.」

그녀가 문을 닫고 나가자, 남 박사는 기다렸다는 듯이 말했다.

「뭣하게…… 대충 그런 내용이었어.」

「어쨌거나 좀 봐. 너무 화가 나서 그래.」

「화낼 것 없어, 내가 너무 예민해 있었어. 여기에 왔던 것도, 그녀에게 감정이 끌린 것도, 모두 내 나약함 때문이지 그 편지에 대한 반동은 아니야.」

「나약함?」

「그래, 너무 편하다고 느껴져서 기대고 싶었던 거야. 그 동안은 모든 걸 너무 어렵게 생각했었어. 이제 곧 좋아지겠지. 그러면 이 감정도 삭일 수 있을 거야.」

애써 편하게 말하고 있었지만 남 박사는 결코 정수의 감정이 그렇게 단순하지 않음을 알 수 있었다. 편안함이란 결코 그렇게 쉽게 느껴지는 것이 아니었다. 더구나 그가 느끼는 편안함은 직업적인 능숙함에 따른 편안함은 아닐 터였다. 오히려 그런 몸에 밴 체념의 편안함이라면 그의 아내에게서 더 느낄 수 있는 것이리라 생각됐다.

「뭐가 좋아지는데? 어떻게?」

152

「…….」

「편지 줘봐. 그건 지원엄마에게도 일말이나마 책임이 있어. 감히 지원이가 어떻게 자네에게 그런 편지를? 또 그렇게 작은 것에라도 기대고 싶어하는 자네 외로움에는 분명 지원엄마, 아니 자네 가족 모두가 일조를 한 거야……. 어서.」

영신까지 들먹이는 남 박사의 노여움에 정수도 더는 어쩌지 못했다. 지원에 대한 분노가 사그라들며 품속에 넣고 다니던 그 편지를 정수가 꺼냈다. 그래도 처음 받은 딸의 편지였기에 소중한 마음으로 지니고 다녔었다.

남 박사의 표정이 점점 험하게 일그러들었다. 간간이 새어나오는 짧은 한숨 같은 신음이 그의 노여움을 대변하고 있었다.

그에게도 너무나 충격이었다. 단어 하나하나가 그의 눈에는 가장 절제된 선택으로 보였다. 단순히 순간의 격한 감정의 표현이 아니었다. 의도되고 고심하며 깊은 내면의 절절한 미움과 증오를 낱낱이 드러낸 그 편지는 용서할 수 없는 배신이었고 무례였다.

어떻게 네가 네 아비에게 이런 증오를……. 넌 진정 모르느냐, 아비의 그 깊은 사랑을. 진정 네 우둔은 아닐진대, 어찌 네가 이런 경솔을……. 넌 몰라도 나는, 그리고 우리는 안다. 그 얼마나 애틋하고 절절한 사랑이었는지. 네가 모르는 35의 사랑을 우리는 감히 '35의 신화' 라 칭했다. 말투는 장난스러웠어도 마음속은 진정 그 사랑에 깊이 고개 숙였었다. 그리고 부러워했다. 그런 아비를 가진 너를, 그리고 그런 사랑을 할 줄 아는 네 아비의 가슴을.

어찌 네가 감히 그 아비 앞에서 가족을 말하느냐. 세상의 어느 아비인들 한날 한시 한순간이라도 제 가족을 잊겠냐만, 그래도 네 아비는 더욱 남달랐다. 세상의 어느 누구보다도 너를, 너희 가족을 사랑했고, 고달픈 세상살이가 힘겨워 술에라도 취한 날이면, 언제나 너와 가족에 대한 미안함을 토로했다. 특별히 성공한 인생은 아니었다 해도 비굴하지 않은 떳떳함으로 그만하면 부끄럽지 않았고, 호화로운 영화는 아니어도 그만한 성실함이면 술취한 객기에 호통이라도 한번 치련만, 무엇이 그토록 미안하고 안타까웠는지 허구한 날 제 무능만을 자책했다.

난 널 차마 용서하지 못하겠구나. 네가 네 아비의 그런 겸손과 소심을 비난했다 해도 내 널 용서하기 어려우련만, 네 감히 그 애틋한 아비의 가슴에 그토록 처절한 못질을 하다니. 더구나 더구나 …… 네 잘못은 아니다만 그 아비의 마지막 가는 길에…….

남 박사는 구겨 던지듯 정수를 향해 편지를 내동댕이쳤다. 그러나 정수는 그 편지를 다시 곱게 접어 품속으로 가져갔다.

「그걸 뭐하게 간직해?」

「처음으로 받은 딸의 편지야.」

정수는 남 박사의 퉁명스러움에는 개의치 않았다. 오히려 포근한 미소까지 지었다.

「그게 편지야?」

「그럼……? 자네는 이런 편지나마 받아봤나?」

「그런 편지를 내가 왜 받아?」

「그런 편지라니? 이건 사랑이야. 나도 처음에는 노여웠는데 다시, 다시 읽어보니 그게 아니었어. 이건 아비에 대한 절절한 사랑이야.」

「사랑? 허…….」

「이봐, 그놈이 내게 그런 격렬한 단어를 사용한 건 그만큼 사랑하는 마음이 깊다는 의미야. 나도 처음에는 많이 노여워했어. 그런데 다시 읽어보니까 그게 아니었어. 특히 난 그 편지의 추신에서 그 마음을 분명히 확인할 수 있었네. 절대 후회하지 않겠다는 그 말, 그것은 이미 후회하고 있다는, 아니 처음부터 후회하며 썼다는 의미일세. 그러면서도 내게 그런 격렬한 단어를 사용한 건 그만큼 사랑의 열정이 뜨겁다는 뜻 아니겠나? ……난 그렇게 받아들이기로 했네.」

어찌 그의 마음이 그의 말 그대로이기야 하겠는가만, 그것이 본래 아비의 마음인 걸 또한 어쩌겠는가. 굳이 노여워하지 않으려는 마음, 미워하지 않으려는 마음, 사랑하려는 마음…… 그 마음 앞에서 무엇인들 아름답지 않을 수 있겠는가. 남 박사는 그것을 어쩔 수 없는 정수의 천성이라 생각했다. 하긴, 어쩌면 그 자신도 막상 자식에게서 그런 일을 당한다면 그렇게 스스로를 달랠지 모를 일이었다. 그러나 남 박사의 눈에 정수의 모습은 스스로의 달램이나 위안이 아닌, 진정 그렇게 녹여버린 따뜻한 사랑의 아름다움으로 비쳐졌다.

특별히 깊은 인연이라도 있어서일까. 남 박사의 그 노엽던 마음이 다시 평온을 찾은 뒤, 소령이 살포시 문을 열고 들어섰다. 그녀는 망설임 없이 정수의 곁으로 다가가 앉으며 인사를 했다.

「늦어서 죄송합니다, 이소령입니다.」

「어허, 난 나비가 꽃을 찾는다는 말은 들었어도 꽃이 나비를 찾아가는 건 처음 보는데. 두 사람 연인 사이야?」

「그렇게 보이실 정도로 어울립니까?」

남 박사의 짓궂은 농담에도 소령은 태연했다. 오히려 정수의 얼굴이 부끄러운 듯 붉어졌다.

낯선 얼굴은 아니었다. 그전에도 몇 번쯤 좌석을 함께한 적이 있는 것 같은 얼굴이었으나 뚜렷한 기억은 없었다. 그만큼 독특한 개성이 있는 것도, 빼어난 미인도 아니었다. 그럼에도 정수가 그녀에게 깊은 감정을 느끼는 까닭은…….

남 박사가 그 이유를 찾아내는 데는 그리 오랜 시간이 필요치 않았다. 직업적인 익숙함인지는 몰라도 그녀는 남 박사의 시선이나 짓궂은 농담 따위에는 전혀 개의치 않았다. 그렇다고 그렇게 별스러운 티를 내는 것도 아니었다. 태연스러움에서 우러나는 편안함, 몸에 배인 섬세함, 그리고 드러나지는 않았지만 찾으면 눈에 띄는 살가운 정겨움. 그럼에도 조금도 거북하거나 천박스럽게 느껴지지 않는 품위.

남 박사는 그것을 열정이라 생각했다. 그것도 아주 담담한 열정. 자신의 삶에 대한 확고한 자신감, 그리고 순수, 그것을 바탕으로 한 깊고 뜨거운 열정이었기에 드러내지 않아도 진실이 보였다. 비록 잠시 순간의 격정이라 하더라도 결코 스쳐지날 치기는 아니었다. 분명 그것은 영원히 간직될 어느 한 단원의 삶이었다. 격정이어도 뜨겁지만은 않은 절제가 있었기에 아름다운 열정일 수 있었다. 그리고 그것은 사랑이었다.

흐뭇한 자리에서의 시간은 너무나 빨랐다. 몇 마디 나눈 것 같지도 않은데 벌써 영업이 끝날 시간이었다. 남 박사는 계산을 핑계로 슬그머니 자리를 떴다.

단둘만의 자리가 정수에게는 몹시 어색했다.

156

「전화라도 한번 드릴까 하다가 불편하실 것 같아서요⋯⋯.」

지금까지와는 달리 소령도 매우 수줍은 기색이었다.

「아니오, 불편하기는⋯⋯. 그보다 그날 미안했어요.」

「무슨? 뭐가 미안했다는 말씀이세요?」

의외로 소령은 정색을 했다. 아마도 정수의 말뜻을 오해했거나, 아니면 자신의 짐작을 확인해 보고 싶은 모양이었다.

「아, 아니⋯⋯ 그날 퇴근하고 다시 가볼까도 싶었지만, 아무래도 나왔을 것 같아서요⋯⋯. 미안해요.」

「호텔에서요?」

정수가 의식적으로 회피하고 있는 그 단어를 소령은 태연히 말했다.

「예, 예⋯⋯.」

정수의 얼굴이 다시 화끈 달아올랐다. 반면 소령의 표정은 환하게 밝아졌다. 사실 그녀는 정수의 '미안'이 뭇사내들의 그것처럼 회피와 교만을 뒤에 감춘 채 정의 표시라고 들이미는 계산속을 말함은 아닐까 우려했던 것이다.

「괜찮아요, 그 다음날 아침까지 그곳에 있기는 했었지만 오시리라고는 기대하지도 않았어요. 미리 말씀드렸잖아요, 선생님 냄새 모두가 제 몸에 밸 때까지 있는다구요.」

소령은 작은 기쁨을 느끼고 있었다.

「⋯⋯.」

「선생님께 전화드리고 싶었어요. 그런데 아무래도 다시 오실 분 같지가 않아서, 괜한 부담이 될까 봐 안했어요.」

「⋯⋯.」

「이젠 다시 오셨으니, 제가 전화드려도 되죠?」

「예……. 나도 전화를 하고 싶었는데 실망할까 봐서…… 전화번호도 모르고…….」

「아니에요, 실망이라니요. 언제든 전화 주세요.」

소령은 재빨리 메모지에 자신의 집 전화번호를 적어 정수에게 건넸다.

그녀가 다시 말했다.

「하지만 선생님은 전화하실 기회가 없을 거예요. 선생님이 저를 보고 싶어할 무렵이면 저도 선생님이 뵙고 싶어질 테니까요.」

정수는 엷은 미소로 그 말의 대꾸를 대신했다.

다시 남 박사가 들어오고 그들은 자리에서 일어섰다. 이번에는 남 박사도 아무런 농담을 하지 않았다. 짧은 동안의 많지 않은 대화였지만 남 박사는 소령의 마음을 읽을 수 있었다. 물론 그 상대인 정수의 심정까지도.

결코 이제는 그렇게 단순히 좋아라 할 수만은 없었다. 통속적이거나 심각한 그 무엇은 없다 해도 어쩌면 또다른·정수의 미련이 될지 몰랐다. 그토록 오기처럼 바라던 또하나의 삶이었음에도 막상 그 새로운 시작 앞에서는 두려움이 앞섰다.

두 사람을 태운 승용차가 점점 시야에서 멀어졌다. 소령은 이제 아무것도 보이지 않는 그 끝을 넘 나간 사람처럼 지키고 있었다. 분명 영원한 배웅은 아닐진대 어쩐지 아득히 멀게만 느껴졌다. 왜일까? 이별은 아님에도 본능처럼 다가오는 아득한 두려움. 소령은 살며시 고개를 내저었다. 거부의 몸짓, 부인(否認)의 몸짓으로.

7

그 까닭이 무엇인지는 알 수 없었지만 영신은 딸 지원의 투정이 짜증스럽기만 했다. 사소한 제 신변문제에서부터 시작된 그 투정은 제 방안의 벽지를 거쳐 심지어는 베란다의 화분들까지 들먹이더니 마침내는 아빠에 대한 불평으로 이어졌다. 결국 지원이 하고 싶었던 투정은 그것이었다. 물론 그 투정을 꼭 투정이라고만 할 수는 없었다. 자식의 눈으로만 본다면 그럴 수도 있었다. 또 영신은 언제나 그런 쪽에서는 자식의 편을 들어주며 다독거려 왔었다.

엄한 듯하면서도 다정하고, 어려운 듯하면서도 편한 아빠. 자랑스럽고 마지막 보루처럼 든든하면서도 언제든 투정부릴 수 있는 여유가 보이고, 무심한 듯 초연해도 돌아보면 언제나 옆에 와 있는 푸근한 그림자. 욕심이라 탓하기엔 탓할 수 없는 영원한 꿈. 그것은 어쩔 수 없는 아버지에 대한 자식들의 꿈이었다.

언제나 못다 채워준 그 꿈이 미안해 때로는 편이 되어 위로도 해

쳤었고, 때로는 그 자신도 모르는 이야기로 변명도 해봤었다. 그러나 언제부터인가 영신은 그 변명조차 잃어버렸다. 변치 않는 남편의 일상에 지쳐 잃어버린 스스로의 기대처럼.

그날부터 영신이 할 수 있는 유일한 변명은 오로지 침묵뿐이었다. 그런데 오늘은 왠지 자꾸만 짜증스러웠다. 그렇다고 남편을 이해하는 것은 아닌데도, 어쩐지 가여운 생각이 자꾸만 들었다. 그렇지만 지원을 탓하기는 더욱 싫었다.

부쩍 잦아진 남편의 술에 취한 늦은 귀가, 그에 비례하듯 전에 없이 날카로워진 지원의 잦은 투정. 무엇인가 그녀 자신이 모르는 일들이 있을 법도 싶었다. 그러나 아무리 생각해도 특별할 건 없었다. 남편이야 또 승진철이 왔겠거니 싶었지만 이제는 그 철마저 잊어버릴 만치 그녀 자신도 포기했던 것이다.

처음에는 정수보다 그녀가 더 슬퍼했다. 성실보다 능력보다 어떻게 연(緣)이 더 먼저이고, 애정과 노력보다 발빠름이 먼저인지 분노가 치밀어 올라오곤 했다. 그때마다 정수는 때로는 연공서열이라며 때로는 자신의 무능이라며 그녀를 달랬고, 영신은 그런 남편이 더없이 미더웠다. 그러나 이미 서기관 승진에서부터 뒤처진 남편은 더이상의 승진을 포기하는 눈치였다. 처음에는 그런 포기가 가엾고 안타까웠지만, 그 어느 날부터는 점점 그것이 무능으로 다가왔다. 그럴수록 더 끈질기고 오기라도 부려보련만 남편은 너무 쉽게 모든 것을 포기했다. 그것은 허허로움도 여유로움도 아니었다. 영신의 눈에 비친 그것은 다만 비겁한 도피일 뿐이었다.

천성의 버릇대로 책과 더불어 살면서도 정수의 손에서는 유물학이나 고고학과 같은 자신의 업무와 관련된 서적들은 점점 멀어졌다. 반면에 소설이나 시집 따위의 대중 읽을거리들은 수시로 책장을 메워 넘쳐났고, 영신은 그 넘쳐나는 책들을 정리할 때면 남모르는 가슴앓이를 해야 했다. 먼지 쌓인 전문서적들을 고집스레 책장 속에 쌓아두며 남편의 그 잃어버린 욕망과의 보이지 않는 실랑이를 한 것도 한두 해가 아니었다. 그러나 그 작은 몸짓들은 아무런 소용도 없었다. 정수는 끝내 놓쳐버린 욕망을 건져올리지 못했고, 이제는 모든 면에서 평범한 일상만을 걷고 있었다.

언제부터인가 자정이 넘어 술에 취해 들어온 정수는 흔한 대중가요의 노랫가락을 흥얼거리더니 요즈음 들어선 낡은 레코드의 헤비 메탈곡을 반복해 듣기까지 했다. 영신은 그런 작은 변화 하나에도 삶의 공허를 맛보곤 했다.

「엄마, 오늘도 봐, 벌써 열두 시잖아.」

잠시 조용하던 지원이 시계의 뻐꾸기 울음소리에 다시 불평을 늘어놓기 시작했다.

「나도 듣고 있어. 그만 들어가 자.」

이제는 영신의 음성에도 짜증이 묻어났다.

그녀는 정말 화가 났다. 보채는 지원의 투정에 대해선지 그런 빌미를 제공하는 남편에 대해선지 그것은 확실치 않았지만, 견딜 수 없을 만큼 화가 치밀었다. 한편으로는 서글픔인 것도 같았고 무엇인가에 대한 분노인 것도 같았다.

그래도 차마 딸에게는 그 화를 보이기 싫었다. 그러면 정말 자신이 더없이 초라하고 천하게 보여질 것 같았다. 그리고 그 비참한 몰골을 틀림없이 후회할 것 같았다. 그건 너무도 자존심 상하는 일이었다.

미처 그녀의 인내가 다 발휘되기도 전에 현관문이 열리고 정수가 들어섰다. 영신은 못다 삭인 속을 앓느라 엉거주춤 일어섰고 지원은 여전히 보일 듯 말 듯 고개만 끄덕였다. 영신은 정수보다 먼저 지원의 눈치부터 살폈다.

옆에 선 지원의 눈빛은 차가웠다. 경멸은 아니어도 그것은 분명 경원의 눈빛이었다. 밀려드는 허탈감에 영신은 전신의 기운을 잃어버린 기분이었다. 딸에게서 경원의 눈빛을 받는 비참한 아버지, 그러나 그는 분명 자신의 남편이었다. 가슴이 아팠다. 아픈 만큼 서글펐다. 그만큼 분노했다. 그래도 참아야 했다. 천박한 다툼으로 자신까지 딸의 경원을 받을 수는 없었다.

「지원아빠…….」

기어코 그녀가 남편을 불렀다. 마치 남남처럼 어깨를 스쳐 자신들의 방을 향하는 부녀의 모습에 참았던 그 무엇이 불거진 것이었다.

정수는 발걸음을 멈추고서도 고개를 돌리지 않았다.

「저와 이야기 좀 해요.」

정수는 공연스레 가슴이 다 철렁했다.

「무슨?」

「당신, 요즘 왜 그래요?」

「……그만둬.」

정수의 말은 진심이 아니었다. 정말 그렇게 아내가 불러주고 말을 붙여준다는 게 얼마나 고맙고 반가운지 몰랐다. 그런데도 그의 대꾸는 마음과는 반대였다. 불쑥 내뱉고는 '아차' 싶었지만 한편으론 벌써 아내의 다음 말을 기다리고 있었다.

「아빠!」

지원의 차가운 외침이 영신의 한계를 여지없이 허물었다.

「어서 들어가지 못해!」

처음 듣는 생경한 외침들, 차가움, 날카로움……. 마침내 정수의 피도 역류하기 시작했다. 지난번 지원의 그 편지가 떠올랐고, 그에게는 그 모든 것들이 의도된 각본으로 느껴졌다.

쾅, 하는 지원의 방문 닫는 소리와 함께 영신의 입에서도 차가운 비난이 터져나왔다.

「당신에게 가족들은 도대체 뭐예요?」

「가족? 흥, 언제 내가 가족이었지? 난 기억에도 없는걸. 그건 이미 오래 전 이야기가 아니던가?」

「……」

싸늘한 정수의 조소에 영신은 기가 막힐 지경이었다. 있을 수 없는 적반하장이었다. 더구나 그런 차가운 조소까지 흘리다니.

「내 무엇이 그렇게 당신에게 비난받고 경멸당할 거리던가? 내 아무리 초라하고 무능했어도 최소한 당신의 남편이었고 자식들의 아버지였어. 그런데 왜 날 무시하고 경원해? 나의 삶이 성공적이지 못해서 그토록 부끄럽고 싫었나? 그래, 솔직히 나도 이런 내가 싫고 화났어. 하지만 어쩔 수 없었어. 비굴하고 추하기보다는 그냥 이대로 평범하게 살고 싶었어. 이것만으로도 난 행복했어. 자리보다는 사람이 좋았고 더러운 교제보다는 편안한 만남이 좋았어. 친구, 술, 그게 왜? 그렇게라도 기대지 않으면 난 어디에서 삶을 느끼고 숨쉬라고. 가족? 날 가족으로 생각한 게 언젯적 이야기야? 당신이, 그리고 아이들이 날 가족으로 대한 게 도대체 어떤 거냐구?」

봇물처럼 터져나오는 정수의 울분이 영신에겐 도무지 낯설었다. 마치 그녀에게 모든 잘못이 있다는 듯한 남편의 격렬한 비난은 그녀로서는 억울할 따름이었다.

「그럼, 이 모든 게 제 책임이란 말인가요?」

「책임? 그럼 그게 내 잘못만인가? 언제 내게 진정 가족으로 따뜻한 웃음 한번 보여준 적이 있었나? 어느 날부턴가 날 반긴 건 무관심과 형식뿐이었어. 당신도 아이들도 모두가 그랬어. 생각해 봐, 어느 한날 진정으로 기다리고 반가워서 정겨운 인사 한번 건네준 적이 있었는지. 어쩔 수 없이 기다리다 의무처럼 고개 한번 끄덕이고, 그리고는 무심한 본래대로 돌아가 그대로 남이었어. 그게 얼마나 날 비참하게 만드는 일이었는지 당신은 아마 모를 거야. 난 그런 무관심의 경멸 속에서도 내 사랑을…… 내 의무를 다해왔어…….」

뜻밖이었다. 그의 입에서 토해나오는 그 노여움에 공감하면서도 남편의 가슴속에 그토록 많은 것이 묻혀 있었다는 게 믿어지지 않았다. 영신은 순간 배신이란 느낌에 몸을 떨었다.

「당, 당신…… 무섭군요. 어떻게 그토록 많은 말을 가슴속에 묻어두고 계셨어요? 전 당신 말대로 정겹지 못하고 무심하긴 했어도 그렇게 당신처럼 가슴속에 묻어두고 있지는 않았어요. 다만 몇 가지 부탁 정도가 있었을 뿐인데…….」

「묻어둔 게 없다고? 흥, 그건 거짓이야, 아니면 착각이거나. 아니, 그래 그렇다고 해. 당신 말대로 무심했다고 해. 바로 그 당신의 무심이 나에 대한 철저한 멸시였어. 그래서 무심할 수 있었던 거라구. 바로 당신도 자각하지 못할 정도의 철저한 멸시, 알아?」

「너무해요, 어떻게 그런 당신만의 일방적인 생각을……」

기어코 영신의 울음이 터졌다. 서러웠다. 그래도 마음속으로 기대왔던 유일한 기둥이었는데, 언제나 믿을 수 있는 든든한 그림자였는데, 지원의 투정이 듣기 싫어, 그 경원하던 눈빛이 억울해, 한마디쯤의 항의로 편들어주고 싶었는데…….

결국 어쩔 수 없이 천박해지는 다툼이었다. 서로에게 남을 건 상처뿐이고, 전해질 건 아무것도 없었다. 정수는 이미 자신도 모르게 희망 없는 종말의 단어를 쓰고 있었지만 그것을 의식하는 사람은 그 누구도 없었다. 서로가 각자의 입장에서 제 변명과 제 설움을 토해내는 데만 몰두할 뿐이었다.

지원은 차라리 귀를 막고 싶은 심정이었다. 의식적인 투정이긴 했지만 결코 이런 극한을 원한 것이 아니었다. 사소한 다툼이 되더라도 잃어버린 대화가 찾아지고 살아 숨쉬는 삶이기를 바랐다. 하지만 결과는 너무도 뜻밖이었다. 영원히 돌이키지 않을 듯 끝없는 평행선을 달리고 있었다. 더구나 지원에게는 지나친 독단으로 가득 찬 아버지의 얼굴이 싫었다. 이제는 정말 그 아버지가 미워지려 했다.

몇 마디의 거친 고함이 더 이어지고 방문이 닫혔다. 지원은 거실에 혼자 남아 있을 엄마를 생각했다. 가만히 방문을 열었다. 역시 엄마의 작은 어깨가 가냘프게 떨리고 있었다. 지원의 발길이 엄마를 향했다. 어느새 지원의 뺨 위로도 작은 이슬이 흘러내리고 있었다.

장 변호사는 경악했다. 믿을 수 없는, 믿어지지 않는 이야기였다. 어떻게 자신의 친구에게, 그것도 더구나 정수에게 그런 가혹한 형벌이 내려질 수 있는지, 그건 돌이킬 수 없는 하늘의 착오였고 오판이었다. 세상에는 더러 억울한 일도 있다지만 이건 도저히 말도 안되는, 정녕 있을 수 없는 일이었다.

「이봐, 남박, 오진이야. 그렇지? ……응, 그렇지?」

「…….」

「이봐, 말 좀 해봐!」

흥분을 억제하지 못한 그의 주먹이 테이블을 내리쳤다.

「미안하네, 정말이지 나도 그랬으면 좋겠네. 왜 내가 정수에게 그런 진단을 내려야 하는지…… 요즘 같아선 의사라는 내 직업에 회의가 들 뿐이네.」

「빌어먹을…… 다른 병원에는 가봤대?」

「아니, 그 친구 그짓도 안해. 겨우 처음 며칠 도서관에 간 정도로 끝이야.」

「도서관이라니?」

「의사보다 의학이 못 미더웠겠지…….」

「자네, 나중에 오진이면 내 틀림없이 고발할 걸세.」

원망 가득한 시선의 장 변호사가 이빨까지 악물고 독하게 말했다.

　　결국 인정할 수밖에 없는 사실이었다. 그럼에도 그것을 그대로 받아들이기 싫었던 것이다. 남 박사의 씁쓸한 미소가 더한 안타까움을 말하고 있었다.

「이봐, 그래도 뭔가 발악이라도 해봐야 되는 거 아니야?」

장 변호사는 그래도 미련이 남은 모양이었다.

「…….」

「정말, 그렇게 아무 가망도 없어?」

「그만 해. 수술? 어차피 틀린 목숨…… 그런 발악이나마 내가 더 해보고 싶어.」

「그런데?」

「고통만 더 줄 뿐이야. 말이 좋아 최후의 발악이지, 아무런 희망도 없는 고통의 가중은 당사자에게는 잔혹한 고문이야. 그런 무책임이 어디 있어. 난 못해.」

「왜 못해, 그래도 혹시? 다른 사람이라면 했을지도 모르잖아?」

「그럴지도 모르지. 하지만 정수는 친구야. 내겐 단 하루라도 친구의 살아 숨쉬는 삶이 소중해. 있지도 않은 기적이라는 이름으로 행운을 기대하는 그런 뻔뻔한 만용을 친구에게 부릴 수는 없어.」

「오히려 친구여서 자네가 용기를 잃어버린 건 아니야? 그렇다면 그건 직무유기야, 그것도 살인의 직무유기…….」

「차라리 내가 그 벌을 받지.」

담담한 남 박사의 표정은 무기력의 체념이 아니었다. 어쩔 수 없는 한계에 대한 고통의 인내였다.

「그 병신 같은 자식은 무슨 지랄을 했기에…….」

누구에게도 향할 수 없는 원망의 화살을 장 변호사는 그렇게 쏘아댔다.

그래서 타인일까. 그토록 경악하던 장 변호사도 차츰 현실로 받아들이기 시작했다. 그리고 그 거부의 감정을 잊는 데도 그리 오랜 시간이 걸리지는 않았다.

「지원엄마는 어때?」

남 박사가 그랬던 것처럼 그 또한 정수의 아내부터 찾았다. 그것은 남아 있을 사람에 대한 걱정이기에 앞서, 감당하기 어려운 부담에 대한 순간의 회피라 해야 했다.

「아직 몰라.」

「뭐야?」

「정수가 원치를 않았어. 제 나름대로의 정리가 끝난 다음에 이야기하겠지.」

「그럼, 자네는 지원엄마와 아무런 상의도 없이 덜렁 정수에게만 그런 엄청난 사실을 알려준 거야?」

「……」

「미쳤군, 정수보다 자네가 더 미쳤어.」

장 변호사의 어이없다는 표정에도 남 박사는 아무런 대꾸가 없었다.

「이봐, 가족이 뭐야? 차라리 당사자보다 가족이 먼저 알아야 하는 거 아니야? 그래야 뭔가 대책을 세울 거 아니냐구?」

「무슨 대책?」

막상 장 변호사도 그 질문에는 뭐라 대꾸할 말이 없었다.

「……그래도 그건 당연한 순서 아니야? 가족이 없는 것도 아니고. 아무튼 그건 너무 무책임한 판단이야. 고통은 나눠야……」

「당연한 순서? 그게 오히려 무책임 아닌가? 내 생각은 다르네.」

장 변호사의 말을 자른 남 박사의 태도가 단호했다.

「친구가 아니었다면 나도 아마 그랬을 거네. 그게 나도 편해. 하

168

지만 상대는 정수야. 내 짐을 덜자고 그렇게 한꺼번에 혼란을 줄수는 없었어. 지원엄마, 정수, 그 두 사람 모두가 한꺼번에 혼란을 겪는다면 어떻게 되겠어? 뻔한 결과를 확인하러 이 병원 저병원을 헤매며 고통만 쌓아가다, 결국엔 아무런 정리도 준비도못한 채 아쉬워하며 후회하며……. 난 그런 서글픈 종말은 반대네. 나도 내가 잔인하다는 생각을 안한 건 아니야. 하지만 우리는, 아니 나라면 마지막까지 이성을 놓치지 않겠네. 길었든 짧았든 우리는 나름대로 뚜렷하고 소중한 인생을 살아왔어. 그 긴 질곡의 삶 속에서 우리 모두 몇 번쯤은 자살을 생각해 봤을 거야. 그게 왜였겠나? 단순한 힘겨움이나 고통에 대한 도피로? ……난 아니라고 보네. 그건 아마도 그 순간마다의 제 무너지려는 자존심을 지키기 위한 마지막 보루로였을 거야. 지금도 마찬가지라고 생각하네. 어차피 인생이란 한번은 가는 거라지만, 그런 시건방진 무상의 철학을 말하는 게 아니야. 인생에는 분명 마지막까지 지켜야 할 그 무엇이 있어. 그게 서푼짜리 자존심이 됐든 알량한 오기가 됐든, 그거나마 지키지 못한다면 우리네 인생이너무 가엾지 않겠는가? ……가족에게도 마찬가지야. 당장은 슬픔이 더하더라도 그건 순간일 뿐이야. 마지막까지 보여주는 그무엇 하나, 그것이 진정 영원한 위안이 되고 살아갈 앞날의 힘이될 거야. 그게 친구에 앞서 한 인간으로서의 솔직한 내 심정이네.」

더이상 가혹할 수 없는 냉정이었지만 한편 부인할 수 없는 진실이기도 했다. 누구나 그런 이성을 욕심내면서도 막상 어느 고비에서는 대부분 포기하는 쉽지 않은 절대향(絕對鄕). 그것은 육신의 고통과 더불어 정신의 고독 때문일 것이다. 스스로 추함을 느끼면서도 섣부른 동정에 기대어 위안받고 동정받고 싶어하는 나약함. 그것의 근원은 그 고통과 고독을 지켜줄 누군가가 없기 때문인지도 모른다.

남 박사는 스스로 그 악역을 자임하고 있었다. 잔인해도 가혹해도, 어쭙잖은 동정으로 곱디고운 한 인생의 마지막을 질식시키느니, 그 힘겨운 투혼을 곁에서 지켜주고 싶은 것이었다. 그것은 진정 뜨거운 우정이었고 고뇌의 결단이었다.

「그래도…… 그 친구 인생이 너무 억울하지 않을까?」

장 변호사는 긴 한숨과 더불어 넋두리처럼 중얼거렸다. 그 자신이라도 그 길을 바랐을 것이고, 또한 그 악역을 마다하지 못했으리라 생각했다.

「아니야, 나도 어제서야 내 생각이 그르지 않았음을 비로소 확인할 수 있었네.」

「……?」

「나도 처음에는 정수의 인생이 너무 억울할 것 같아서 세상의 남은 한이라도 털어버리고 갈 미친 짓이라도 하길 바랐네. 그런데 결국 그런 미친 짓도 새로운 미련이 될 뿐이었어. 더구나 그 친구는 천성적으로 털어버리기보다는 어차피 모든 것을 안고 갈 사람이야.」

장 변호사로서는 알아들을 수 없는 이야기였다. 그의 의아한 눈빛에 남 박사는 맥없는 실소를 흘렸다.

「그 친구, 바람났어.」

「바람이라니?」

170

장 변호사는 더욱 알아듣지 못하겠다는 표정이었다. 역시 그에게도 정수의 바람이란 상상할 수 없는 일인 모양이었다.

「여자. 바람은 그 친구 스스로의 표현이야.」

「뭐, 여자? 허, 허허허…….」

터무니없다는 웃음이었다. 그가 다시 말을 이었다.

「언제부터? 아니, 도대체 누구야? 심각해?」

「며칠 전, 술집에서 만났어. 별스럽지 않게 생각했는데 의외로 심각해.」

「뭐야, 며칠 전? 허, 허허허…… 그 친구 재주도 좋네.」

「웃을 일이 아니야.」

「이 사람아, 웃을 일이 아니면? 심각해 봐야 얼마나 심각하겠어. 그 친구가 유혹했을 리는 만무고, 안 그래? 허허허…….」

그러나 남 박사의 정색에 그도 오래지 않아 웃음을 거두었다.

「그 여잔 정수 그런 상황 알고 있어?」

「모르는 것 같아.」

「그럼, 관심 두지 말아. 유산 문제는 어차피 내가 처리하게 될 테니까 염려 없고, 그렇게라도 마음 기대어 잊을 곳이 있어야지.」

「나도 처음에는 그렇게 생각했는데 이 친구 마음에 묻어 안고 갈 것 같아.」

「그건 공연한 기우다. 잠깐이야, 곧 돌아와. 두고 봐, 분명 그건 그렇게 되어 있어.」

「글쎄, 그랬으면 좋겠는데…….」

장 변호사의 낙관에도 남 박사는 여전히 염려하는 기색이었다.

「오늘 저녁에 정수와 같이 그 집에나 가보자.」

「멀리하는 게 좋을 것 같은데…….」

「아니야, 요즘 젊은 친구들 의사표시가 확실해서 보고 싶으면 먼저 연락하기도 해. 첫 만남으로도 사랑을 느끼면 당장 확인하기도 하는데, 그렇게 멀리한다고 멀어지지는 않아. 괜한 그리움을 주느니보다 가까이서 보며 남다르지 않다는 걸 깨우치게 하는 게 나아.」

「그럴까? 그 아가씨 그렇게 가벼워보이지 않던데. 눈빛이 진솔해 보였어.」

「염려 마, 그건 내가 더 잘 알아. 요즘 그런 관계의 사건투성이야. 만약에…… 그렇다면 지원엄마에게 빨리 알려줘야지.」

장 변호사도 끝내 자신이 안 서는 모양이었다. 남 박사의 염려도 그랬지만 정수의 성품으로 보아 어쩌면 사랑이란 감정을 느끼고 있는지도 모를 일이었다. 고운 성품만큼이나 모든 것을 안으려는, 욕심 아닌 고집스런 소박함이 정수에게 있었다.

「뭘 알려줘?」

남 박사의 두 눈이 휘둥그레 커졌다. 소령의 일을 말하라는 것인가 싶었던 것이다.

「아니, 암…….」

「…….」

「그렇게 해. 기댈 곳이 없어서 그 여자에게 의지하는 거라면 이제 대충 마음의 정리는 된 걸 거야. 상속문제를 물어온 것도 그렇고……. 어쩌면 제 스스로 말하지는 못해도 그 때문에 더 조심하며 절제하고 있을지도 몰라. 몹시 힘들고 외로울 텐데 나중에 '그것 때문에 그때 그랬었구나' 하는 소리 듣기 싫어서 더 절

172

제하느라 괜한 마찰이 생길지도 모르고…….」

남 박사도 비로소 마음을 굳힌 듯했다. 가만히 고개를 끄덕이는 그의 표정이 어느 만큼은 짐을 덜어놓은 듯 보였다.

이제는 누구와 함께한다는 것이 점점 두려워지기 시작했다. 오늘 저녁에도 남 박사의 연락이 있어 그곳으로 나갔던 것인데 생각지도 않았던 장 변호사까지 나와 있었다. 한때는 행정·사법·의사의 세 국가고시를 나란히 합격하여 고시 3총사라는 이름으로 우정을 뽐내기도 했던 친구였지만, 이제는 우정의 틀을 넘어 사람에 대한 두려움이 앞섰다. 다름아닌 통증 때문이었다. 점점 잦아지기 시작하는 통증의 빈도가 사람과의 만남에 대한 두려움으로 이어진 것이었다. 아직은 남 박사가 준비해 준 진통제로 고통을 삭여갈 수 있었지만 그 진통의 시간은 점차 길어지고 있었다. 스스로 자신의 모습을 비춰보기조차 싫은 일그러진 모습, 그 처참한 몰골을 타인에게 보여줘야 한다는 건 또다른 고통이었다.

그나마 그런 사정을 속속들이 알고 있는 남 박사가 있어 아직 뼈시린 고독을 절감하지는 않았다. 그 앞에서는 고통을 드러내도 그렇게 수치스럽거나 초라하게 느껴지지는 않았다. 그것은 아마도 친구라는 편안함보다 그런 일그러진 모습에 익숙할 것이라는, 그리고 모든 것을 알고 있다는 감출 것 없는 해방감 때문일 것이었다.

사실 이제는 술은커녕 그 어떤 음식도 반갑지가 않았다. 소화시키지 못하는 장기능의 반역으로 그 뒤끝의 대부분은 거북함과 통증으로 이어졌다. 그럼에도 정수는 누군가와의 만남을 막연히 기다렸다. 편안한 상대라면 그 누구와도 만나서 혼자라는 외로움을 삭이고 싶었다. 그러나 막상 그런 만남에 앞서서는 두려움으로 망설여야 하는 혼란의 연속이었다.

다행히 장 변호사는 아직 아무것도 모르는 눈치였다. 특히 소령과의 관계에 대해서는 더욱이나 알지 못하는 듯했다. 이제 그녀는 어찌할 수 없는, 그의 소중한 한 흔적으로 자리매김을 해가고 있었다. 오늘도 소령은 표나지 않는 따스함으로 그의 외로움을 삭여주었다. 그 고맙고 따스한 흔적도 세상사람들의 시선에는 추한 오해의 대상이 될 뿐이란 걸 알고 있었다. 더구나 죽음의 문턱에 선 그의 처지에서는…….

현관 앞에 선 정수가 한참을 망설였다. 벨을 누를 것인지 열쇠로 문을 열고 들어갈 것인지가 쉽게 결정되지 않아서였다.

마침내 정수는 자신의 열쇠로 현관문을 열었다. 거실의 전등은 환하게 밝혀져 있었다. 그런데 사람은 아무도 없었다. 언제나 아내 영신이 앉아 있던 그 소파가 오늘은 휑하니 비어 있었다. 정수는 멍하니 제자리에 멈춰섰다.

잠시 시간이 흐른 뒤, 지원의 방문이 빼꼼이 열렸다가 황급히 닫혔다. 미처 얼굴을 마주지는 못했지만 분명 정수임을 확인하고 문을 닫은 것이었다. 그것은 그에 대한 회피였다. 한편은 아내 또한 자신과의 대면을 거부해 방안으로 숨었다는 의미이기도 했다.

갑자기 통증이 치밀어 올라왔다. 정수는 황급히 문을 닫고 집을 뛰쳐나왔다. 허겁지겁 약봉지를 꺼내 마른입에 털어넣어 삼키며 그는 더할 수 없는 처절한 고독을 맛보아야 했다.

정수는 집에서 한참 떨어진 아파트 단지 입구 화단에 쭈그려앉왔다. 점점 고통의 신음이 잦아들자 이마의 땀을 훔쳐낸 그는 축 늘어진 사지를 가누지 못한 채 그렇게 한참 동안 맥을 놓고 있었다. 육신의 기운도 기운이었지만 정신의 혼란마저 수습하지 못했다.

갈 곳이 없었다. 어딘가에 몸을 눕히고 쉬고 싶었지만 아무데도 자신을 반겨줄 곳은 없었다. 자신이 세상을 잘못 살아온 것인지 세상이 잘못된 것인지, 이토록 처참히 버려져야 할 까닭을 몰랐다. 서글픈 미소가 절로 새어나왔다. 소리내어 통곡이라도 해야 될 것 같건만 통곡 대신 웃음이 나오는 건 또 무슨 까닭인가. 마음 편히 그 작은 몸뚱이 하나 눕힐 곳 없고, 따스한 품속에서 훈훈한 사람의 냄새를 맡으며 환한 아침 한번 맞을 수 없는 서글픈 인생이 가여워서인가.

문득 소령이 떠올랐다. 그녀라면, 그 따뜻한 여인이라면 서늘한 저 푸른 달빛을 가려주지 않을까.

주머니를 뒤졌다. 어제 그녀에게서 받은 전화번호 메모지가 아직 그대로 있었다. 힘겹게 몸을 일으킨 정수는 느릿느릿 공중전화 부스로 향했다. 그러면서도 이것이 정녕 잘못된 판단은 아닌지 다시 한번 되짚으며, 가능한 한 천천히 느린 발걸음을 옮겼다. 그러나 그 판단이 미처 서기도 전에 이미 그의 손가락은 번호판을 누르고 있었다. 짧은 신호음이 두 번 울리자 수화기가 들렸다.

「여보세요.」

맑은 소령의 목소리가 귓전을 울렸다.

「…….」

「여보세요.」

「……」

「전화를 거셨으면 말씀을 하셔야죠.」

「……」

「……한 선생님?」

그녀는 용케도 숨소리를 알아들은 모양이었다. 움찔 놀란 정수
가 마른침을 삼켰다.

「한 선생님이시죠?」

재차 묻는 그녀의 질문에 정수는 그만 아득한 두려움을 느꼈다.
진한 통증의 재발이 눈에 보였던 것이다. 무엇보다 그 일그러진
추한 모습을 감추고 싶었다. 아니, 감춰야 했다. 정수는 미처 그녀
의 다음 말이 들리기 전에 수화기를 내려놓았다.

공중전화 부스를 나서는 그의 가슴으로 허전함과 따스함이 함께
교차되고 있었다. 아쉬움의 허전함, 그리고 자신의 숨소리까지 느
껴주는 그녀의 따스한 정성. 잔잔히 흐르는 입가의 미소가 행복함
인 듯도, 서글픔인 듯도 하였다.

8

싸구려 여관방이기는 했어도 모처럼 만에 맛보는 해방감 때문인지 생각과 달리 밤사이에 통증이 다시 찾아오지는 않았다. 사무실 근처 한방찻집에서 아침식사로 챙겨먹은 잣죽도 괜찮았다. 피로감도, 거북함도 오늘은 훨씬 덜했다.

정수는 급한 결재와 간단한 보고가 끝난 아침나절부터 줄곧 생활정보지에만 매달려 있었다. 아내가 운영할 제과점 자리를 물색하기 위해서였다. 어젯밤 그렇게 집을 뛰쳐나온 것이 단순히 치밀어오르는 통증 때문만은 아니었지만, 그래도 섭섭한 감정과 이 일과는 별개의 문제였다.

그날 밤 다툼의 언저리가 아직은 남아 있을 터이니 아내가 어젯밤 거실의 소파를 지키지 않은 것도 무리는 아니었다. 정수 자신이라도 그랬을 것이다. 또한 지원의 심정도 어느 만큼은 이해할 수 있었다. 생전 처음 보는 아버지와 엄마의 다툼, 고성…… 어쩌면 자신의 민망스러움을 덜어주기 위해 대면을 피했는지도 모른다는 생각까지 들었다. 다분히 딸을 사랑하기 위한 의도적인 생각인 것도 같았지만 정수는 그 생각을 믿기로 했다.

그러나 백번을 되짚어도 무언가 모를 섭섭한 감정은 떨칠 수가 없었다. 그것이 부질없는 욕심은 아닐까, 아직도 버리지 못한 생에 대한 미련의 소산은 아닌가. 아무리 자신을 달래며 채찍질해도 도무지 떨쳐지지 않았다.

정수는 가능한 한 생활정보지에만 몰두하려 애썼다. 어제 오후에 들러본 곳도 다시 한번 따져보고, 꼭히 같은 업종은 아니라도 적당한 위치의 1층이면 모두 기억을 더듬어 주변의 상권까지 나름대로 파악하는 데만 골몰했다. 그러나 그렇게 마땅하고 적당한 대상이 선뜻 나타나지는 않았다.

'강남 ○○아파트 단지 입구 1층 제과점. 현 성업중. 보증금 권리금 포함 ○억. 가격절충 가능.' 위치나 현재 제과점을 운영하고 있는 점은 마음에 들었지만 도무지 가격이 맞지 않았다. 아무리 절충 가능이라 해도 처음부터 차이가 너무 엄청나 절충이 될 것 같지 않았다. '급매' '일일 매상 ○만 원 보장' 따위의 문구로 시작되는 그만그만한 다른 것들은 대략의 위치를 더듬어보면 너무나 터무니없음을 금방 알 수 있었다. 하긴 성업중이고 그만큼의 매상이 보장되는 점포라면 그 헐값에 몇 주째 계속 생활정보지를 장식할 리도 만무였다.

전화벨이 울린 것은 정오가 조금 넘은 시간이었다. 다른 직원들은 식사차 자리를 비웠고 정수는 아무런 생각이 없어 자리를 지키고 있었다. 소화불량이 심해지며 점점 시장기도 느낄 수 없었다.

「감사합니다, 기획담당관실 한정수 서기관입니다.」

「어머, 직접 받으시네요.」

소령의 밝은 음성이 귓전을 울렸다.

「아……」

잊어버렸던 어젯밤의 전화가 생각나며 정수는 미처 뭐라 숨소리
조차 낼 수가 없었다.

「어젯밤에는 왜 그냥 끊으셨어요?」

부인할 수조차 없게 소령은 미리 단정을 지었다.

「괜찮아요, 점심식사 안하세요?」

소령은 이번에도 정수의 난처함을 덜어주려는 듯 자신의 말을
계속 이었다.

「예, 별로 생각이 없어서요.」

「저랑 똑같네요. 저도 그쪽으로 가려다가 점심 생각이 별로 없
어서 전화만 드리는 건데……」

「왜요? 그래도 식사는 제때 해야죠.」

그녀의 자연스러움에 끌린 정수는 어느새 스스럼없이 대답을 하
고 있었다.

「어젯밤 집에 안 들어가셨죠? 아니면 들어가셨다가 다시 나오셨
거나.」

「……」

정수는 다시 숨이 막혀왔다.

「말씀 안하셔도 알아요. 오늘도 안 들어가실 거예요?」

「……」

「그럼, 내일도 안 들어가실 것 같은데, 마침 토요일이니까 저와

함께 여행 가요.」

「여, 여행요?」

「예, 안 그러면 주말인데 호텔 방에서 혼자 뭐하실 거예요? 요즘 술도 피하시는 것 같던데, 혼자서 무료하면 괜히 술만 드시게 되잖아요.」

「그, 글쎄요…….」

결국 정수는 집에 들어가지 않는다는 사실에는 아무런 부인도 하지 못했다. 그녀의 그런 눈썰미는 사람에 대한 진솔한 마음 때문이라 생각됐다. 그 마음에 끌려 정수는 결국 그녀의 섣부른 사랑을 뿌리치지 못하고 있는 것이었다. 해서는 안되는 무책임한 사랑이란 사실을 스스로 절감하면서도.

「저 바다 구경시켜 주세요.」

「바, 바다요?」

「예, 속초쯤이 어때요? 제주도면 더 좋구요.」

「허, 그, 글쎄…….」

「비행기표와 호텔 예약은 제가 해둘 게요. 속초로 할까요, 제주도로 할까요?」

일방적이기는 했지만 그것은 소령의 의식적인 행동이었다. 누군가가 고집스레 억지처럼 끌어가지 않으면 그 스스로는 어떤 선(線)도 넘지 못할 성품이라는 것을 알고 있는 것이었다.

「허…….」

정수는 난처한 신음만 내뱉을 뿐이었다.

「아이, 한 선생님…… 제주도로 할 게요.」

「그, 글쎄…….」

180

「그래요, 그럼 제주도로 예약하고 내일 퇴근 무렵에 전화드릴 게요.」

결국 정수는 그렇게 '글쎄'라는 단어만으로 모든 것을 받아들이고 말았다. 한편으로는 추잡한 퇴폐라는 자책이 들기도 했지만 쾌락과 유희가 아닌 사람과 사람의 만남이라는 자위로 그 생각을 떨쳐버리고 있었다.

어느새 작은 설렘이 그를 찾아오고 있었다. 결국 자신도 이렇게 무너지는 나약한 존재라는 서글픔보다는 그 작은 설렘이 그를 들뜨게 했다.

남 박사의 표정이 무거웠다. 벌써 이틀째인 남편의 외박을 말하려는 것은 아닌 것 같았다. 영신은 왠지 모를 불안감에 어서 그의 입이 열리기만을 기다렸다.

두 사람 모두에게 지루한 식사였다. 반도 비우지 못한 남 박사의 식사가 끝나자 영신도 기다렸다는 듯 포크를 내려놓았다.

「왜요? 식사 마저 다 하시죠.」

「아니에요, 많이 했습니다.」

서로가 형식적인 인사일 뿐이었다. 다시 침묵이 흘렀다.

오늘 아침, 갑작스런 남 박사의 전화를 받았을 때만 해도 남편의 외박에 대한 해명 정도거니 하고 가볍게 생각했었다. 그런데 막상 그의 표정을 보는 순간 영신은 뭔가 큰일이 벌어진 것 같은 예감을 떨칠 수 없었다.

「저……」

뭐라고 먼저 말문을 열어야 할지 난감하기만 했다. 남 박사는 말을 시작해 놓고도 뒷말을 잇지 못하고 있었다.

「저, 정수 어제도 집에 들어가지 않았죠?」

「예.」

영신은 수치스러움에 낯빛이 붉어지면서도 다행이란 생각에 가만히 안도의 한숨을 내쉬었다.

「어제 저녁에 만났습니다. 조용히 생각할 게 있다며 여관으로 들어가는 걸 봤습니다. 죄송합니다.」

무엇이 죄송하다는 것인지 정확하지는 않아도 남편의 외박을 말리지 못한 것에 대한 의미라고 생각했다.

「아닙니다, 그럴 수도 있죠.」

「……」

다시 침묵이었다. 남 박사가 뭔가 몹시 망설이는 기색이었다.

「저…… 요즘 정수에게서 이상한 것 못 느끼셨습니까?」

「……?」

「짜증이 많아졌다거나, 체중이 많이 줄었다거나…….」

「예. 부쩍 술도 잦고, 게다가 말도 짜증스러워…….」

뭔가 느낌이 이상했다. 갑자기 체중을 묻는 그의 질문과 의사라는 직업이 연관되어 떠올랐다.

「무슨…… 일이 있어요?」

영신은 극심한 갈증을 느끼며 물잔을 들었다.

「죄송합니다, 그…….」

남 박사가 말을 멈춘 채 그녀의 손에 들린 물잔을 지켜봤다.

목을 축인 그녀가 물잔을 내려놓자 마른침을 삼킨 남 박사가 다시 처음부터 말을 시작했다.

「죄송합니다, 그…… 정수가…… 많이 고통스럽습니다.」

영신은 자신의 느낌을 부인하고 있었다. 차라리 귀를 막고 자리를 박차고 일어나고 싶었다. 아니 자신의 느낌이 틀렸으리라 믿고 싶었다. 의연히, 태연히, 당당히 자리를 지켜야만 자신의 느낌이 틀릴 것 같았다.

「무슨 고통을 말씀하시……?」

당당하려고 애썼지만 끝내는 말을 맺지 못했다.

남 박사는 호흡을 가다듬었다. 차라리 그렇게 한 호흡에 마치는 것이 나을 듯싶어서였다.

「암입니다, 췌장암 말기입니다. 수술도 불가능하고 어떤 치료방법도 없습니다. 오진이 아닙니다. 남은 삶은 이제 길어야 4개월 정도입니다. 죄송합니다.」

마치 폭포수가 떨어지듯 정신없이 바쁘게 말을 내뱉은 남 박사가 물잔을 들어 단숨에 비웠다.

영신은 자신의 귀를 의심했다. 분명 남 박사의 빠른 말소리 때문에 자신이 잘못 들은 것으로 생각했다.

「우연히 알게 됐습니다. 여러 번 모든 검사를 다 해봤는데…… 3주 전쯤에 확인을 했습니다. 정수가 지원엄마에게는 알리지 않기를 원하더군요. 물론 꼭 정수의 의견을 들은 건 아닙니다만…… 아무래도 정수의 마음 정리부터 끝내야 할 것 같아서요 ……. 죄송합니다.」

천지가 개벽한다 한들 이보다 더 혼란할까. 눈앞은 별빛과 어둠이 함께 어우러져 정신없이 돌아갔고, 귓전으로는 세상만물이 고함치며 죽어가는 잔인한 신음의 고통이 생생히 울려왔다. 가쁜 호홉만큼 전신이 떨렸고 목은 갈라지는 듯 타올랐다.

「아…….」

영신은 가냘픈 신음을 토해내며 의자에 등을 기댔다. 그래도 남 박사는 제자리를 꼼짝없이 지키고 있었다. 그러나 얼굴은 몹시 화 난 사람처럼 벌겋게 상기되어 금방이라도 터질 것 같은 표정이었 다. 쓰러지는 친구의 아내를 바라보면서도 가쁜 숨만 몰아쉴 뿐 아무런 느낌이 없는 듯한 그의 무반응은 결코 그녀의 등뒤를 소파 가 받치고 있다는 사실 때문이 아니었다. 그는 분명 화가 나 있었 다. 그렇게 멍청하게 죽어가야 하는 바보 같은 친구에 화났고, 의 사라는 거창한 명패를 걸고서도 친구를 위해 아무것도 해주지 못 한 채 멀거니 바라보고 있어야만 하는 자신의 무능에 화났고, 그 고운 남편의 엄청난 변화도 제대로 감지하지 못한 채 그토록 상해 문드러지도록 내팽개쳐둔 친구의 아내에게도 화났다. 그 딸도, 그 아들도……. 하늘을 상대로 제대로 변론 한번 못하는 이름뿐인 변 호사에게도 화났다.

「우욱…….」

짐승 같은 포효의 신음을 토해낸 남 박사가 거칠게 탁자를 후려 치며 얼굴을 묻었다. 참고 참아왔던 눈물이 신음소리에 놀라 주르 르 두 볼을 타고 흘러내렸다.

「오늘 저녁에는 안 오신다던데요.」

「언제 그랬소?」

「점심때 전화가 왔었어요. 하지만 내일은 올지 모른다고 하던데 …….」

「묵었던 방 좀 봐도 될까요?」

「보면 뭐해요. 짐이 있었던 것도 아니고…… 청소까지 해놨는
데, 여관방 다 똑같죠.」

여관 종업원의 말이 틀리지 않았지만 그래도 영신의 마음은 그
렇지가 않았다. 내일 또 올지 모르겠다는 말의 의미는 오늘도 집
에는 들어오지 않는다는 의미였다. 그렇다면 남편의 그 안타까운
흔적이라도 찾아야만 했다. 뒤늦은 후회였지만 이제는 한 순간 한
틈이 아쉽게 느껴졌다.

남 박사가 그런 그녀의 마음을 헤아려 종업원에게 힘주어 말했
다.

「그래도 좀 봅시다.」

영신의 표정은 남 박사 아닌 누구라도 알 수 있는 너무도 간절한
의미를 담고 있었다.

「그러세요, 이틀 동안 혼자 있었어요. 전화도 한통 안 쓰고 잠만
자고 갔는 걸요. 사실 이부자리만 개면 됐지 청소도 할 게 없었
는데…….」

앞서 걸어가는 종업원이 묻지도 않은 말을 주절거렸다. 아마도
그는 부정의 증거를 잡으려는 아내와 가족의 그렇고그런 방문쯤
으로 생각했던 모양이었다.

「이 방이에요. 보시고 빨리 내려오세요.」

시큰둥한 표정으로 방을 가리킨 종업원이 별 관심 없다는 듯 휑
하니 돌아섰다.

먼저 퀴퀴한 냄새가 콧전을 자극했다. 한 걸음 앞선 남 박사가
벽에 붙은 스위치를 올리자, 껌벅껌벅하며 낡은 형광등이 켜졌다.

욕실문도 방문도 모두 열려 있었다.

영신은 먼저 욕실부터 둘러봤다. 여기저기 깨진 흔적의 타일들, 스테인리스 선반 위에 얹혀 있는 낡아빠진 하얀색의 수건 두 장, 변기 위의 두루말이 휴지 한 개, 빛 바랜 푸른색 플라스틱 휴지통, 세면기 위의 싸구려 세숫비누 한 개, 쓰다 남은 치약, 그것이 전부였다. 그러나 그 어디에도 남편의 흔적은 없었다. 심지어는 욕조에 남아 있는 물찌꺼기까지도 남편의 그것은 아닌 성싶었다.

다시 남 박사의 뒤를 따라 방안으로 들어갔다. 철 지난 두꺼운 커튼이 더욱 어두운 것은 비단 그 색깔 탓만은 아닌 것 같았다. 그 커튼 쳐진 창문 아래에 놓인 갈색 무늬목 문갑, 그 위에 자리잡은 검은색 구형 TV, 때묻은 빨간색 전화기, 스테인리스 쟁반, 그 위의 재떨이, 성냥, 휴지, 이불장. 그러나 이불장 안은 차마 열어볼 수가 없었다. 이 퀴퀴하고 어두운 방에서 남편이 설마 편안함을 느꼈으리라고는 생각되지 않았다. 영신의 눈에서 왈칵 눈물이 쏟아졌다. 하염없이 흘러내리는 눈물이었다. 믿어지지 않아서, 그리고 아직은 눈물을 흘릴 때가 아니어서 참고 견디던 눈물이었는데…….

「가, 가여워서 어떡해요……. 모두, 모두가 제 잘못이에요. 그이의 외로움도 지원이도 희원이도 모두, 모두요…….」

흐느낌에 파묻힌 그녀의 음성이 끊어질 듯 끊어질 듯 이어졌다.

「우리 모두 아직은 울 때가 아닙니다. 모두 끝난 다음에 그때, 그때에…….」

잔인해지려 애쓰는 의지와 달리 그도 말끝을 맺지 못한 채 고개를 돌렸다.

남 박사는 조금 전, 영신이 채 정신을 차리기도 전에 혹독한 비난부터 퍼부었다. 그 동안의 무심함과 별거 아닌 별거, 지원의 편지…… 지금까지 정수의 가슴을 후벼팠던 작은 하나하나까지 낱낱이 들먹이며 혹독히 비난했다. 그것만이 그녀의 눈물을 막을 유일한 길이었고 또 한편으론 진정 원망스럽기도 해서였다. 그리고 많은 당부도 했었다. 무엇을 하거나 남은 시간은 짧은 순간이며 아무리 힘들어도 남을 이들에겐 희생이 아니라 아쉬움이라고. 가능한 한 알은체도 말고, 아무것도 모르는 척 눈물도 비치지 말며, 평소처럼 자연스럽게, 가끔은 투정도 부리고…….

그러나 이미 남 박사 자신부터 그 모든 약속이 얼마나 공허로운 것인지 절감하고 있었다.

그녀는 내내 어린아이였다. 공항에서 만나던 그 순간부터 조금 전까지, 소령은 한 틈도 쉬지 않고 떠들며 웃었다. 무슨 이야깃거리가 그리도 많은지, 뭐가 그렇게도 재미있는지, 내내 종알거리고 깔깔거렸지만 정수는 한번도 그녀의 말에 대꾸하지 않았다. 그저 한번씩 빙긋이 따라 웃어주면 그만이었다. 그녀는 상대가 조금도 부담을 느끼지 않게 하는 참으로 묘한 여인이었다.

공항에서 만나서는 「안 오시나 가슴 졸였잖아요. 어서 티켓 찾아오세요」, 비행기 안에서는 「음료수보다 생수가 좋아요. 생수 드세요」 「와! 내가 지금 구름 위를 날고 있어요. 난 하늘나라 선녀예요」, 비행기에서 내려서는 「따라오세요, 공항버스가 좋아요」 「어느 호텔인지는 가보면 알아요. 가만히 계시다가 내가 내리면 따라 내리세요」, 호텔에서는 「한 선생님 이름으로 예약했어요. 체크인

하고 열쇠 받아오세요」, 호텔 방안에서는 「우리 나가요. 걷고 싶어
요」, 산책길에서는 「난 수영을 못해서 바다는 무서워요. 그래도 이
렇게 멀리서 보는 건 좋아요」「저기 그늘 아래 벤치가 있네요. 우
리 좀 앉아요」「나 배고파요. 회 먹으러 가요」, 식당에서는 「주문
은 내가 할 거예요. 한 선생님은 전복죽 시킬 게요」「술은 나만 한
잔 할래요」「피곤해도 조금만 참으세요. 딱 두 잔만 더 마시고 일
어날 게요」, 다시 호텔로 돌아와서는 「가출을 하시려면 옷이나 한
벌 더 갖고 하시지. 가운 입고 옷 다 벗으세요」「양복이랑 와이셔
츠는 드라이 맡기고 속옷이랑 양말은 내가 빨 거예요······.」

어느 한마디도 굳이 대답하려 들지 않는다면 대답할 필요가 없
었다. 의식적인지 아닌지도 알 필요가 없었다. 너무도 천진했고
너무도 밝았기에 그녀의 즐거움은 그대로 즐거움만으로 받아들일
수 있었다. 다분히 의식적인 '저'에서 '나'로 바뀐 호칭의 변화도
아무런 거부감을 느낄 수 없었다. 그녀와 함께 있는 동안만은 어
제부터 시종 께름칙하던 그 타락 같은 불륜이라는 생각도 잊어버
릴 수 있었다.

「많이 불편하세요?」

오늘 처음으로 하는 질문이었다. 막 욕실에서 나온 그녀의 손에
는 세탁한 정수의 속옷과 양말이 들려 있었다.

「아, 아니, 괜찮아요.」

「제가 나로 바뀐 건 말씀을 낮추시란 뜻이에요. 다시 대답해 보
세요.」

장난 같은 말투이면서도 분명한 강요였다.

「······.」

정수는 어색한 웃음만 지을 뿐 여전히 망설였다.

「어서요. 아님, 저 지금 서울로 돌아갈 거예요.」

분명히 그녀가 가지 않을 것임을 알면서도 어쩔 수 없이 대답해야 했다. 그렇지 않으면 밤새라도 반복할 것 같은 소령의 태도였다.

「아, 알았어……」

「다시요. 많이 불편하세요?」

「아, 아니……」

「아니야.」

「허허, 그래, 아니야.」

「이제 됐어요. 그런데 정말 많이 불편하신 것 같아요.」

「아니…… 속이 조금 불편해서…… 술을 계속 마셨더니……」

정수는 여전히 어색했지만 소령은 더이상 다그치지 않았다. 그것은 여백(餘白)의 여유로움이었다.

「좋아요, 거짓말 같지만 믿겠어요. 그런데, 제가 뭘 물어봐도 되죠?」

역시 그녀는 처음부터 의식하고 있었던 모양이었다. 정수는 가만히 고개를 끄덕였다.

그제서야 소령은 손에 들고 있던 속옷을 창가에 널기 시작했다.

「그럼, 이제 우리 누워서 이야기해요. 잠깐만요.」

그녀는 방안의 조명부터 바꾸었다. 스탠드의 흐린 등불만 남기고 다른 모든 전등은 꺼버린 그녀가 정수를 따라 침대에 누웠다. 정수의 한 팔을 끌어다 베개를 삼은 소령이 그를 향해 고개를 돌리고 살며시 품속으로 한 손을 디밀었다. 물기 젖은 촉촉한 감촉이 상큼한 전율로 전신에 번졌다.

「선생님 가슴은 참 따뜻해요. 제 가슴도 그래요?」

그 의미를 알 듯도 모를 듯도 했다.

「그, 글쎄……?」

「제 가슴도 선생님만큼 따뜻한 것 같으냐구요?」

「그래요. 아니, 나보다 더 넓고 따뜻한 가슴을 가진 것 같아요.」

정수는 비로소 그 의미를 알아듣고 마음속의 대답을 해주었다.

「고마워요. 그런데 '요'는 빼세요.」

「그, 그래.」

「다행이에요. 저는 선생님이 절 아주 천박하게 볼까 봐 얼마나 염려했는지 몰라요.」

「그럴 리가, 절대 그렇지 않아요.」

「또 '요'예요?」

그녀에게서 쉽게 찾을 수 없던 집요함이었다. 정수는 그것을 자신의 감정을 감추기 위한 의도적인 집착이라고 생각했다.

「아, 아니. 그, 그래.」

「후후…… 재미있는 대답이네요.」

「아, 아니. 그, 그게…….」

「됐어요, '요'만 안하시면 돼요. 저, 선생님께 많이 미안했어요. 그런데 처음 본 그날, 전 선생님에게서 사람을 느꼈어요. 얼마나 그리웠던 사람 냄새였는지 몰라요. 아빠를 떠나보내고는 처음이었어요. 그래서 꼭 그 냄새를 몸 안에 담아두고 싶었어요. 제가 너무 무례했더라도 용서하세요.」

정수는 아무 말도 할 수가 없었다. 오히려 사람의 냄새를 맡은 것은 그 자신이었던 것이다. 그래도 지금은 그 말을 해줄 수가 없었다. 아직은 그녀의 꿈을 채우는 시간이기 때문이었다.

「저로서는 엄청난 용기였어요. 선생님께 천한 대접을 받을 각오까지 했었는데…… 그날 얼마나 고마웠는지 몰라요. 선생님께 받은 사람 냄새를 영원히 간직할 거예요. 오늘까지 맡은 사람 냄새면 죽을 때까지도 부족하지 않을 거예요. 이제는 영원히 따뜻하게 살 수 있을 것 같아요.」

그녀는 이미 이별을 말하고 있었다. 정수는 그 의미를 깨우치며 보이지 않는 한숨을 내쉬었다. 어차피 감당하지 못할 자신이었지만 안타까움에 가슴이 아팠다. 그러나 차마 뭐라 애원의 말을 할 수가 없었다. 그녀가 편안해 한 만큼 자신도 편안해야 했으므로.

「사모님, 좋은 분이시죠? 아주 미인이실 것 같아요.」

「……」

「그래서 선생님도 이렇게 따뜻하신 것 같아요.」

「……」

「뭐가 그렇게 힘드세요? 요즘 아주 많이 힘드신 것 같아요. 제가 알면 안돼요? 가르쳐주시면 그 힘드신 것 정리될 때까지 만나드릴 수도 있는데…….」

「힘들기는…… 그냥 쓸쓸해서…….」

「후후…… 선생님도 거짓말 잘하시네요. 그래도 괜찮아요. 따뜻한 사람의 거짓말은 거짓말이 아니라 아픔이래요. 그만 잘래요. 선생님 거짓말 듣느니 그냥 자는 게 낫겠어요.」

살며시 가운을 벗은 그녀가 정수의 가운마저 젖히고 맨살결을 비벼왔다. 이미 그녀도 속옷 한점 걸치지 않은 완전한 알몸이었다.

「이젠 선생님이 전화하세요. 아직 한번도 안했잖아요. 전 앞으로 전화 안할 거예요.」

「그날 밤에 했었는데……」

「어머, 정말이에요? 그날 밤에 전화하신 분이 정말 선생님이셨어요?」

소령의 새삼스러움에 오히려 정수가 황당했다.

「알고 있었다더니……」

「정말이셨구나……. 이젠 그럼 누가 전화하죠?」

역시 그녀의 의도된 각본이었다.

「저 추워요.」

소령은 정말 추운 듯 진저리를 치며 정수의 가슴으로 파고들었다.

「내일 서울에 가면 저 선생님 잘 가시는 곳에 딱 한번만 데려가주세요. 누군가에게는 꼭 기억되어 있어야만 그 다음 아침에 잠이 깨어도 꿈이 아니란 걸 믿을 수 있을 것 같아요.」

작은 그녀의 어깨를 정수의 두 팔이 감싸안자 졸리운 듯한 소령의 목소리가 꿈결처럼 속삭였다.

창 틈으로 스며들어온 햇살이 온통 방안을 훤하게 비췄지만 정수의 팔을 벤 소령은 여전히 새근새근 고른 숨을 내쉬고 있었다.

아침이었다. 얼마 만에 느껴보는 숨쉬는 아침인가. 신기했다. 아침이 신기했고, 햇살이 신기했다. 들려오는 파도소리가 신기했고, 살아 숨쉰다는 사실 또한 한없이 신기했다. 또 한 사람의 숨소리가 이토록 아름다운 새로움을 가져다준다는 것이 도저히 믿어지지 않았다. 익숙하다고 생각했던 혼자의 아침은 익숙함이 아니었다. 오히려 익숙지 않았던 이 새로운 아침이 더 익숙하게 느껴졌다.

무엇이 그토록 아쉬운지 소령은 그 긴 잠자리가 끝난 지금까지도 정수의 한 손을 꼭 부여잡고 있었다. 다른 한 손마저 정수의 가슴에 기댄 채, 아직도 맞닿은 전신을 떼지 않으려는 그녀의 알몸이 눈부시게 고왔다. 정수는 그녀가 깰까 두려워 숨소리조차 죽인 채 그대로 있었다.

살며시 고개 돌려 맞추어본 그녀의 입술은 아침 첫바람보다 더 향기롭고 신선했다. 그러나 한편 서운한 마음에 짧은 밤이, 이른 아침이 밉기만 했다.

이제 그녀가 눈을 뜨면 안타까운 마지막 하루가 시작된다. 그녀와 함께 아침을 먹고, 바다를 거닐고, 서로가 마음에 없는 헛웃음으로 한나절을 속이다가 공항에 갈 것이다. 살 것도 줄 곳도 없는 기념품 가게를 서성이다 시간에 맞춰 비행기를 탈 것이고, 다시 1시간여의 비행이 끝나면 트랩을 내린다. 그리고 그녀가 부탁한 대로 딱 한번 그녀와 함께 어느 곳인가를 가야 한다.

정수는 그곳을, 험상궂은 인상의 주인이 있는 포장마차로 결정했다.

「사모님께 선물해 보신 적 있으세요?」

그녀가 서울시내로 들어가는 공항버스 안에서 물었다.

「그건 왜?」

어느 틈에 정수는 '요'를 잊어버리고도 자연스러웠다.

「그냥요.」

「음…… 없었던 것 같은데…….」

「그럼, 받은 적은요?」

「음…… 그것도 없었던 것 같은데…….」

「그럼, 주고 싶은 선물은 뭐고 받고 싶은 선물은 뭐예요?」

「도대체 그건 왜?」

「후후…… 나중에 혹시 따뜻한 신랑을 만나게 되면 주고, 또 저도 받게요.」

「그래? 허허허…….」

「웃지만 말고 어서요.」

「음…… 주고 싶은 건 진주반지와 목걸이, 받고 싶은 건 하얀 머플러.」

「하얀 머플러요? 하하하…… 그건 왜죠?」

「그냥, 구름같이 하얀 머플러를 매면 훨훨 하늘을 마음대로 날 것 같아서.」

「하늘을요? 하하하…… 그럼, 진주반지와 목걸이는 왜죠?」

「그건 그냥, 아내에게 잘 어울릴 것 같아서.」

정말 아내 영신은 진주가 잘 어울릴 것 같은 여자였다. 보석같이 투명하거나 화려하지 않으면서도 그 평범한 하얀빛은 어떤 영롱한 빛깔보다 눈부시게 느껴지듯, 아내도 그렇게 눈부신 아름다움을 간직한 여자였다. 우연히 지나치는 보석상마다에서 정수는 그 진주반지와 목걸이를 아내에게 선사하고픈 욕망을 문득문득 느끼곤 했었다.

「그럼, 진작에 사주시죠.」

「후후…… 돈이 있어야지.」

「봉급은 다 뭐하구요?」

「그거야 통장으로 다 들어가는데.」

「그래도 선생님이 버신 거잖아요?」

「그래도 주인은 내가 아닌걸.」

「그럼, 어떻게 사주시려고 했어요?」

「용돈을 모아서 사주려고 했는데, 아직 한푼도 못 모았어.」

「하하하…… 그런데 왜 하필 진주예요?」

「그게 어때서?」

「진주는 눈물이 감춰져 있대요.」

「그래? 그럼, 다른 걸로 해야겠네?」

「뭘로요?」

「음…… 몰라, 언젠가는 생각이 나겠지.」

정수도 그녀를 따라 함께 어린아이가 되었다.

「어서 오슈, 영 안 오시나 했더니만 드디어 오셨수?」

포장마차 주인이 어쩔 줄 몰라하며 반겼다.

「언제 애인이 생기면 같이 오라고 하셨지요?」

「아니죠, 마음에 맞는 젊은 색시 생기면 한번 같이 오라고 했수.」

「그럼, 됐네요.」

「그래, 이 색시요?」

「예.」

「캬, 좋네요, 좋아요. 허허허…… 정말 좋아요.」

사내는 무엇이 좋다는 것인지 그저 '좋아요'를 연발하며 너털웃음을 터뜨렸다. 소령과 정수는 사내의 그 너털웃음에 덩달아 부끄러움도 어색함도 잊었다.

사내는 금세 무엇인가를 한 사발 담아 정수 앞에 내려놓았다.

「자, 들어보슈.」

「이게 뭐죠?」

「진짜 민물장어요. 언제 오시려나 내 날마다 장에 가서 두어 마리씩 사왔었지. 오늘은 아무래도 꼭 오실 것 같아 아예 도가니에 넣고 고아두었수.」

「그래요? 고맙습니다.」

「쭈욱 단숨에 드슈. 소화에도 아무 지장 없을 거요.」

소령은 두 사람이 하는 양을 지켜보며 감춰진 그 어떤 아픔을 생각했다. 어쩌면 저 험상궂은 사내의 훈훈한 밑바닥은 자신보다 더 아픈 상대의 고통에 대한 공감이 아닐까도 싶었다. 그렇지만 소령은 그것에 대해서는 모르는 척 무심하기로 했다. 그것이 무엇이든 그것은 어차피 자신의 몫이 아니었다. 그에게는 아내가 있었고 자식이 있었고 친구가 있었다. 또 이웃도. 그리고 무엇보다 이제는 그를 떠나보내야 할 때였다. 더이상 그에게 자신의 자리를 만들어서는 안된다는 것을 소령은 알고 있었다.

시간은 편하고 유쾌하게 흘렀다. 포장마차 사내의 객쩍은 농담 몇 마디와 정수보다 몇 곱은 더 껄껄거리는 그의 공허한 웃음뿐이었지만, 그래도 풋풋한 인간의 체온이 있었기에 따뜻하고 환했다.

어느결에 시간은 자정을 향해 치닫고 있었다. 소령이 먼저 자리를 털었다.

「이제, 그만 가요.」

「그럴까…….」

정수는 아직 갈 곳을 정하지 못했다. 쭈뼛거리는 그의 태도에서 소령도 그 눈치를 알아챘다.

「집으로 가실 거죠?」

「으응…… 그, 글쎄…….」

「이제 그만 들어가세요.」

「…….」

「안 들어가시려면 저와 밤새 술마셔야 해요. 이젠 저도 피곤하니까, 선생님 술 사양하시는 거 더는 봐드릴 수 없어요.」

그녀 방식의 간곡한 청이었다. 결국 정수는 말 잘 듣는 어린아이처럼 고개를 끄덕였다.

「그래, 들어가지.」

「선생님, 우리 그만 일어나요. 그리고 아저씨, 여기 모두 얼마예요?」

이번에는 소령이 계산을 하겠다고 했지만 사내는 한사코 거절했다.

「고마워요. 그런데 아저씨, 저 영원히 기억하시겠어요?」

「영원히라? 글쎄올시다…….」

사내는 정말 자신없다는 표정이었다.

「안돼요, 영원히 기억해 주셔야 해요.」

「그래요? 그럼, 이름이 뭐요?」

「소령요. 이, 소, 령. 기억하시겠어요?」

「이 소령? 허허…… 거 이름 한번 좋수. 난 김 대위요.」

「고마워요, 김 대위님. 지금껏 스스로 저보다 낮은 계급을 말씀하시는 분은 처음이에요.」

「그래요? 허허허…… 다 미친놈들만 봤었나 보우. 아무튼 이름은 기억하겠는데 얼굴은 한번쯤 더 봐야 영원히 기억할 것 같수.」

「안되는데요, 꼭 한번만 오기로 선생님과 약속했거든요.」

「허허허…… 약속은 깨지라고 있는 거라잖수.」

소령이 흘끗 정수를 돌아봤다.

「어떡하실래요?」

「글쎄…… 그건 나도 모르겠네…….」

「하여간 꼭 한번 더 오슈. 내 생각에는 그리될 것 같수.」

사내도, 소령도, 정수도, 그 자리의 누구도 그렇게 다시 만나리라고는 기대하지 않았다. 제각각 그 영원한 이별을 속이기 위한 공허한 제 색깔의 바람을 일으키는 것일 뿐이었다. 그래도 사내는 내일도, 모레도, 또 내일도…… 영원히 그렇게 민물장어를 사러 갈 것임을 스스로 알고 있었다.

그 늦은 시간에도 집 안은 온통 불빛으로 환했다. 시커먼 시멘트 덩어리의 한가운데에서 유독 환하게 불을 밝힌 그 집은 분명 자신의 아파트였다. 정수는 공연히 가슴이 철렁했다. 집 안의 제사도, 찾아올 손님이 있는 것도 아니었다. 그런데도 저토록 불을 밝힌 까닭은…….

정수는 조심스레 초인종을 눌렀다. 딩동딩동 채 두 번이 울리기도 전에 커다란 발자국소리가 문밖까지 들려왔다. 분명 희원의 발소리였다..요즘 들어 희원이 문을 열어준 적은 없었는데도 정수는 분명 알아들을 수 있었다. '이놈이 웬일일까. 일요일이라서?' 그러고 보니 일요일에는 다른 날보다 일찍 돌아왔던 것도 같았다.

「아빠?」

역시 희원의 목소리였다.

「다녀오셨어요?」

미처 대답도 하기 전에 문을 연 희원이 환한 얼굴로 인사를 했다.

「응…….」

정수는 왠지 주눅이 들었다.

「저녁은요?」

「아빠, 피곤하시죠?」

아내, 지원, 갑자기 쳐들어오는 인사소리에 정수는 정신이 아득했다. 멈칫 현관에서 굳어버린 정수가 자신의 앞에 서 있는 얼굴들을 둘러봤다. 분명 아내였고, 지원이었고, 희원이었다.

「아빠, 뭐해? 빨리 올라와.」

어느새 쉬어버린 아들의 목소리가 새삼 신기했다. '맞아, 이놈은 여태도 내게 반말을 썼어. 그것도 아주 어리고 투박스러운…….' 정수는 아들의 손에 이끌려 거실로 들어서며 그 생각을 했다.

갑자기 부산했다. 아내는 주방으로 향하고, 지원은 보고 있던 TV를 끄고, 희원은 공연히 베란다 문을 열었다 닫고. 생기를 만들고 있었지만 어색했다. 조화롭지 못한 불협화음이 한번에 느껴왔다. 왜? 무슨 까닭에, 갑자기 이런 어울리지 않는 생경한 모습을 연출하는가? 마치 남의 집에 온 것처럼 어색하게 느껴졌다.

어안이벙벙해진 정수가 쭈뼛쭈뼛 뒷걸음질로 자신의 방을 향했다.

「어……」

방문을 열던 정수가 입을 딱 벌린 채 걸음을 멈추었다. 없었다. 아무것도 없었다. 책상도 의자도 책장도 아무것도 없이 휑하니 비어 있었다. 마치 자신이 떠나기를 기다렸다가 치워버린 듯한 텅 빈 방안. 그것에 대한 두려움보다 우선 문득 느껴지는 죽음의 그림자가 싫었다. 아직은 살아 숨쉬는 삶인데, 아직은 죽어서 구천을 맴도는 영혼이 아닌데, 어느결에 벌써 영혼이 되어 돌아볼 그날의 황량한 공간이 되었는가. 이제 내 숨쉴 곳은 어디인가. 이제 내 몸 눕힐 곳은 어디인가…….

그러나 실상 그런 느낌들의 내면은 모든 것을 들켜버린 것이 아닌가 하는 두려움이었다. 아직은 마지막을, 이별을, 죽음을 말할 준비가 되지 않았는데 벌써 그네들이 알아버렸다면……. 그는 막막하고 혼란스럽기만 했다. 아직 아내나 아이들에게 뭐라고 그 사실을 알려야 하는지 한번도 생각해 본 적이 없었다. 그는 어디론가 도망치고 싶었다. 도망쳐야 했다. 우선은 몸을 숨기고, 다시 처음부터 하나씩 따져가며 준비를 해야 했다.

뒤돌아선 그의 앞에는 아내와 지원과 희원이 서 있었다. 금방이라도 울음을 터뜨릴 것 같은 아이들, 슬픔을 감춘 흔적이 여기저기 누더기처럼 묻어 있는 아내의 힘겨운 미소. 그 힘든 미소로 아내가 무엇인가를 말하려 했다. 그러나 정수는 그 아내의 입술이 떨어지기 전에 현관을 향해 몸을 움직였다. 아니, 뛰었다.

「여보!」

「아빠!」

「아빠, 어디 가!」

남은 세 사람의 고함이 한꺼번에 터졌지만 이미 정수는 현관을 나서고 있었다.

엘리베이터는 여전히 그곳에 머물러 있었다. 닫히는 문 틈으로 맨 먼저 쫓아나온 희원이 보였다. 그러나 정수는 이를 악물고 눈을 감았다. 문 닫힌 엘리베이터가 움직이기 시작하자 정수는 그제서야 긴 안도의 한숨을 내뱉었다.

땡……, 1층이었다. 정수는 다시 미친 듯이 뛰었다. 성공이었다. 탈출은 성공이었다. 자유였다. 한바탕 소나기를 앞둔 밤바람의 눅눅함도 그 상큼한 자유의 쾌감을 덜지는 못했다.

9

어차피 결론은 없었다. 밤새 여관방의 이불을 뒤척이다가 새벽녘에는 다시 아내의 제과점 자리에 골몰했을 뿐이다. 결국 그 모든 것이 아내와 가족들을 위한 뚜렷한 대책이 마련되지 못한 때문이었다. 그래서 두렵고 답답하고 자신이 서지 않는 것이었다.

출근은 했지만 일이 손에 잡히지 않았다. 혹시라도 아내와 아이들이 찾아오지나 않을까, 전화벨만 울려도 가슴이 덜컹했고 작은 발자국소리에도 눈길은 저절로 출입문을 향했다. 이미 그 자신은 철저한 죄인이었다. 먼저 떠나야 한다는 사실, 끝까지 돌보지 못한다는 사실, 변변한 그 무엇 하나 남기지 못한다는 사실, 그리고 무엇보다 만약 아내나 아이들이 이 마지막 상황을 알고 있다면 어떻게 처신해야 할 것인지가 막막했다. 씁쓸하나마 미소 지으며 담담히 받아들여야 하는 것인지, 아니면 나오는 감정 그대로 때론 소리치고 때로는 고통스러워하며 그렇게 처참히 살다 가도 되는 것인지. 물론 전자와 같이 담담히 받아들이고 싶은 마음이야 더할 바 없었지만, 문제는 그게 그렇게 쉽지 않다는 것이었다. 아무래도, 아무리 굳은 마음을 다져도 어느 순간에는 맥없이 무너질 것 같은 두려움이 솔직한 심정이었다.

처음의 진단대로라면 이제 남은 시간은 4개월 1주일. 벌써 3주라는 시간을 덧없이 흘려보냈다. 그래도 지금처럼이나마 견뎌낼 수 있다면 천만다행이겠지만 그건 아무래도 꿈일 성싶었다. 어쩌면 3주 동안의 술과 고심이 그나마 남은 마지막 시간마저 단축했을지도 모른다.

얼마나 남았을까? 4개월? 3개월 3주? 3개월 2주? 아주 소중할 것 같은 그 시간이 소중한 것이 아니라 아주 지겹게 느껴졌다. 차라리 그 마지막이 내일이라면? 이렇게 아무도 모르게 있다가 내일 아침, 아니면 내일 저녁, 혹은 모레 아침에 슬며시 쓰러지며 눈감을 수 있다면…….

갑자기 멀리멀리 도망쳐버리고 싶은 진한 유혹이 느껴졌다. 아무도 모르는 곳, 아는 사람 하나 없는 곳. 그런 아주 먼 곳으로 도망가서 고통스러우면 고통스러운 대로 고통스러워하며, 슬프면 슬픈 대로 슬퍼하며, 억울하면 억울한 대로 통곡하며, 미치고 싶으면 미친놈처럼 미친놈이 되어 미쳐 날뛰며 그렇게 아무렇게나 되는 대로 살다가 가고 싶었다.

아내, 자식, 형제, 친구, 직장동료, 과거, 이름…… 심지어는 자신까지, 가졌다는 그 모든 것이 결국은 멍에였다. 그 실타래처럼 엮인 작은 멍에 하나하나가 모두 고뇌와 미련의 시작이었고 화두였다. 후회스러웠다. 왜 지금까지 그 힘들고 거친 길을 이 악문 채 버티며 헤쳐왔는지.

지난 어린 시절, 지금 돌이켜보면 정말 아무것도 아니지만, 그래도 그날은 괜스레 하늘이 무너지고 땅이 꺼진 듯해 허탈하고 공허했는데, 그리고 그때는 막다른 용기도 있었는데. 그때, 그때, 젊은 객기처럼 마감할걸…… 그게 결코 억울한 게 아니었는데…….

오만가지 생각이 다 들었다. 가눌 수 없는 휘청거림에 목 졸린 그는 점점 그렇게 깊은 나락으로 떨어져 가고 있었다. 그의 가위눌린 삶의 허무를 깨운 것은 이미란 주사였다.

「서기관님, 어떤 여자분이 수위실에 두고 가셨답니다.」

점심식사를 마치고 돌아오던 길에 받아온 모양이었다. 그녀의 손에는 연하늘색 편지봉투가 들려 있었다.

「그래요? 고마워요.」

정수는 소령을 생각했다. 발신인도 수신인도 적혀 있지 않은 채 곱게 봉해진 편지. 어제의 미심쩍던 행동으로 보아 분명 그녀일 것 같았다. 이별의 인사인가 싶어 서운하면서도, 어쩌면 어제의 말은 괜한 투정이었음을 변명하는 내용일지도 모른다는 설레는 기대도 생겨났다. 야릇한 기분이었다. 공연히 실없는 웃음까지 나왔다. 정수는 괜스레 몇 번 헛기침까지 내어본 뒤 조심스럽게 편지봉투를 열었다.

「사랑하는 아빠.」

뜻밖에도 지원이었다. 정수는 또한번 가슴이 철렁했다. 또 무슨 얘기일까? 어젯밤 자신의 행동에 대한 또다른 비난일까? 얼른 편

지를 접었다. 그런데 뭔가 이상했다. 연하늘색의 편지지, 그리고
는 사랑하는…… 그래, 분명 '사랑하는' 이었다.

　정수는 얼른 다시 편지를 폈다.

「아빠, 용서를 빕니다. 철없고 경솔했던 저를 부디 용서해 주세
요. 아빠의 그 깊고깊은 사랑을 몰라서가 아니었어요. 투정이었
는데, 어리광이었는데, 제가 너무 격했어요.

　그 동안 얼마나 후회했는지 몰라요. 제 자신이 얼마나 미웠는지
몰라요. 시간이 흐를수록 아빠에 대한 죄스러움이 더해 미처 용
서를 빌 기회마저 놓쳐버렸어요.

　아빠, 얼마나 서운하셨어요, 얼마나 노여우셨어요. 백번을, 만번
을 무릎 꿇고 머리 조아려 빌어도 용서받을 길이 없습니다.

　아빠, 차라리 제 뺨이라도 때려주시죠. 차라리 밉다고 혼내시어
쫓아내기라도 하시죠. 그랬으면, 정말 그러셨으면 아빠의 품에
안겨 엉엉 울며 용서를 빌었을 텐데요.

　얼마나 외롭고 쓸쓸하셨어요? 얼마나 허무하셨어요?

　아빠, 부디 절 용서해 주세요.

　한 번만, 딱 한 번만 절 용서해 주세요.

　사랑하는 아빠, 돌아와주실 거죠? 기다릴 게요.

　사랑해요, 우리 가족 모두 아빠를 사랑해요. 엄마도, 저도, 희원
이도 모두 아빠를 사랑해요. 세상에서 그 누구보다도 아빠를 사
랑해요.

지원 올림.」

무슨 말과 무슨 설명이 더 필요하겠는가. 정수는 주르르 두 뺨 위로 흐르는 눈물을 주체하지 못했다. 서럽고 기쁘고, 슬프고 행복하고, 아쉽고 뿌듯하고, 허무하고 뭉클하고…… 표현할 수 없는 만감의 교차 속에 그래도 분명 느낄 수 있는 것은 지원의 사랑이었다.

'남박, 내가 뭐라던가? 이건 사랑이라 했지, 투정이라 했지, 어리광이라 했지……? 거 보라구, 우리 딸이 이렇다네. 얼마나 고운가.'

정수는 더할 수 없는 행복감에 젖었다.

이번에도 지원은 추신을 남겼다.

「P.S : 아빠, 많이 아프시다죠? 죄송해요. 제가 아빠 마음을 아프게 해드렸기 때문이에요. 하지만 염려 마세요. 엄마와 저, 희원이, 우리 모두 하느님께 빌기로 했어요. 틀림없이 완쾌되실 거예요.

아직 화 풀리지 않으셨으면 천천히 들어오셔도 돼요. 하지만 보고 싶어요. 특히 엄마가 많이 보고 싶어하세요. 그리고 아빠 옷도 갈아입으셔야 하잖아요.

내일은 꼭 오실 거죠?」

정수는 안도했다. 아직 확실히 아는 것은 아니었다. 아니 무엇이라도 좋았다. 희망만 버리지 않을 수 있다면 그것으로 좋았다. 미리부터 끝을 향해, 벼랑을 향해 허겁지겁 허둥거리는 모습들은 정말 보기 싫었다. 그 희망이 비록 거짓이고 속임이라 할지라도 미

리부터 아무 필요 없는 예행연습까지 해가며 끝을, 무덤을 준비한
다는 건 상상조차 하기 싫은 일이었다. 슬픔은 짧을수록 낫지 않
을까. 결국에는 잊어버릴 것을, 또한 잊어야 하는 것을 무엇하러
미리부터 잊혀지지 않는 듯 잊는 연습을 해야 하겠는가.

남 박사가 이야기한 것이 분명했다. 그래도 지원의 편지에서는
분명 희망을 말하고 있었다. 그렇다면 남 박사가 죽음이라고, 끝
이라고 말한 것은 아닌 것 같았다. 그것으로 만족이었다. 그러면
된 것이었다. 진작에 그렇게 말하도록 둘걸, 그랬으면 이런 번거
로운 아픔까지는 나누지 않아도 되었는데…….

정수는 곱게곱게, 정말 소중한 보물처럼 또 한 통의 편지를 가슴
속에 갈무리했다. 그런데 갑자기 와락 끊어지는 고통이 치밀어 올
라왔다. 정수는 신음과 땀이 범벅이 되어서야 진통제를 털어넣을
수 있었다.

약속대로 남 박사는 퇴근길의 길목에서 기다리고 있었다. 아니,
그것은 약속이 아니었다. 무슨 까닭에서인지 그가 기다리겠다는
일방적인 제안을 해놓았던 것이다.

「어디 약속 장소에서 만나면 되지, 뭐 번거롭게…….」

「아니야, 차 가져왔어.」

그렇게 운전하기를 즐기는 남 박사가 아니었다. 정수는 웬일인
가, 하면서도 대수롭지 않게 넘겼다.

그의 차는 신문사 앞 공용주차장에 세워져 있었다. 아직 햇살은
밝았다. 자동차 뒤 유리창에 반사된 그 햇살이 눈부셔 미처 몰랐
는데 막 자동차에 오르려고 하니 뒷좌석에 누군가가 앉아 있었다.

자동차의 시동도 걸린 채로였다.

영신이었다. 눈을 감고 있었던지 그녀는 남 박사의 자동차문 여는 소리에 화들짝 놀라며 고개를 돌렸다.

「뭐해? 타.」

머뭇거리는 정수를 향해 남 박사가 말했다.

영신이 자동차의 뒷문을 열고 내릴 듯이 움쩍였다. 어쩔 수 없었다. 정수가 문을 열고 앞좌석에 올라탔다.

「어디 저녁이나 먹으러 가지.」

다시 영신이 차문을 닫자, 남 박사가 정수를 돌아보며 말했다.

「……」

몹시 난감한 표정의 정수는 창 밖으로 고개를 돌린 채 아무런 대꾸도 없었다.

「아니에요, 당신 곧바로 집으로 가실 거죠?」

영신이 물었지만 정수는 여전히 반응이 없었다.

「남 박사님 죄송해요, 오늘은 일찍 쉬시게 하고 저녁은 다음에 해요. 그때는 제가 모시죠.」

일방적이기는 했지만 영신의 말투에는 거슬리지 않으려고 애쓰는 흔적이 역력했다.

「그게 좋겠네요. 지원엄마도 앞으로는 자주 뵈어야……」

남 박사는 도중에 말을 멈추었다. 정수를 의식하는 것은 그 무엇이든 피하려 했었는데 그만 실수를 한 것이었다.

「남 박사님도 저희 집에서 저녁 함께하시죠.」

영신도 재빨리 말을 돌렸다.

「아닙니다, 다음으로 미루죠.」

208

더이상은 모두 할말이 없었다. 퇴근길의 혼잡한 정체 속에서도 그들은 아무런 말이 없었다. 남 박사는 앞만 본 채, 영신과 정수는 제각각의 창을 향해 고개를 돌린 채…….

아파트에 도착했을 때는 그 긴 여름해도 어느덧 뉘엿뉘엿 저물어가고 있었다.

남 박사는 그저 한번 싱긋 웃어보였을 뿐이었다. 영신 역시 고맙다는 인사도 채 하지 못하고 고개만 숙였다. 남 박사의 자동차가 아파트를 벗어나자, 두 사람은 무거운 걸음으로 계단을 올랐다. 엘리베이터 안에서도 정수와 영신은 서로가 어색한 눈길을 피해 외면하고 있었다. 영신은 뭐라고 말을 시작하면 금방이라도 울음이 터져버릴 것 같아서였다. 어쩌면 정수 역시도 마찬가지 심정이었는지 몰랐다.

영신은 열쇠로 현관문을 열었다. 거실에는 훤히 불이 밝혀져 있었다. 그러나 집 안에는 아무런 기척도 없었다.

버릇처럼 자신의 방을 향하던 정수의 발길이 그 문 앞에서 멈칫 멈추었다. 이미 그 방은 자신의 방이 아니었다. 그때 살며시 다가온 영신이 그의 팔을 끌었다. 등만 돌리면 안방인데 여태는 왜 그렇게도 멀었을까. 정수는 영신이 끄는 대로 안방으로 들어섰다.

책상도 의자도 책장도…… 어느결에 모두 안방에 와 있었다. 그리고 희원의 방에 있던 턴테이블 달린 오래된 전축도 낡은 레코드 몇 장과 함께 놓여 있었다.

옷장의 위치도 바뀌어 있었다. 아내의 화장대도 문갑도 또 침대도…… 모두 자리가 바뀌어져 있었다.

진작에 바꿔놓았던 건 아닌 성싶었다. 정수의 책상과 책장을 옮기며 그 자리가 불편하지 않도록 애쓴 흔적이 역력했다. 특히 책상과 책장을 밝은 창가에 놓은 것이 어색해 보이긴 했지만, 자신을 위한 아내의 배려를 느낄 수 있었다.

「뭐하세요? 옷⋯⋯.」

우두커니 선 정수를 향해 말하던 영신도 남 박사처럼 도중에 멈추었다.

「뭐하게⋯⋯ 잠만 와서 자면 되는데?」

「당신, 아니 우리 방인데요?」

영신은 애써 웃어보였다.

「⋯⋯.」

말문이 막힌 정수가 슬그머니 윗도리를 벗었다.

「이리 주세요.」

어색했다. 윗도리를 받아 거는 아내가 마치 남처럼 느껴졌다.

「씻고⋯⋯ 아니, 쉬시다가 나오세요. 저녁부터 준비할 게요.」

역시 아직 아내도 익숙하지 않았다. 앞으로 얼마나 더 지나야 모든 것이 익숙할까. 쓴웃음이 나왔지만 그래도 좋았다. 푸근했다.

아내의 조심스런 발자국소리가 들리고, 이내 소곤거리는 지원의 말소리도 들려왔다. 곧이어 아무리 조심해도 쿵쾅거리는 희원의 발소리도⋯⋯. 모두들 방안에서 순서를 기다린 듯했다. 슬며시 웃음이 나왔다.

아직 침대는 많이 어색했다. 너무 오래 전 일이어서인가 보다. 정수는 의자에 앉은 채 몇 번이고 방안을 둘러보았다. 아직은 아니지만 곧 정이 들 것 같았다. 돌아볼수록 곳곳에 배인 아내의 정성이 느껴졌다.

「저녁 준비 다됐어요.」

조심스럽게 문을 연 아내가 컴컴한 방안에 불을 켜며 다정스럽게 말했다.

「아빠, 다녀오셨어요.」

굵고 쉰 목소리의 희원이었다.

「……」

지원은 어색하게 웃으며 고개를 숙였다. 그것은 분명 슬픈 웃음이었다.

「얜, 아빠에게 그게 인사야?」

영신의 질책은 지원을 향한 질책이라기보다 남편을 향한 양해의 부탁이었다.

정수의 자리에는 밥과 함께 죽이 놓여 있었다. 아마도 끝까지 그렇게 밥과 죽이 함께 놓이게 될 것이다.

영신은 많은 말을 하려고 무척 애쓰고 있었다. 최대한 밝은 음성으로 즐거운 이야기를. 그러나 번번이 그 말끝이 떨렸다. 정수는 내내 고개를 숙인 채 말이 없었고, 지원 또한 마찬가지였다. 유일하게 영신의 말을 받아주는 사람은 희원이었다.

「아빠, 잘못했어요.」

정수가 수저를 놓자 기다린 듯 지원이 말했다. 더는 견딜 수 없었는지 확연히 울먹였다. 영신과 희원이 얼어버린 듯 움직임을 멈췄다.

「아니야, 아빠가 미안했어…… 편지 고마웠다.」

「아빠…….」

기어코 지원은 어깨를 들썩였다.

「지원아…….」

지원을 부르는 영신의 음성에는 어떤 간절함이 배어 있었다.

지원은 제 방으로 달려가고 자리에서 일어선 영신은 어쩔 줄 몰라 자꾸만 서성거렸다. 정수는 얼른 얼굴을 가리고 돌아서 나왔다. 이번에도 그는 건넌방 앞에 멈춰선 다음에 다시 안방을 향해 돌아섰다.

영신은 여태도 잠을 이루지 못한 것이 분명했다. 거실의 뻐꾸기 시계가 두 시를 알린 지도 오래건만 영신의 숨소리는 여전히 불규칙했다. 애써 고른 숨소리를 만들고 있었지만 사위가 너무 조용해서일까. 간간이 새어나오는 흐느낌 같은 거친 숨소리는 그녀도 어쩌지 못했다.

「왜? 자지…….」

「예, 자요…….」

결국은 서로가 서로의 숨소리만 지켜 들으며 상대가 말하기를 기다린 셈이었다.

「벌써 두 시가 넘었어, 어서 자.」

반듯이 누운 정수가 천장을 향해 말했다.

「예, …… 저 다 알아요.」

마침내 영신이 더는 참지 못하고 말했다. 정수는 숨이 막혀왔다. 남 박사에게도 묻지 않았었다. 또다시 지원의 편지를 말해야 될 것 같아서였다. 너무도 소중한 편지였기에 누구에게도 보여주기 아까웠다. 그런데 결국 남 박사는 그 모든 사실을 말했던 것인가. 그런데 지원은 어떻게 그런 희망을…….

「······.」

「전 괜찮아요, 당신보다는 덜 힘들어요.」

영신의 음성은 조금도 흔들리지 않았다. 그 지극한 인내는 그녀의 무섭도록 침착함 때문이었다.

「아, 아이들은······?」

「자세히는 몰라요. 위암 초기라고만 했어요.」

「응······ 그런데 믿을까?」

「빨리 입원을 하셔야겠어요. 우선은 방사능치료중이라고 말했는데······ 지원이는 아무래도 믿지 않는 눈치예요······.」

결국은 그것인가? 입원하라는······. 정수는 남 박사에게 화가 나려 했다.

「애들이 왜 입원을 않느냐고 하길래 방사능치료 결과를 봐서 곧 입원하게 될 거라고 말했어요.」

「소용없어.」

「······.」

「아무 소용 없어. 이미 끝난 거야.」

단호해지려는 말투가 퉁명스럽게 울렸다.

「그래도 입원하셔야 해요. 그 고통을 어떻게 견디시려구요.」

그런가? 결국은 그래서 입원을 해야 하는가? 지금껏 한번도 생각지 않았던 일이었다. 병원, 입원, 그 어느것도 전혀 예상하지 않았다. 입원은 당연한 건데, 그 당연한 것을 왜 예상하지 못했을까? 그래서 아내가 있어야, 알아야 하는 것인가? 그렇다고 그것이 당연한 아내의 몫은 아닐 텐데.

고마웠다. 그리고 문득 그 아내가 한없이 가여웠다. 정수는 한쪽 팔을 펴 반듯이 누운 아내의 고개를 받쳤다.

「남 박사에게 진통제를 강하게 해달라고 부탁하지 뭐.」

「됐어요, 피곤한데 그만 주무세요.」

고개를 돌려 그의 가슴속에 파묻은 아내의 얼굴은 온통 눈물로 흥건했다. 정수는 미어지는 가슴을 어쩌지 못해 더욱 힘주어 아내를 보듬었다. 끝내 영신은 어깨를 떨었다.

10

벌써 일주일이 다 지나고 있었다. 소령과의 그 아침처럼, 누군가와 함께 눈을 뜬다는 사실이 신기하고 아름답게 느껴졌다. 그사이에 그 모든 일들이 부쩍 익숙해진 건 사실이었다. 그러나 정수는 그 익숙함 가운데에서도 어딘가 모를 거북함을 느끼고 있었다. 그것이 죽음에의 통고 때문인지 또다른 무엇 때문인지는 알 수 없었지만…….

아무튼 그 한주일 동안 정수가 한 일이라고는 남 박사 부부와 저녁 한끼를 같이하고 지원, 희원과 마주앉아 꽤 오랫동안 옛날이야기를 나눈 일뿐이었다. 할 일은 많은데 이상한 무기력에 빠져 아무것도 할 수가 없었다. 그리고 미리미리 약을 챙겨주는 영신의 정성에도 아랑곳없이 통증의 빈도는 잦아졌고 그 깊이도 더해갔다.

안방에 딸린 화장실이 있어 아직 지원이나 희원은 그 지독한 구토를 모르고 있지만 매번 영신은 사색이 되어야 했다. 이제는 사무실에서도 예민한 몇몇 직원은 이상한 눈치를 챈 듯했다. 결국 그렇게 기대고 의지하는 만큼 심성은 약해지고 그만큼의 고통이 따르는 것인가 보다.

정수는 이미 스스로 거울 보기를 회피하고 있었다. 퀭하니 들어간 눈, 하루가 달리 검누렇게 변해가는 낯빛, 멜빵을 걸쳐도 자꾸만 흘러내리는 바지. 영신은 새 옷을 권했지만 정수는 끝끝내 마다했다. 정수의 귀찮아하는 얼굴이 두려워 영신은 두 번 이상을 권하지 못했다.

시간이 흐를수록 정수는 점점 두려워만 졌다. 그것은 다름아닌 준비에 대한 두려움이었다. 이러다가 정말 아무런 준비도 못하고 그렇게 끝나는가. 지원은, 희원은, 그리고 아내는……. 처음 생각에는 아내의 제과점 자리만 구하면 모든 준비가 끝날 듯싶었는데, 자세히 따져보니 그것만으로 끝날 일이 아니었다. 메이커 선정, 인테리어 공사, 은행 융자, 종업원 채용, 관공서 허가…… 그 모든 일이 그렇게 단순한 것이 아니었다. 또 그 일만이 아니었다. 사표 제출, 퇴직금 수령, 직원들에 대한 작별인사 등 온통 걱정투성이였지만 진행되는 일은 하나도 없었다.

점점 무능이 실감됐고, 갈수록 시간은 촉박했다. 다음 주에는 남 박사 가족과 어쩌면 장 변호사 가족도 포함될지 모르는 주말 여행이 약속되어 있었다. 그나마 입원을 하지 않고 지낼 수 있는 시간은 이제 4주뿐인데, 여행까지 다녀오면 겨우 3주가 남는 셈이었다. 그것도 남 박사의 서두르는 태도로 보아 여행을 다녀와 곧바로 입원을 하게 될지도 모르는 일이었다. 통증의 빈도로 보아서도 병의 진행이 빨라진 듯싶었다.

　오늘은 퇴근길에 곧바로 가게 자리를 돌아볼 셈이었다. 마침 토요일이니 서너 군데는 돌아볼 수 있으리라. 그런데 몇 군데 생활정보지의 마땅한 곳을 골라 전화로 그 위치를 확인하는 사이에 전화가 와 있었다.

　「아빠, 나 지원이.」

　부쩍 잦아진 전화였지만 오늘은 하지 않기로 돼 있었다. 지원은 그 동안 아내와 더불어 매일 보온병의 죽을 점심으로 날라왔다. 그러면 덕수궁으로 경복궁으로 창경궁으로, 그리고 어제는 남산으로 가져가서 함께 먹었다.

　「오늘은 집에서 먹기로 했는데 왜 가져왔어?」

　정수는 웬만하면 그냥 돌려보낼 생각이었다. 제 엄마의 차를 가져왔을 테니 섭섭해 하는 마음만 조금 달래주면 될 것 같았다. 그런데 그게 아니었다. 그만 오늘도 정수의 계획은 다 틀린 일이 돼버렸다.

　「도시락이 아니고, 오늘은 아빠에게 점심 사달라려고.」

　「내일 하자, 오늘은 아빠한테 일이 좀 있는데.」

　「무슨 일? 엄마랑 희원이도 같이 나왔는데?」

　「그래?」

　「응, 언제쯤 끝나? 우리가 기다릴게.」

　내일은 더더욱이나 어려울 터였지만 어쩔 수 없었다.

　「알았다, 곧 나가마.」

　영신은 작심을 하고 나온 듯했다. 정수의 가벼운 옷가지까지 준비한 것이 어디 여행이라도 갈 채비였다. 아내에게는 한순간 한순간이 더없이 소중할 것이었다. 그녀 자신을 위해서도, 그리고 무엇보다 지원과 희원이를 위해서도.

「우리, 어디 여행 다녀와요.」

「어딜? 여행은 다음 주에 휴가 내서 가기로 했잖소?」

「그래도요. 아이들이 가고 싶대서 비행기표도 예약해 뒀어요.」

「⋯⋯.」

정수는 아내의 부질없는 욕심이 아닌가 싶었다. 그것은 분명 아이들을 위한 추억 만들기였다. 어차피 잊혀지고 또 잊어야 하는데 무슨 거추장스러운 추억을 남기려 하는가. 그것이 무슨 의미가 있기에, 오히려 잊는 데 걸림돌만 될 뿐인 것을.

「경주에요, 보문단지에 호텔도 예약해 뒀어요. 하지만 당신 피
  곤하시면⋯⋯.」

영신은 잊지 않고 정수의 공간을 배려했다. 그러나 그것은 이미 꽉 채워진, 거절할 수 없는 공간이었다. 한 틈도 비지 않은 아내의 그 완벽함. 황당한 종말의 시작 앞에서도 흔들리고 좌절하기보다는 무엇 하나 놓치지 않으려는 결벽 같은 끈질김, 의연함. 그건 분명 욕심이 아니었다. 그러나 정수는 답답했다. 영신의 그 완전함이 그를 자주 두렵게 했다. 그것은 또다른 시각에서 보면 완전한 아름다움이었지만, 정수에게는 경외(敬畏)였다. 마치 완벽한 예술품 앞에 섰을 때의 숨막히는 충격처럼.

그녀는 분명 좋은 아내였다. 「처복은 있다. 처 덕에 네가 그렇게 편한 거다. 매일 업어줘도 아깝잖다」던 돌아가신 어머니의 말씀처럼. 그것은 정수 자신도 친구들도 또 남아 있는 형제들 누구도 부인하지 않는 틀림없는 사실이었다. 그럼에도 정수가 느끼는 경외

는 어쩔 수 없었다. 그것은 좋은 아내, 좋은 어머니의 문제와는 또 다른 무엇이었다.

「포항이나 울산은 좌석이 없었어요. 그래서 대구로 예약했어요.」

재촉하는 영신의 말에도 정수는 여전히 쭈뼛거리기만 했다. 돈 때문이었다. 그의 주머니는 거의 비어 있었다. 그러나 그것을 눈 치채지 못할 영신이 아니었다.

「카드 갖고 계시잖아요. 현금지급기, 저쪽에 있어요.」

영신이 공항 안 한쪽 모퉁이를 가리키며 귓속말로 속삭였다. 그 것만은 유독 그녀 자신이 나서지 않는 까닭을 정수는 알았다. 아 이들 앞에서의 정수 체면을 위해서였다.

정수는 현금지급기를 거치지 않고 곧바로 신용카드로 예약된 항 공권을 구입했다. 그것은 현금인출 후에 찍혀나오는 얼마되지 않 을 초라한 통장 잔액의 내역서로 인해 느끼게 될 서글픔 때문이었 다. 아직 한번도 현금을 인출해 본 적이 없어 그 잔액이 얼마인지 는 모르지만 뻔하리라는 생각에서였다.

「당신, 현금 좀 찾아두세요. 대구공항에 내리면 렌터카 요금도 곧바로 지불해야 되고 현금이 꽤 필요할 거예요.」

영신은 아이들을 몇 발짝 앞세워놓고 또다시 현금지급기 쪽을 돌아봤다.

「응…… 저…… 미안해. 나 지난달에도 10만 원 현금서비스받 았어. 직원들과 회식이 있어서……」

정수의 기어들어가는 목소리를 영신이 미소로 막았다.

「뭐가 미안해요. 괜찮아요, 제가 언제 당신 돈 쓰시는 걸로 뭐라 말한 적 있어요? 그런데 왜 현금 두고 서비스를 받으셨어요?」

그러고 보니 정수 스스로가 눈치를 봤던 것이지 영신이 뭐라 탓한 적은 없던 것 같았다. 정수는 그 초라한 왜곡이 또다른 자신의 무능으로 느껴졌다.

「돈도 얼마 없을 텐데, 매번 미안해서…….」

정수는 또한번의 비굴을 각오하고 어눌한 변명을 늘어놓았다.

「아니에요, 모두 당신이 가져다준 당신 돈이에요. 어서 찾아오세요.」

「엄마, 뭐해?」

발걸음을 멈춘 두 사람을 돌아보며 희원이 물었다. 영신이 얼른 반색을 했다.

「응, 잠깐만. 아빠가 돈 좀 찾아오시겠대.」

거부할 수 없는 강요였다. 정수는 떠밀리듯 내키지 않는 걸음으로 현금지급기를 향했다.

정수는 비행기 안에서도, 아내가 운전하는 렌터카 안에서도 내내 그 생각뿐이었다. 자신만이 무엇인가 큰 착각을 하고 있었던 것이다. 그야말로 바보였다. 통장 속의 잔액은 상상도 못했던 엄청난 금액이었다. 지금까지의 고민은 정말 괜한 것이었다. 그 돈이라면 은행융자도 걱정할 필요가 없었다.

그런데 왜 아내는 한번도 그런 말을 하지 않았을까? 그러면 아내는 「전 당신이 알고 있는 줄 알았어요」라고 대답할 것이다. 하긴, 그렇게 말할 수도 있었다. 현금지급기로 돈을 꺼내 쓰면 언제나 잔액은 찍혀나오게 되어 있으니까 말이다. 그러나 정수는 한번도 현금지급기로 돈을 인출한 적이 없었다. 아내에게 매달 받는 일정한 용돈, 그리고 통장으로 입금되지 않는 몇만 원대의 시간외

수당, 가끔씩 필요할 때 망설이며 받아쓰는 현금서비스, 책과 같은 몇 가지 필요한 물품들의 구입에 사용하는 신용카드. 그것이 그가 쓰는 지출의 전부였다. 아내도 자신이 현금을 인출하지 않는다는 것은 알았을 것이다. 더구나 매달 청구되는 신용카드 사용내역서도 아내가 받아보고 있었으니 더 말할 것도 없었다. 그래도 아내의 그「당신이 알고 있는 줄……」의 변명은 세상 누구에게도 인정받을 수 있는 당연한 말이었다. 결국 그 자신만이 바보가 되어 있었다.

이제 정말 남은 것은 가게 자리 알아보는 일뿐이었다. 그런데 덜어진 짐에도 불구하고 허탈감이 더한 것은 또 무슨 까닭인가.

짐작했던 대로였다. 기껏 아이들과 호수 주변을 자전거로 돌아본 것이 전부였다. 피로한 정수의 기색에 영신은 일정을 모두 내일로 미루고 내내 호텔 방에만 머물렀다. 불쑥불쑥 찾아들어, 한 방을 쓰고 있는 누나에 대한 불평을 핑계로 아버지 곁을 떠나지 않으려는 희원의 애틋함이 유일한 위안이고 낙이었다. 지원이 희원에게 짜증을 부리는 건 나름대로 아버지의 병에 대한 의혹 때문이겠지만, 희원 또한 어렴풋이긴 하지만 누나의 그 짜증을 이해하지 못하는 건 아닌 눈치였다. 다만 아버지의 방을 찾기 위한 핑계로 삼았을 뿐.

이젠 희원도 졸려 제 방으로 돌아가고 영신과 단둘뿐이었다.

「통장에 웬 돈이 그렇게 많아?」

정수가 종일토록 궁금해 했던 속을 털어놓았다.

「많기는요……. 전부 당신 돈이에요. 몇 달 전에 적금 탄 것까지 그냥 통장에 넣어뒀어요.」

영신은 아무렇지도 않다는 듯 말했지만 정수는 놀랍기만 했다. 어떻게 그 많지 않은 봉급으로 아이들 학비까지 감당하며 그만큼 의 돈을 모을 수 있었는지.

영신이 그 눈치를 알아챈 듯 덧붙여 설명했다.

「지원이도 별로 과외는 안했고, 입학한 뒤에는 줄곧 제 과외 수 입으로 손을 벌리지 않았기 때문에 여유가 좀 있었어요. 또 희원 이도 아직은 그런대로 학교수업과 자습으로만 해나가고 있구요 ……. 아무래도 희원이는 지원이처럼은 어렵겠어요. 적당한 시 내 대학이 있으면 제 적성에 맞는 학과를 선택해 보낼까 싶어 요.」

결국 지출을 줄인 건 스스로 지원과 같이 학생이 되어 딸의 공부 를 가르친 그녀의 덕이었다. 결코 쉽지 않은 그녀만의 힘이었다. 그런 그녀의 완벽함에 정수는 또다시 자신의 왜소함을 절감하고 있었다.

영신이 다시 말을 이었다.

「당신 같은 공무원이 돼주었으면 하는 마음이 간절한데, 어디 제 마음대로 되겠어요. 제가 사학이나 고고학을 해보라고 권하 기는 했었는데……. 모르겠어요, 그것보다는 음악에 더 관심이 있는 것처럼 보였는데, 이제는 또 어떤지……. 참, 당신 책장 옮 길 때 보니 당신 책에 관심을 갖더군요. 어쩌면 정말 당신 뒤를 잇지 않을까 싶기도 하네요. 당신…… 병원에 입원하시기 전에 직접 그 책들을 골라 희원이 방 책꽂이에 꽂아주면 어때요?」

영신이 쓸쓸하게 웃었다.

「……그래. 하지만 너무 부담을 주지는 말아. 당신이 버리지만 않는다면 언제든 그 자리에 있을 테니 제가 필요하면 가져다 보겠지. 훨훨 날며 제 인생을 살도록 해. 그게 아름답고 행복한 거야.」

정수는 아내가 활짝 펴지 못한 자신의 인생에 대한 불만을 말한다고 생각했다. 틀림없었다. 그녀도 모르는 마음속의 불만이 어느새 희원을 통한 대리욕구에까지 번졌음이었다.

「당신, 자유스럽지…… 아니에요. 그래요, 당신 뜻에 따를 게요.」

그녀는 분명 묻고 싶었을 것이다. 왜, 무엇 때문에, 어느 만큼 자유스럽지 못했는지를. 그러나 그녀는 변함없이 절제하고 있었다. 그것이 그녀에게는 그녀 자신도 모르는 상처였다. 그렇게 스스로 제 마음에 생채기를 내면서도 분노 한번 하지 않는 그 무서운 절제, 그 지독한 인내가 정수에게는 평생토록 두려운 그림자였다.

「당신…….」

정수는 그녀를 위로하기 위해서라도 화제를 돌려야 했다.

「예.」

「아무래도 뭘 하나 해야 당신도 자유롭지 않겠어?」

「자유요?」

그녀의 말이 이어지지 못하도록 정수가 다시 말을 시작했다. 아무래도 그녀의 다음 말이 예사롭지 않을 것 같아서였다.

「나는 제과점을 생각했는데? 여자가 운영하기에는 깨끗하기도 하고……. 아무튼 괜찮을 것 같아. 그래서 몇 군데 가게 자리도 물색하고 있었어. 자금계획이나…….」

「여보…….」

그러나 영신은 기어코 그의 말을 잘랐다. 그녀의 눈동자에는 어느새 눈물까지 배어 있었다. 정수는 타오르는 갈증을 마른침으로 달랬다.

「당신 마음, 당신 사랑, 모두 고마워요. 하지만 그건 당신이 염려하실 문제가 아니에요. 남 박사님께…… 이야기 다 들었어요. 제가 어떻게 재혼을 해요. 전 당신을 사랑했어요. 그리고 지금도 사랑해요. 또 앞으로도 영원히 당신을 사랑할 거예요. 우린 그렇게 사랑하면서도 왜 항상 서로를 멀리하기만 했을까요? ……전 당신이 어려웠어요. 당신이 누릴 수 있는 유일한 자유는 술이었으면서도, 집에서는 실수 한번 안했어요. 아무리 취했을 때도요. 견디지 못해 고함은 쳤어도 절 꾸짖은 적 한번 없었어요. 제 잘못된 교만과 이기를 뻔히 보면서도 욕을 하기보다는 당신 가슴속으로 삭였어요. 당신 가슴속의 다른 그 많은 울분을 삭이기도 힘들었을 텐데……. 죄송해요, 제가 나빴어요. 그래도 전 당신이 어려웠어요. 당신이 절 쉽게 대해주셨다면 그러지 않았을 거예요…….」

끝내 영신이 울음을 터뜨렸다.

「아니야, 내가 나빴어. 내가 무능했고, 내가 나약했어. 그런 내가 부끄러워 스스로 고개 들지 못했던 것뿐이야.」

「아니에요, 제 잘못이에요…….」

　정수는 떨리는 영신의 그 가냘픈 어깨를 와락 껴안았다. 그토록 저며왔던 가슴앓이의 끝은 결국 이런 작은 것이었구나. 정수의 가슴속에 응어리졌던 그 모든 것들이 단숨에 씻겨내리고 있었다.

비행기는 벌써 제주공항에 착륙준비를 하고 있었다.

「돌아가는 대로 입원하자.」

내내 말이 없던 남 박사가 뒤늦게 내뱉은 첫마디였다. 옆자리의 장 변호사는 아무런 말도 듣지 못했다는 듯 여전히 창 밖만을 내다보고 있었다. 정수의 침묵에 긴 고요 속의 여행은 얼마간 다시 계속돼야 했다.

또다시 일주일을 정말 아무런 일도 하지 않은 채 흘려보냈었다. 사실 특별히 할 만한 일거리도 없었다. 아내의 말대로 제과점 자리를 알아보는 일이 자신의 몫이 아니라면 이젠 정말 아무런 할 일이 없는 것처럼 느껴졌다. 그럼……? 결국 죽음의 시간을 기다리는 일만 남은 셈인가?

아무것도 하지 않은 채 이젠 아내에게마저 들켜버린 그 끝을 기다리기만 해야 한다는 사실이 그에게는 새로운 고통이었다. 사형수의 갈등에 비길 바가 아니었다. 그들에게는 그래도 하루하루가 새로울 수도 있다. 또 집행의 날짜가 언제인지 모른다는 사실에 그래도 막연한 기대나마 걸어볼 수 있다. 그러나 이건 아니었다. 확정된 날짜에, 어쩌면 그보다 더 이를 수도 있다는 초조감. 물론 연장이라는 가능성도 없는 것은 아니지만, 정수에게는 기대할 수 없는 일이었다. 더구나 어느 날 갑자기 덜컥 당하는 게 아니라 나날이 더해가는 고통으로 그 죽음의 사자를 눈뜨고 지켜봐야 하는 꼴이었다.

왜 살아야 하는가? 아니, 왜 숨쉬어야 하는가? 아무런 의미도 없었다. 아무 하는 일도 없이 그저 숨이 멈춰질 그날을 기다리며 그 긴 고통의 터널을 지나야 한다는 사실이 새삼 두려워지기 시작했다. 할 일이 없다는 건 이미 모든 일이 다 끝났다는 의미일 수도 있었다. 그렇다면 스스로 가야 하는 것은 아닌가? 구차하게 순서를 기다리며 그 고통을 겪고 또 그 추한 모습으로 남을 이들의 추억을 더럽힐 까닭은 무엇인가? 이젠 정말 끝내야 하는 것이 아닌가?

「자, 이젠 내리자고.」

툭 어깨를 건드리는 장 변호사의 손길에 정수의 전신이 얼어붙은 듯 하얗게 굳었다. 마치 사자(使者)의 손길 같았다.

「내려? 어딜? 벌써 다 온 거야?」

「응, 괜찮아?」

남 박사의 염려스런 음성에 비로소 정신을 차렸다.

호텔 앞이었다. 그날의 그 호텔이었다. 소령과의 그날처럼 오늘도 그 공항버스로 호텔 앞에 와 있었다.

「응? 응…… 괜찮아…….」

호텔 출입문 앞에 서서 막 떠나는 버스를 돌아보는 세 여인의 표정은 애처로움을 감추지 못하고 있었다. ○○의료원 내과과장 남신우 박사, 서울지검 부장검사 출신의 장규준 변호사, 대한민국 문화재관리국 기획담당관 한정수 서기관. 제법 그럴듯한 명함을 가진 세 남자의 아내들이었다. 그들이 왜 애처로운 얼굴로 돌아보는 것일까? 환송객? ……그래, 죽음의 나라를 향해 영원한 여행을 떠나려는 한 사내를 위한 환송객들이었다. 정말 그랬다. 그런 슬픈 이별의 환송에 안성맞춤인 표정들이었다. 정수는 씁쓸한 웃음이 절로 나왔다.

아내들이 방을 잡고 짐을 푸는 동안 그들 셋은 산책로의 벤치에

자리를 잡았다. 정수의 발길이 저절로 소령과 함께 앉았던 벤치로
향했다.

　남 박사가 또다시 말했다.

「월요일 날 곧바로 입원을 하자.」

「사표부터 제출해야지.」

어찌 보면 완곡한 거절의 의미인 것도 같았다. 그러나 정수는 입
원에 대한 어떤 결정도 내리지 못한 상태였다.

「사표는 왜?」

장 변호사였다.

「왜라니? 이제 근무를 못하게 되었으니 당연히 내야지.」

「그럴 필요 없어. 지병이라기보다는 과도한 업무로 인한 발병일
수도 있어. 병가를 내.」

「병가? 풋…… 내가 치료받는 사람이야, 병가를 내게?」

「그래도 그렇게 해.」

「왜? 두어 달이라도 봉급 더 타게?」

「그런 이야기가 아니야.」

「그럼?」

정수의 시선이 그에게로 향하자 장 변호사는 황급히 바다로 고
개를 돌렸다. 그의 눈에는 눈물이 고여 있었다.

「……왜 그렇게 자네만 생각해? 그러면 남은 사람들이 너무 비
　참하리란 생각은 안 들어?」

「……?」

「평생을 바쳐 일해온 그 공무원, 너라도 남아야지……. 자연인
　한정수면……. 지원엄마, 그리고 아이들을 생각해…….」

「그게 무슨 의미가 있어? ……소용없어. 가면 그만인데, 추억은
오히려 남은 사람들의 발목이나 잡을 뿐이야.」

「그렇지 않아. 자네가 아무리 그래도, 사람들은 영원히 자네를
기억해.」

「…… 그래도 나는 싫어. 다 정리하고 싶어, 깨끗이.」

「그럴 필요 없어, 그건 지나친 결벽이야.」

불쑥 남 박사가 끼여들었다. 어딘지 노여운 기색이 묻어 있었다.

「더이상 무얼 어떻게 하려 들지 마. 그건 자네 욕심이야. 남은
사람들의 몫도 있어야 해. 그냥 그렇게 두고…….」

남 박사는 차마 '가라' 는 말은 할 수가 없었다.

「두고 가라고? 후후…… 나도 그러고 싶은 마음이 없는 건 아니
야. 하지만 그러기에는 내 지난 삶이 너무 무능했던 것 같아서
싫어. 다른 이들처럼 이것저것 정리를 하다, 오래된 앨범 속의
사진처럼 화려하고 아름다운 어느 하나라도 튀어나올 것이 있으
면 좋으련만…… 내겐 그런 게 하나도 없어. 그래서 싫어.」

「욕심이다.」

장 변호사였다.

「욕심이라구? 풋…… 그래도 할 수 없지.」

「그 판단은 자네 몫이 아니야. 화려하고 아름답고, 그런 건 모두
남아서 정리하며 돌아볼 사람들의 몫이지 자네가 판단할 몫은
아니야.」

남 박사였다. 그가 다시 말을 이었다.

「그리고 뭐가 그렇게 무능했는데? 그 무능이란 판단의 기준이
뭐야? 그래, 좋아. 자네 말대로 무능했다고 쳐. 그게 무능이라면

그건 순수야. 그런 순수가 무능이라면 차라리 무능한 그대로가
더 나아. 무엇보다 아름답고 화려해. 그러니 그대로 두고…….」
「가라고?」
「그래, 가! 그렇게 그냥 두고 가란 말이야! 이젠 속이 시원하니?
그렇게 가란 말이 듣고 싶어? 그래, 가! 가! 가…….」
　본의는 아니면서도 정수는 그들의 가슴을 후벼파고 있었다. 결
국 그래서 탄회(坦懷)란 있을 수 없는 모양이었다. 정수는 편안히
있는 그대로의 솔직한 심정을 말한 것이었지만 듣는 이들에게는
가슴을 찢는 칼질처럼만 느껴졌다.

　아득한 꿈처럼 저 멀리 파도소리가 정수의 나른함을 깨웠다. 따
스한 체온의 솜털 같은 살결, 새근새근 부드러운 또 한 사람의 숨
소리. 문득 비어 있는 팔베개가 허전했다. 가만히 팔을 들어 소령
의 고개를 받치려던 어깨의 움직임이 설핏 멈추었다. 눈을 떠 옆
을 돌아봤다. 아내였다. 소령이 아니었다.
　정수는 가만히 침대를 빠져나왔다. 열린 커튼 사이로 뿌연 해무
(海霧)를 비집고 나오는 붉은 햇살의 몸부림이 보였다. 호수(號
數)는 틀렸지만 그날 아침의 그 창가, 그 햇살, 그 바다, 그 파도,
그 바람, 그 내음이었다.
　왜 그녀가 이토록 생각나는 것일까? 왜 그녀는 이렇게 내 가슴
속에서 떠나지 못하고 남아 있는 것일까? ……사랑? 그녀가 과연
사랑이었을까? ……그래, 분명 사랑이었다. 아무것도 아닌 바람처
럼 그렇게 스쳐간 것이 아니라 이렇게 가슴 깊은 곳 한 자락에 자
리잡은 분명한 사랑이었다. 육체의 접촉이, 또는 어느 한순간의

편안함이 사랑은 아니다. 그럼 그녀의 사랑은 무엇인가? 그건 사람이었다. 그녀가 말했듯이 사람의 냄새가 나고 사람이 느껴지고 사람이 보이는, 그런 사람의 만남이 사랑인 것이다.

보고 싶었다. 그 밝은 미소가, 그 맑은 눈동자가, 그 천진한 음성이. 그녀와 다시 한번 이 풋풋한 아침을 싱그럽게 채색하고 싶었다. 그것이 비록 아내와 자식들에게는 더없을 배신이고, 그 자신의 추잡한 몰락이라 할지라도, 그래도 다시 한번 그녀와 그날과 같은 아침을 맞고 싶은 것이 지금의 간절한 바람이었다.

「바다 냄새가 좋네요.」

어느결에 일어났는지 영신이 그의 등뒤에 서 있었다.

「응? 응…… 왜 벌써 일어났어, 더 자지 않고?」

「전 괜찮아요. 당신이 피곤하실 텐데…….」

아내는 눈자위가 부어 있었다. 어젯밤에 정수의 마지막 구토가 끝난 뒤부터 그녀는 내내 흐느꼈다. 까만 어둠 속에서도 정수는 그 서러운 눈물의 냄새를 숨결로 맡을 수 있었다. 자신보다 그녀가 더 안쓰러웠다.

「나…… 당신 몰래 사무실에서 백만 원 융자받아 썼어, 얼마 전에……. 미안해.」

소령에 대해서도 말해둬야 할 것 같았다. 무엇을 위해서라기보다 그것이 당연한 도리일 것 같았다. 그리고 속이고 묻어버리기보다는 그렇게 알려주고 떠나야만 용서받을 수 있을 것 같았다. 비록 스스로의 생각에는 그렇게 용서받을 일은 아닌 듯도 싶었지만 아내에게는 더할 수 없는 분노일지도 몰랐다. 그렇다면 지금 당장에는 용서하지 못할지라도 언젠가 세월이 흘러 잊혀질 무렵이면 아내도 분명 용서하고 잊을 것이다. 그래야만 아내도 진정 자유일 수 있으리라. 무엇에 눌린지도 모른 채 움직일 수 있는 날갯짓이라고 모두 자유인 건 아닐지도 모른다.

그리고 또 소령에게도……. 그녀가 말했었다. 누구에게든 기억되고 싶다고. 그것은 그녀의 삶이기 때문이었다. 소중한 그녀의 삶, 누구도 그것을 무참히 구겨버릴 권리는 없었다. 더구나 정수 자신은 그녀의 그 소중한 꿈을 지켜줘야만 했다.

「아니에요, 잘하셨어요.」

「이번 달 봉급에서부터 공제될 거야. 한 달에 3만 원 정도씩 3년 분할상환이었는데…… 퇴직금에서 한꺼번에 정산될 거야.」

「예. 뭣하게 융자를 받았어요? 통장에서 꺼내 쓰지…….」

「어디에 썼는지 안 물어봐?」

「됐어요.」

정수는 난처했다. 그녀가 물어줬으면 좋으련만, 그렇게 아무런 추궁도 없으니 차마 불쑥 말을 꺼내기가 망설여졌다.

「필요하신 대로 찾아 쓰세요.」

정수의 옆에 선 영신도 그처럼 바다를 바라보고 있었다.

「당신, 어떻게 할 거야?」

「……?」

「뭔가 해야지? 연금으로는 부족할 거고, 일시금으로 받아 잘못 관리하다가는……. 아니야, 당신이 잘 알아서 하겠지.」

「괜찮아요, 걱정하지 마시고 필요하시면 전부 쓰셔도 돼요.」

정수는 정녕 막힌 말문을 트기 위함이었는데 영신에게는 그것이 여유를 묻는 것으로 들렸나 보다. 다시 말길을 잃어버린 정수는 두어 번 공연한 헛기침만 뱉었다.

「그 돈으로 부족하세요?」

「아니, 그게 아니야. 아직 희원이는 대학도 안 들어갔는데……」

「그건 염려 마세요. 잘 알아서 할 게요.」

왠지 섭섭했다. 물론 정수 자신보다 정말 더 잘 알아서 해나갈 수 있는 아내였지만, 그래도 「당신 없이는 안돼요, 어떻게 좀 해주세요」라고 말하기를 기대했는데……. 한편으로는 벌써 자신이 거추장스러워진 기분이었다. 그러나 영신은 정수의 그런 기분을 전혀 의식하지 않았다.

다시 그녀가 말했다.

「당신 마음 알아요. 누구에게든 마음으로나마 기댄 분이 있으면 당신이 해주고 싶은 대로 갚으세요. 저도 그런 분이 있다면 갚아드리고 싶어요. 누구든 상관없어요. 저야 고마울 따름이죠.」

정수는 덜컹 가슴이 내려앉았다. 말을 해야겠다고 생각하고 있었지만 막상 아내의 알고 있다는 듯한 말투를 대하자 두려움이 앞섰다. 그럴 리는 없는데, 남 박사가 그 말까지 했을 리는 없는데……

진정 남 박사도 그런 눈치를 보인 적은 없었다. 그러나 영신에게는 느껴지는 그 무엇이 있었다. 처음이라던 제주의 이 호텔이 정수에게는 익숙한 듯 보였다. 공항을 나와 버스를 탈 때도, 버스에서 내려 두 친구에 앞서 벤치를 향하던 뒷모습도, 또 호텔 일식집에서도 남편은 아무것도 보지 않은 채 자연스럽게 죽을 주문했다. 그뿐만이 아니었다. 객실에서의 손길 발길도 익숙했고, 옆자리에서 잠든 숨결도 익숙했다. 더구나 잠시 전 창가를 향해 홀로 서 있

232

던 그의 등에서는 익숙함과 그리움이 함께 배어나오고 있었다. 그
것은 분명 몸에 밴 자연스러움이 아니라 경험에 의한 익숙함이었
다.

영신은 정수의 지난 첫 외박을 생각했다. 내일은 올지 모르겠다
고 했다던 여관 종업원의 말. 그리고 그날은 주말이었다. 또 그렇
게 돌아왔던 날, 남편의 속옷에는 누군가의 손길이 닿은 흔적이
묻어 있었다. 처음에는 단순한 세탁의 흔적이라고 생각했지만 돌
이켜보면 양복이나 와이셔츠에서 나던 기계적 세탁의 흔적과는
분명 구분되는, 뚜렷한 정성이 담긴 흔적이었다.

질투보다는 고마움이 앞섰고, 또한 안도할 수 있었다. 남편을 그
토록 외롭게 버려뒀었다는 힘겹던 죄책감이 조금은 덜어지는 느
낌이었다. 얼마나 외로웠으면, 얼마나 힘들었으면, 얼마나 사람이
그리웠으면, 얼마나 위안받고 싶었으면……. 영신은 또 콧등이 아
려왔다.

11

아무래도 자꾸만 무엇엔가 속은 기분이 들었다. 그래도 세상의 어느 한 틈에서는 자신의 빈 공간이 표날 줄 알았는데 세상은 정말 아무런 변화도 없었다. 지독한 배신이었다. 믿기 싫은 치욕이었다.

처음 한동안은 그의 입원을 놀라워하며 걱정스러운 얼굴이 되어 문병을 오가고, 또 어서 나오셔서 자리를 메워달라던 직장 동료들마저 불과 며칠 사이에 아무런 일도 없다는 듯 일상으로 돌아갔다. 걱정스러운 표정은 계속되었지만 점차 그것이 그렇게 보이려는 노력에 불과함을 쉽게 알 수 있었다. 암이라는 진단서가 제출되고 더구나 치유의 가망성이 전혀 없다는 것이 알려지고 나자 벌써 후임자까지 부임하여 인사를 다녀갔다.

그래도 최소한 얼마간은, 아니 단 한 달, 하다못해 열흘쯤이라도 자신의 공백으로 인해 어느 만큼은 마비되고 혼란스러우리라 믿었는데 전혀 그렇지가 않은 것이었다. 자신이 세상을 잘못 살아온 것인지, 아니면 본래부터 인간이란 그렇게 하찮은 존재여서 세상 놀음의 한 톱니에 불과한지는 모르지만 억울하고 허무했다. 그건 그 무엇보다도 견딜 수 없는 혼란이었다.

몇 번인가를 오면서도 매번 슬픈 눈물을 감추려 애쓰던 이미란 주사나, 처음이자 마지막이 돼버린 그 화려한 주연(酒宴)의 동반 자였던 김 계장만은 아직 충격의 그림자를 털어버리지 못하고 있었다. 그것이 작은 위안이기는 했다. 그러나 그들도 이제 얼마 가지 않아 영원히 잊어버리게 될 것이었다.

물론 아내나 자식들에게 있어서 그의 공간은 그렇지 않은 듯했다. 아내와 지원은 거의 대부분의 시간을 병실에서 보냈고 희원마저도 수업이 끝나면 곧바로 병원으로 찾아왔다. 그리고 그 슬픔과 애씀의 흔적도 감추지 못했다. 하지만 그것은 위안이 아니라 부담이었다. 그들에게만은, 정말 아내와 아이들에게만은 자신의 공백이 공백이 아니기를 바랐다.

이제는 수척해지는 것만이 아니었다. 통증만이 고통스럽고 두려운 게 아니었다. 문득문득 거울을 대할 때마다 스스로 놀라고 싫어질 정도로 추하게 변해가는 낯빛이 검누렇다 못해 이제는 숫제 시커멓게 썩어가고 있었다. 점점 빠지는 머리카락, 보기 흉하게 불거지는 광대뼈, 새까맣게 타들어가는 입술…… 정말 몰골이 말이 아니었다.

그 자신도 흉하게 느껴지는데 다른 사람이야 더 말해 무엇하랴. 점점 아내의 눈치가 보였다. 아내와 지원이 병실을 떠날 때마다 어쩌면 자신의 얼굴에 비위가 뒤틀려 구역질을 하러 가는 것인지도 모른다는 생각이 앞섰다. 입으로는 희원의 공부를 염려하며 잦은 병실 출입을 나무랐지만, 막상 하교길에 들르지 않으면 역시 너도…… 하는 어쩔 수 없는 서운함이 밀려왔다. 그런 나약한 의지를, 비굴한 욕심을, 추악한 미련을 자탄했지만 그것은 모두 순간일 뿐, 점점 초라한 본성에만 집착하고 있었다.

서서히 죽음이 떠오르기 시작했다. 깜박깜박 잠드는 순간에도, 어쩌다 맑은 이성을 되찾는 순간에도, 매 순간마다 다른 느낌이긴 했지만 죽음의 연상은 떨칠 수 없었다. 때론 검은 미소로 섬뜩한 손길을 내미는 죽음의 악령이, 때론 더이상 추하게 한 조각 남은 그림마저 망치지 말고 서둘러 이 손을 잡으라는 달콤한 자존심의 유혹이.

갈피를 잡을 수는 없었지만 이젠 끝내야 한다는 생각이 갈수록 뚜렷하게 자리잡고 있었다.

간호사가 또 예의 그 주사를 놓았다. 남 박사는 오늘도 변함없이 간호사의 그 손길을 노려보고 있었다.

「이게 무슨 주사야?」

이미 정수는 목소리에서마저 기운을 잃고 있었다.

「왜?」

「마약 같아서.」

「언제 맞아봤어?」

「후후…… 그럴 것 같아서. 통증도 사라지고, 나른한 가운데서도 의식은 또렷하고, 또 그러다가 편안히 잠들고…… 잠에서 깰 때는 자꾸 무엇이 보여. 그렇지, 마약이지?」

「아니야, 데메롤(Demerol)이야.」

「결국 마약이네 뭐. 후후…… 이렇게 아편쟁이까지 돼가며 뭐 하겠다는 건지.」

「뭐가 마약이야? 이건 진통제야, 의료용 진통제라고.」

「마약성 진통제? 후후…… 그게 그거지, 의료용이라고 다를 게 뭐 있어?」

태연스러운 그의 표정에서 체념의 비애가 물씬 풍겼다.

「그거 한꺼번에 많이 맞으면 죽을 수도 있겠다? 지금처럼 근육 주사가 아니고 정맥주사라면?」

「정수!」

남 박사가 질겁을 해 고함쳤다. 지나치는 농담으로 들리지가 않아서였다. 전신에 소름이 끼치도록 섬뜩한 느낌이었다.

「후후…… 뭘 그렇게 놀라?」

「이 사람, 무슨 소릴 그렇게 해!」

「남박, 나 같은 사람의 장기도 사용이 가능할까?」

정수는 그의 고함 따위는 안중에도 없는 듯한 태도였다.

「눈, 심장, 콩팥, 간…… 뭐든지 다, 다 주고 싶어.」

「시끄러워, 그만 잠이나 자.」

남 박사가 짜증스럽게 말했다. 두려웠던 것이다. 결코 지나치는 말이 아니었기에 더할 수 없이 두려웠던 것이다. 그 다음의 말은 뻔한 것이었다. 더구나 그를 누구보다 잘 알고 있었기에 그 의미가 무엇인지 또렷이 이해했다.

「이 사람, 왜 화를 내?」

「그 사람들에게는 생명이야. 그렇게 장난하듯 말하지 마.」

「장난 아니야.」

「아무리 장난이 아니라도 그렇게 버리듯이 팽개치는 건 우선 내가 안 받아!」

버럭 고함을 지른 남 박사가 부서질 듯 문을 박차고 병실을 나갔다. 그 바깥에서는 영신이 남 박사의 진료가 끝나기를 기다리고 있었다.

남 박사는 벌써 며칠째 정수의 눈길조차 피하고 있었다. 간호사와 함께 병실에 들어섰다가도 간호사보다 앞서 병실을 떠나기가 일쑤였다. 개인적인 몇 마디 안부마저 간호사나 영신의 앞에서만 나누었다. 정수도 그가 애써 피한다는 것을 알았지만 괘념치 않았다. 아내나 다른 누가 그랬다면 분명 섭섭했을 것이다. 그러나 남 박사였기에, 그가 왜 피하는지 까닭을 알기에 아무 서운한 느낌도 없었다. 아니, 오히려 잘됐다는 생각이었다. 이제 언제라도 이야기할 수 있게 된 셈이었다.

자료실을 나온 정수가 본관을 향해 걸어오고 있었다. 몇 시간 전, 그가 병실을 나설 때 남 박사는 이미 담당 간호사의 보고를 받았다. 어제도, 그제도…… 벌써 며칠째 정수는 자료실을 찾고 있었다. 말리고 싶었다. 화도 났다. 그래도 말릴 수가 없었다. 어쩌면 정수는 그가 말리기를, 화내기를 은근히 기다리고 있는지도 몰랐다.

저무는 햇살을 정면으로 받고 있는 남 박사의 진료실이 창 밖에서는, 더구나 8층 아래에서는 보일 리가 없었다. 그런데 어느 순간 걸음을 멈춘 정수가 그 창을 향해 웃어보이고 있었다. 분명 웃고

238

있었다. 결코 망연히 올려다보는 것이 아니었다.

움찔 몸을 피한 남 박사는 그 보이지도 않을 시선을 피한 자신의 우매함보다 또렷이 자신의 시선을 의식하고 있는 정수의 태연함에 더욱 화가 났다. 도저히 더는 참을 수가 없었다. 철저히 자각하고 있음이었다. 자신이 병실을 떠나면 곧바로 간호사가 보고할 것이라는 사실, 그리고 본관을 나서 자료실을 향하는 동안 내내 그 등을 노려보고 섰을 8층 창가의 시선, 다시 돌아나올 때까지의 초조함, 또 보이지 않는 햇살의 등뒤에 숨어 그 돌아나오는 발길을 정면으로 쏘아보고 있을 노여움…….

힘겨운 정수의 호흡이 채 가라앉기도 전에 남 박사가 병실문을 열어제쳤다.

「야, 이 자식아! 너 나가! 당장 퇴원해, 퇴원해 버려!」

「나, 남 박사님…….」

그러나 정수는 태연했다. 남 박사의 돌연한 고함에 기함을 한 건 영신이었다. 그래도 남 박사는 여전히 벽력 같은 고함을 내뱉었다.

「네가 의사야? 네가 뭔데 내 허락도 없이 마음대로 돌아다녀! 네가 뭔데 자료실을 찾아가! 그렇게 잘났으면 왜 진작에 몰랐어? 왜! 왜…….」

뒤늦게 놀란 발걸음으로 들이닥친 간호사를 보자 남 박사는 더욱 흥분을 삭이지 못했다.

「당장 이 환자 퇴원시켜 버려요! 이런 환자는 도와줄 필요가 없어요! 도대체 뭣들하고 있어요? 환자가 제멋대로 병실을 나가도 누구 한사람 제지하지 않을 거면 뭣하러 근무해요!」

남 박사는 말이 끝나기가 무섭게 다시 횅하니 돌아섰다.

다음은 정수 차례였다. 그에게 차례가 돌아가기 전에 전쟁을 끝내야만 했다. 그것은 생명과 죽음의 치열한 전쟁이었다. 그리고 어쩌면 남 박사 자신이 처음부터 패배를 예감하고 있는 전쟁인지도 몰랐다. 이미 그의 머릿속에는 어느 만큼의 그림이 그려져 있었다.

남 박사를 뒤쫓는 아내의 발길을 이어 난처한 표정의 간호사마저 병실을 떠났다.

정수는 알 수 있었다. 남 박사의 그 서슬 퍼런 분노가 무엇을 말하는지. 이제부터 시작이었다. 절대 져서는 안되는 마지막 전쟁의 시작이었다. 반쪽의 또다른 자신과 그, 어느쪽에도 질 수 없는 힘겨운 반쪽의 투쟁.

이렇게 지금처럼 명료하고 또렷한 의지라면 이길 수도 있었다. 그러나 어느 한순간이라도 나약하고 비굴해진다면 그야말로 처참한 패배였다. 그때는 모든 것의 의미를 상실하게 될 것이다. 어떡하든 이기고 싶었다. 이겨서 깨끗한 자존심을 지키고 싶었다.

돌아온 영신의 얼굴에는 만감이 교차되고 있었다. 아직 지원이 돌아오지 않았다는 것이 다행이었다. 지금의 심정으로는 기댈 누구 한사람이라도 있으면 당장 울음이 터질 것만 같았다.

「여보……」

영신은 뭐라고, 어떻게 말을 해야 좋을지 몰랐다.

「……」

「당신……」

정수는 어차피 아내가 아무 말도 못하리라는 것을 알았다. 아내의 음성은 이미 울음에 발목잡혀 더이상은 소리조차 낼 수가 없었다. 독해야 했다. 이 고비를 독하게 넘기지 못한다면 모든 것이 끝이었다. 아내에게도 자식들에게도 비참하고 추한 기억만을 남겨줄 뿐이었다. 정수는 이빨을 악물었다. 고개를 돌려 아내의 시선도 피했다.

「내 장기를 다 기증했으면 싶어. 사용 가능한 모든 장기를…….」

「…….」

「가능한 한 빨리…….」

「여보…….」

올라온 울음을 삼키느라 어쩔 수 없이 새어나온 꺽 소리가 아내의 말문을 막았다.

「감정의 사치로 받아들이지 않았으면 좋겠소. 어쭙잖은 자선의 은혜로 뭔가를 기대하는 그런 심정은 더구나 아니오…….」

「여보…….」

또다시 아내가 막았다. 그러나 빨리 끝내고 싶었다. 그리고 이제는 아내도 울어야 했다. 서러운 울음마저 이 악물고 참아야 할 만큼 아내는 그 어떤 잘못도 저지르지 않았다. 가여웠다. 서러운 통곡이라도 터뜨려 그 억울한 슬픔을 잠시나마라도 달래게 해야 했다. 지금의 아내에게 유일한 위안은 오직 그것뿐이었다. 남몰래 눈물짓느라 힘들어할 까닭은 더더욱 없었다.

「다 버리고 싶소. 그리고 내 죽음에는 아무것도 남기지 말아주오. 꼭 화장을 하도록 부탁하오.」

결국은 정수도 한 부분을 뛰어넘고 말았다. 차마 그 부분만큼은 그도 말할 수가 없었던 것이다.

「안돼요, 못해요, 싫어요. 절대 그렇게 할 수 없어요. 어쩌라고 요, 남은 우리는 어쩌라고요? 당신이 보고 싶으면 어디에서 보 라고요? 절대 못해요, 절대⋯⋯.」

마침내 영신이 정수의 품안으로 무너졌다. 부둥켜안은 남편의 가슴을 하염없이 더듬고 흔들며, 참고 참아왔던 그 쌓인 눈물을 더는 감추지 않았다. 흐느낌에 파묻힌 그녀의 음성이 다시 끊어질 듯 떨리며 처절하게 이어졌다.

「제가⋯⋯ 제가, 잘못했어요⋯⋯ 당신의 그 허무는 모두 제 탓 이에요. 안돼요, 사랑해요⋯⋯ 제발 마지막까지 견뎌주세요. 제 발, 제발요⋯⋯.」

아내는 그의 결정을 허무의 끝으로만 생각하고 있었다. 그러나 정수는 결코 그런 것이 아니었다. 결코 허무만이 아니었다. 차라 리 그렇기라도 했으면 얼마나 떳떳할까.

들어서던 지원과 희원이 휘둥그래 놀란 눈으로 발걸음을 멈추었 다.

이제는 알려줘야 할 때였다. 어차피 알게 될 일이기도 했지만 더 이상은 미룰 수가 없었다. 남편은 이미 마지막을 서두르고 있었 다. 그 모든 잘못은 남아 있을 사람들의 것이었다. 얼마나 외롭고 고독했으면, 얼마나 서럽고 고달팠으면 마지막 남은 날들까지 괴 롭고 싫었을까. 얼마나 허무하고 허탈했으면 그 소중한 몇 시간마 저도 아깝지가 않았을까. 좀더 따뜻하고 정겹게, 좀더 친밀하고 부드럽게, 좀더 애정과 사랑으로, 그렇게 살고 그렇게 대했더라면 저토록 쉽게 포기하려고는 안할 텐데.

후회스러웠다. 뼈저리게 뉘우치고 있었다. 다시 살아볼 수만 있다면……. 그것은 교만이었다, 정말 그녀 자신의 교만이었다. 명성이 무엇이라고, 이름이 무엇이라고, 그 잘난 자존심은 또 무엇이라고. 그까짓 초라하면 어떻고, 좀 부끄러우면 어떻고, 천박스러우면 또 어떤가. 술취하면 주정하고, 귀찮으면 게으름피우고, 고달프면 악도 쓰는 거지. 그 힘겹고 지친 그에게 한번이라도 뜨거운 사랑으로 웃어준 적이 있었는가, 지독한 천박으로 매달려본 적이라도 있었는가.

허상이었다. 지금껏 기다리고 바라왔던 그 모든 것은 정녕 허상이었다. 그 공허한 허상의 그늘에 속아 아깝고 소중한 인생만 덧없이 낭비한 것이었다.

병원 주차장 옆 숲속 벤치였다.

「엄마, 뭐야? 뭐가 잘못된 거지? 그렇지?」

허겁지겁 따라 내려온 지원이 제 어미의 흐느낌도 그치기 전에 다그치듯 소리쳤다.

「엄마, 왜 그래?」

희원도 이미 어두운 그림자를 눈치채고 있었다.

「엄마, 뭐야? 잘못된 거야? 아니지, 응? 그렇지, 아니지?」

발까지 동동 구르는 지원은 이미 굵은 눈물방울을 쏟아내고 있었다.

「지원아…… 희원아…….」

숨까지 멈춰진 듯 지원과 희원이 하얗게 굳었다.

「아빠가 장기를 기증하시겠대. 무덤도 만들지 말고 모두 태워달래. 훨훨 날고 싶으시대. 서둘러 가시겠대. 자살…… 안락사를 원하신대…….」

이미 어찌할 수 없는 상태임은 차마 말할 수가 없었다. 안락사는 아님에도 자살이란 단어 또한 사용할 수 없었기에 그렇게 말했다.

「엄마……!」

「아…….」

지원은 두 귀를 막은 채 미친 듯이 고함쳤다. 그때 희원이 짧은 신음을 토하며 그 자리에 털퍼덕 무너졌다.

「희원아!」

쓰러진 희원을 껴안으며 지원이 소리쳤다. 그러나 영신은 이빨을 악물고 독하게 견뎌냈다.

「안돼! 일어나야 해! 아직은 쓰러지면 안돼! 아빠가 불쌍해……. 희원아, 어떡하든 아빠의 남은 3개월을 지켜줘야 돼. 그것마저 포기하시게 해서는 안돼. 내 잘못이야, 우리들 잘못이야. 너무 힘드셨대, 너무 외로우셨대……. 그래서 남은 3개월마저 그만 버리고 싶으시대. 일어나. 어서, 어서…….」

영신은 자꾸만 마음이 바빠졌다. 이럴 때가 아니었다. 어서 그 사람을 만나야 했다. 그 사람이라도 있어 포기하지 않을 수 있다면 매달려 사정이라도 해야 했다. 애원이라도 해야 했다.

그 큰 덩치의 희원을 업고서도 그녀는 아무런 무게도 느끼지 못했다.

장 변호사는 우선 남 박사의 방부터 찾아갔다. 언제나처럼 그에게 정수에 대한 오늘 하루의 상태를 듣기 위해서였다. 아무리 기대해도 매일매일 나빠져만 갔지만 '그래도 오늘은 혹시' 하는 생각 때문이었다.

노크소리에 아무런 반응이 없었지만 문은 잠겨 있지 않았다.

「남박, 있어?」

문을 열고 들어서던 장 변호사가 우뚝 걸음을 멈추었다. 남 박사의 눈에서는 시뻘건 독기가 뿜어져 나오고 있었다. 꼿꼿이 제자리에 앉은 채로 두 눈을 부릅뜬 그의 책상 위에는 이미 비어버린 양주병과 나머지 한 병이 놓여 있었다. 그 다른 한 병마저 겨우 반이 남은 정도였다.

뭔가 일이 있었다. 그리고 분명 정수의 일일 터였다. 그 동안 하루도 거르지 않고 남 박사를 찾았지만 특별한 이야기는 한번도 없었다. 그런데 오늘은 분명 자기가 짐작하지 못했던 무슨 엄청난 일이 벌어진 것만 같았다. 그렇지 않고서야 남 박사가 제 진료실에서 이렇게 술을 마실 리가 없었다.

「뭐야?」

그러나 남 박사는 눈길조차 주지 않았다. 장 변호사도 술병을 들어 병째 한모금을 삼켰다. 긴장된 탓인지 아무런 느낌도 없었다. 술병을 든 그가 창가로 향했다.

남 박사가 다시 서랍을 열어 술병을 꺼냈다. 벌컥벌컥 쉬지 않고 들이켜는 그의 눈자위로 주르륵 눈물이 굴렀다.

「남 박사……..」

장 변호사가 술병을 빼앗으려 들자 그의 거친 힘이 완강히 거부했다.

「왜 이래!」

「그 망할 자식이……..」

술병을 맞잡은 장 변호사의 손에서 스르르 맥없는 기운이 빠져 나갔다. 엉망으로 취한 음성이었다. 그럼에도 남 박사는 또렷한 의식을 지켜가고 있었다. 그것은 어찌할 수 없는 한계를 말함이었다.

「그 새끼가…… 장기를 모두 기증하겠다네…….」

기어코 장 변호사는 술병을 잡았던 손을 놓고 말았다. 그 의미가 무엇인지는 너무도 분명했다. 그것은 죽음을 스스로 앞당긴다는 뜻이었다. 말은 안했어도 마음 한구석 우려하고 있던 일이었다. 남 박사도 마찬가지일 터였다. 너무도 두려운 일이어서 서로 입 밖에 꺼내기조차 망설였던 일이었다. 그런데, 그런데 기어이…….

이번에는 장 변호사가 쏟아붓듯 술병을 비웠다.

「매일매일 저 앞 자료실에서 죽음을 연구하고 있어. 그리고 날 보고 웃어. 도와달라고, 죽여달라고…….」

다시 장 변호사가 남 박사의 술병을 뺏아들고 털어부었다.

「어떻게 해야 되는 거야……?」

남 박사의 눈빛이 안타까움으로 바르르 떨렸다. 그는 다시 서랍을 열고 술병을 꺼냈다.

「아직 안락사는 허용 안돼.」

거친 호흡으로 알코올의 불길을 삭인 장 변호사가 창 밖에 시선을 고정한 채로 말했다.

「자네마저 왜 그래? 그게 어떻게 안락사야?」

「그래, 살인이야! 알면서 왜 물어?」

남 박사의 단호한 거부에 그 또한 거칠게 소리쳤다.

「후후…… 살인? 그래, 그것은 살인이지. 그 당연한 결론을 알면서도 도대체 난 뭘 생각하고 있는 거지. 이봐, 내가 미쳤나 봐, 그렇지?」

「…….」

그랬다. 그것을 어떻게 안락사라 말할 수 있겠는가. 그것은 분명 살인이었다. 누가 보아도 그것은 살인의 음모였다. 당연히 잊어버리고 무시해야 할 인간 최대의 범죄, 살인이었다. 그런데 지금 뭘 생각하고 있는가. 뭘 망설이고 있는가. 비단 남 박사뿐만이 아니었다. 명색이 법의 집행자였다는 부장검사 출신의 장 변호사까지 확고한 거부와 당연한 망각을 망설이고 있었다. 말도 안되는 일이었다. 장 변호사는 마치 남 박사의 말처럼 자신도 그렇게 미쳐가는 기분이었다.

장 변호사가 강한 도리질을 쳤다. 거부하려는 확고한 의지의 몸짓이었다. 그러나 그것은 몸짓만일 뿐이었다.

「법이란 게 뭔가? ……아니, 법의 가장 기본되는 원칙이 뭔가?」

남 박사가 독백처럼 중얼거렸다. 독을 뿜는 그의 시선은 이미 굳어버린 듯 맞은편 벽을 향했고, 손에 들린 양주병은 전신의 분노를 담은 양 가늘게 떨렸다.

「…….」

「신의 성실? ……그럼 자네가 집행했던 그 처벌법의 기본은 뭐야?」

「…….」

장 변호사는 여전히 창 밖만을 내려다보고 있었다.

「기대 가능성 아니던가?」

기대 가능성. 처해진 상황으로 보아 범죄 아닌 다른 그 어떤 행위도 도저히 기대할 수 없는 경우, 그 행위자의 범죄는 결코 비난할 수 없는 것이다. 그래서 그 행위에는 책임을 물을 수 없고, 결국 벌하지 않는다. 이를테면 범죄를 저지른 자식이나 아내를 아비나 남편이 고발한다는 건 도저히 기대할 수 없는 일이다. 그러므로 그 아비나 남편의 행위는 범인은닉의 죄로 다룰 수 없다라는 것과 같은 것이다.

「지금 정수에게 저절로 숨이 끊어지는 그 마지막 순간까지 어떤 고통이 따르더라도 살아 있어야 한다라고 자네는 말할 수 있겠나? ……난 못하겠네. 육신의 고통뿐만 아니라, 그보다 더할 극심한 정신의 고통을 생각해 보게. 비참하게 변해가는 육신, 점점 초라하게 느껴지는 자신, 애처로운 가족, 살아온 모든 것에 대한 허무…… 지금 정수는 그런 모든 갈등 앞에서 어쩔 줄을 몰라하네. 처참하게 허물어져 가는 자신을 지키고 싶어하는 정수의 고뇌를 난 이해하네. 나였어도, 그리고 자네였어도 아마 마찬가지였을 거야……. 어차피 자살이 범죄는 아니잖은가? 아니, 그건 권리야. 종교적·인간적 비난이나 논란은 살아남은 자들의 교만일 뿐이지, 누구라서 그 당사자의 고뇌에 버금갈 수 있을 텐가. 난 정수의 권리를 존중하고 싶네. 의사이기에 앞서 친구이기에, 나 또한 허명으로 감추지 않은 발가벗은 심정으로 그 고뇌에 동감하기에…… 정수의 목숨보다 소중한 자존을 지켜주고 싶네.」
「그 알량한 자존심이 목숨보다 소중해?」
「목숨? 자네, 생명을, 삶을 말하는가? ……정수에게 남아 있는 그것은 삶이 아니야. 생명의 아름다움이 아니라 비참한 생존의 몸짓일 뿐이야. 인생이 뭔가? 꿈이, 희망이, 내일이…… 그런 것들이 있어야 비로소 가치 있는 인생 아니던가? 자네와 내가 그렇게 살아오지 않았던가? 그런 우리가 감히 정수의 그 비참한 연명을 강요할 자격이 있다고 생각하나? 알량한 자존심이라고? ……언제부터 자네는 그렇게 무참히 살았는가? 우리가 무엇에 기대어 지금까지 살아왔는데. 그게 자존심 아니었나? 부끄럽고, 비겁하고, 유치하고, 더럽지 않으려고, 치사하지 않으려고, 그것을 지키기 위한 몸부림으로 우리가 지금껏 이나마도 꼿꼿이 살 수 있었던 게 아닌가? 그런데 자네가 어떻게 그런 이야기를 해. 우리에게 자존심이 무너지면 무엇이 남는데……..」

「그래, 맞아. 자네 말이 다 맞아. 그렇지만 정수의 그 결심만큼은 자네나 내가 관여할 문제가 못돼. 그 문제로 자네와 나, 또 다른 그 누구도 고심할 권리는 없어.」

「그게 정수의 권리라면 정수에게는 그것에 대한 조력(助力)을 받을 권리도 있어. 자살이 권리라면 당연히 조력받을 권리도 따르는 거야.」

「자네, 지금 무슨 소리를 하고 있는 거야!」

장 변호사가 등을 돌려 섰다. 고함소리와 달리 그의 눈빛은 안타까움을 주체하지 못하고 있었다.

「그래서 내가 미쳤다는 거야!」

「정수의 권리는 정수의 권리일 뿐이야. 자네가 조력 운운할 이유는 없어. 그건 분명한 살인이야. 자네는 지금 엄청난 살인을 음모하고 있는 거야, 알아? 그리고 만약 자네의 음모가 음모에서 그치지 않는다면, 그땐 그 누구도 자네를 이해하고 용서하려 하지 않을 거야. 자네는 분명한 범죄로 비난받게 될 걸세.」

「범죄? 비난? 후후후…… 이봐, 장변, 자네는 지금 내가 그까짓 비난이나 범죄를 두려워하고 있다고 생각하나? 하하하…… 이 친구야, 그건 내 마음일 뿐이야. 내 마음의 문제이지, 그까짓 비난, 범죄, 다 엿먹으라 그래. 난 이미 미쳐 있어. 이렇게 미쳤는데 그간 게 다 무슨 상관이야. 정수 그 친구의 권리가 진짜 권리인지, 그 친구에게는 그 행위말고는 다른 어떤 행위도 기대할 수 없는 건지, 그것만이 문제야. 지금까지 내가 살아온 모든 과거가 얼마나 가식적이었던가 비로소 실감했네. 난 나를 스쳐간 모든 사람들의 아픔을 난 겉으로만 느끼고 아파했어. 그러고도 내 양심에 부끄럽지 않다고 스스럼없이 큰소리쳤지만 이제 비로소 그것들이 얼마나 거짓이었나 알았네. 그들의 진정한 마음의 고통을 모르지는 않았을 거야. 그러면서도 이런 고뇌가 싫고 힘들어서 내 스스로를 속여왔던 거야. 난 그 마음을 모르네, 내가 어떻게 다른 사람의 마음을 아나? 난 신이 아니라 의사일 뿐이네, 난 의사의 본분만 충실하면 되네…… 그러면서 사실은 가장 큰 인간에 대한 직무를 유기해 왔던 거야.」

「남박, 지나친 비약이야. 그렇게까지 자책할 필요는 없어.」

그러나 남 박사는 그의 말을 전혀 무시하고 있었다.

「어떤가? 장변, 이제 비로소 알겠지, 지금까지의 내 인생이 전부 유죄란 걸? 하지만 이제부터는 절대 무죄일세. 이제 다시는 유죄의 실수를 범하지 않을 거야.」

「그만 해, 취했어.」

그만 듣고 싶었다. 계속되면 장 변호사 자신마저 남 박사의 이론에 취해버릴 것 같았다. 아니, 아직 취기만 느끼지 못할 뿐 사실 벌써 취해버렸는지도 몰랐다.

「그 망할 자식, 아니지 이미 망해버린 자식…… 그냥 제놈만 갈
것이지 왜 나는 끌어들여…… 개자식. 그래도 난 무죄야, 난 책
임이 없는 거야. 난 무슨 짓을 하더라도 그 방법밖에는 다른 방
법이 없어서, 그리고 당연한 의사의 의무로서 환자의 권리에 대
한 조력을 하는 거야, 제길……」

또다시 술을 한모금 털어넣은 남 박사는 이제 의자에 앉아서도
제대로 몸을 가누지 못하고 있었다.

「정수는 지금 뭐하고 있어? 지원엄마도 그 사실 알고 있어?」

「그 자식? 지금 병실에 자빠져 있을 거야. 제 아들놈이 쓰러진
줄도 모르고……」

「뭐야? 희원이가 왜?」

「그까짓 어때, 제 아비는 죽어가고 있는데 좀 쓰러지면 어때. 아
니지, 당연히 쓰러져야지. 아비가 죽어간다는데 안 쓰러지면 오
히려 나쁜 놈이지……」

「이봐, 무슨 소리야?」

「후후…… 이봐, 법쟁이. 자네는 변호사라고 벌써 산 사람 편드
는 거야? 어제까지만 해도 검사라고 길길이 날뛰며 죽은 놈 편
들더니. 염려 마라, 응급실에서 깨어나고 있다. 어차피 알아야
될 거, 이제는 알 때도 됐어.」

「……」

「지원엄마, 이제서야 철들어 사랑을 느끼나 보더라. 정수의 포
기가 무엇을 뜻하는지 절절히 알았겠지. 마지막으로 어떤 사람
에 기대서라도 그 잃어버린 의욕을 찾아주겠다는데…… 너무 늦

었어…… 늦었을 거야…….」

장 변호사는 진정 그 말이 무슨 의미인지 알지 못했다. 그가 그 의미를 물어보기 전에 남 박사가 다시 말했다.

「장변, 내 이 자식 부를 테니 네가 혼 좀 내라. 제놈이 꿈꾸고 있는 게 얼마나 무서운 범죄인지 확실히 알려줘라. 그 자식은 지금 살인을 교사하고 있어. 제놈은 책임없으니까 묵시적인 압력으로 내게 살인을 교사하고 있단 말이야. 어쩌면 난 항거불능의 상태가 되어 그 개자식이 시키는 대로 살인을 할지도 몰라…….」

다시 술병을 들었지만 남 박사도 더는 마시지 못했다. 기운 없이 술병을 내려놓은 그가 수화기를 들었다.

「아, 나 남 과장이오. 한정수, 그 판크레아틱 씨에이(Pancreatic CA) 환자 좀 데려다주시오.」

결국 정수의 의도대로 남 박사가 먼저 그 문제를 거론한 셈이었다. 그렇지만 그 죽음을 직접 입에 담은 사람은 아무도 없었다. 이미 완전히 취해버린 남 박사는 주정 같은 처음 몇 마디를 뱉고는 의자에 앉은 채 졸고 있었고, 창턱에 기댄 장 변호사가 정수의 마음을 돌리기 위해 긴 이야기를 했지만 아무런 소용이 없는 듯 보였다. 더구나 그의 이야기는 거북한 핵심을 피하느라 자꾸만 빗나가기 일쑤였다.

덩달아 정수마저 겉돌았다. 장 변호사의 애처로운 표정에도 아랑곳없이 그는 그저 실실 객쩍은 웃음만 흘리고 있었다.

「이봐, 정수. 자존이니 뭐니, 그게 다 무슨 소용인가? 우리 모두 자네의 그런 모습을 원하는 게 아니야. 그냥 자네면 돼. 자네 그 모습 하나로 족한 거야.」

정수는 여전히 아무런 대꾸도 없이 넋빠진 미소만 지었다.

장 변호사도 더는 할말이 없었다. 아무리 절실하고 간절한들 그만이야 하겠는가. 무슨 말로 표현한들 당사자의 절실함에 비견할 수 있겠는가.

「이상적인 것말고 현실을 생각해.」

기다렸다는 듯 장 변호사의 이야기가 끝나자 정수가 말했다. 졸고 있던 남 박사도 가만히 눈을 떴다.

「자네는 이제 가난도 잊었지? ……우리들 시절은 모두가 다 비슷했지만, 가난…… 그거 아주 몹쓸 거였어. 흔히들 말하기 좋아 가난은 죄가 아니라 그저 불편한 것일 뿐이라지만, 웃기는 이야기지. 죄는 아닐지 몰라도 불편한 정도는 아니야. 아주 비참하고 나아가 인생을 망치게도 해. 영원히 가슴에 남아 평생을 발목 잡히기도 하는 게 그 더러운 가난이라는 거야. 내게도 그런 더러운 추억이 있어. 추억은 아름다운 거라고? 정말 웃기는 이야기야. 난 지금도 그 생각만 하면 가슴이 쓰려. 그리고 미안하고 또 부끄러워. 그렇게 잊어버리고 싶은데도 그놈의 기억은 징그럽게도 쫓아다니며 내 발목을 잡아. 그게 때로는 어려움 모르고 자란 아내에 대한 콤플렉스가 되기도 했고……. 중학교 시절이었어. 1학년 때였는데 아버님의 갑작스런 몰락으로 고모님 댁에서 더부살이하며 학교를 다녔지. 봄소풍을 가던 날 아침에 고모님이 점심을 싸주셨는데, 그게 어떤 것이었는지 알아? 난 지금도 그것이 고모님 댁의 생활로는 그럴 수밖에 없었다고 생각하지만…… 당시 내게는 엄청난 황당함이었네. 둘둘 만 김밥 세 덩이를 낡은 신문지에 쌀지도 않은 채 싸주시는데…… 아, 이게 가난이구나, 설움이구나, 가난은 정말 비참한 것이구나, 슬픔이 이런 거구나 ……. 배부른 생각이었고 교만한 짓이었지만, 난 도저히 그걸 가지고 학교로 갈 수가 없었네. 그 비참한 모습을 친구들에게 보여준다는 건, 내 생명을 끊는 것보다 더 자존심 상하는 일이었네. 그래서 기어코 그 밥덩이를 신문지째 하수도 구멍에 던져넣고 말았지. 그것도 혹여 누가 볼까 봐 뒤돌아봐 가며, 잽싸게……. 그리고 얼마나 울었는지 아나? ……그때부터 난 더욱 그 가난이라는 놈과 자존심이라는 놈에게 발목잡힌 걸세. 다시는 이런 비참함으로 자존심 상하지 말아야지, 아무리 가난하더라도 자존심까지 팽개치지는 말아야지. 그러면서도 난 가난을 벗어나겠다고 발버둥치지는 않았네. 왜인 줄 알아? 고모님께는 미안했지만 난 한편으로 뿌듯했거든. 그날 하루 학교를 안 가는 것으로 내 자존심을 지킬 수 있었으니까. 초등학교 동창생들 모두 그 사실을 몰랐으니까……. 내 그 어린 판단이 탁월한 선택이었다고 스스로 자부하며, 이날까지 그런 꼴난 내 자존심을 지키기 위해 애써온 건 그날의 아픈 기억 때문이야. 이제 와서 그걸 버릴 수는 없어. 그리고 희원이, 지원이를 위해서도…….」

「병원비는 안 받아.」

남 박사가 퉁명스럽게 내뱉었다.

「그것도 어차피 구걸이야. 나도 아내도 그런 따위는 원하지도 않지만, 그것과는 다른 차원이야. 시대의 흐름에 따라 가난의 기준이 달라지긴 했어도, 병원비 때문에 그 정도의 가난이 이어질 정도는 물론 아니야.」

「그런데……?」

이번에는 장 변호사였다.

「아비로서 최소한의 도리야. 금액의 과소와는 다른 문제야. 내 생명이 정말 단 1프로의 가능성이라도 있다면 또 달라. 어차피 상황은 뻔해. 그런데도……. 그건 정말 아비로서 더할 수 없는 무책임이야. 난 그렇게 내 자존을 허비하고 싶지 않네. 차라리 그 돈을 다른 어느 곳에 기부라도 하는 게 자식들에 대한 진정한 사랑이라 생각하네.」

「미친놈…….」

「감상적이지 마, 현실적으로 생각해.」

「임마, 네가 더 감상적이다. 인간의 생명이 얼마나 소중한 건데 …… 개자식.」

어느새 술이 깼는지 남 박사가 또렷한 눈빛으로 말했다.

「그렇게 존귀한 인간의 생명 어쩌고…… 그게 바로 감상적인 사치야. 당사자를 생각해 봐. 정해진 죽음의 날짜를 기다리는 그 초조함. 그러면 인간은 누구나 다 한번은 죽는 것이라고 말할지도 모르지만, 그것과는 달라. 정해진 것과 정해지지 않은 것의 차이, 기다림과 우연함, 아무것도 하지 못한 채 망연히 죽음의 사신만을 기다려야 한다면…… 자네들은 다를 것 같나? 또, 하루가 다르게 변해가는 몰골, 지쳐가는 가족, 점점 더해지는 고통 …… 그렇게 끝까지 비참해야 할 의무가 어디 있어? 누구라서 그걸 강제할 거야? 정말 인간이 존귀한 거라면 죽음 역시 존귀하게 맞이할 권리가 있어. 태어난 건 자유의사가 아니라 하더라도 죽음만큼은 자유로울 수 있어. 더구나 뻔히 보이는 비참함의 가중일 뿐인 날들을 인내하라면 그건 차라리 고문이야……. 날 고문하지 마, 날 마지막까지 구속하지 마. 자유롭고 싶어, 해방되고 싶어. 죽음의 초조함에서, 초라함의 슬픔에서……. 내가 지키고 싶은 그 자존심을 끝까지 지킬 수 있도록 도와줘…….」

정수의 뺨 위로 굵은 물방울이 주르르 흘렀다.

「남 박사, 내 장기 기증받을 사람이나 알아봐 줘.」

「빌어먹을…….」

고개를 떨군 남 박사가 그 노여운 욕설을 끝내 마저하지 못했다.

「그냥 팽개치듯 버리는 게 아니야. 아무것도 남기고 싶지 않네. 그런 아픈 추억들 때문에라도 이 세상에 별로 미련은 없어. 그래도 자네들 같은 고마운 친구, 좋은 아내, 착한 자식들…… 그런 모든 사람들을 만나게 해준 하늘이 고마워서 주고 갈 건 다 주고 가려는 걸세. 잊혀지고 싶네, 나 또한 잊고 싶고…….」

더이상 비참해져서는 안되었다. 흐느낌을 채 삭이지도 못하고 놀란 지원과 희원을 데리고 나간 아내. 어쩌면 지금쯤 쓰러진 지원을 붙잡고 더더욱 서러운 통곡을 터뜨리고 있을지도 모른다. 아니, 어쩌면 희원일지도 모른다. 지원은 이미 어느 만큼이라도 눈치를 채고 있었지만 희원은 전혀 모르고 있었다. 덩치는 컸어도 마음이 여린 녀석이었다.

이제 희원의 그 해맑은 미소도 다시는 볼 수 없으리라. 감추려고야 하겠지만 감춰지지 않을 그 슬픈 미소. 아비로서 더없이 못할 짓을 한 셈이었다. 더이상 죄짓고 싶지 않았다. 더이상 슬픔을 오래 끌어서도 안되었다. 행여라도 아비의 추한 모습이 기억되어 어린 가슴에 상처가 된다면…….

아무도 더이상은 말이 없었다. 남 박사는 다시 눈을 감았고, 장 변호사는 창 밖의 불빛만을 멀거니 지켜보고 있었다.

정수가 기운 없는 몸을 일으켰다. 그래도 그 둘은 아무런 기척이 없었다.

12

소령은 먼저 두려움이 앞섰다. 뜻밖에 걸려온 전화. 상대가 그의 아내라는 사실보다 무엇인가 좋지 않은 일이 벌어진 것 같은 예감에 두려웠던 것이다. 만나달라는 부탁에 스스럼없이 응한 것도 그 때문이었다.

아직은 시간이 조금 남아 있었다. 먼저 나와서 기다린다는 것이 조금은 자존심 상하기도 했지만, 그보다는 그에 대한 궁금함이 앞섰다. 커피를 미리 시킨 것도 그 두려움을 달래기 위함이었다.

한 여인이 커피숍에 들어왔다. 적당히 큰 키에 알맞은 몸매, 차분한 눈빛이 한눈에 보아도 이지적인 미인이었다. 그러나 밝은 꽃무늬 블라우스와 연한 갈색 스커트의 화사함과는 달리, 그 여인은 초췌함을 감추지 못하고 있었다. 소령은 그 여인이 분명 그의 아내일 것이라고 생각했다.

두어 번 실내를 둘러본 여인이 저만큼 떨어진 창가에 자리를 잡았다. 그녀는 흘끗 계산대 쪽의 시계를 확인하고는 창 밖으로 시선을 돌렸다. 아직 약속 시간이 된 건 아니었지만, 소령은 잠시 망설였다. 자꾸만 괜한 자존심이 고개를 들었기 때문이었다. 그러나 아무래도 자신이 찾아가는 것이 도리일 것 같았다. 그렇게 유치한 신경전을 펼 만치 한가롭지도 않았지만, 여인의 자태에서 도무지 적의나 시기심이라고는 찾아볼 수 없었기 때문이었다.

「실례합니다, 혹시……」

「이소령 씨?」

다가간 소령이 채 말을 끝내기도 전에 영신이 먼저 물었다. 소령은 그 물음이 조급함보다는 상대에 대한 배려로 느껴졌다.

「예.」

「안녕하세요, 전화드렸던 김영신이에요. 한정수 씨 처입니다. 자, 앉으세요.」

「처음 뵙겠습니다.」

어색한 만남이었다. 가까이서 본 영신은 더욱 눈부셨다. 선한 눈매와 반듯한 이목구비의 빼어난 미인이었다. 유일한 흠이라면 차갑지 않으면서도 차갑게 느껴질 수 있는 몸에 밴 교양의 단조로움이었다.

「죄송합니다. 워낙 정신이 없어 미처 알아보지 못했습니다.」

그러나 영신은 분명 소령을 보았었다. 하지만 설마 그녀이리라고는 전혀 생각지 않았다. 지나치리만큼 평범했고, 예상보다 너무 젊다고 생각되었다. 나이가 어리다기보다 그녀의 눈에 비친 소령은 남편을 위로해 줄 정도의 원숙함을 지니고 있지 않아보였다. 영신은 그런 실망감을 힘들게 감추고 있었다.

「그런데 무슨 일로……? 한 선생님께 무슨 일이라도 있나요?」

「……」

철없음일까? 그녀의 '한 선생님'이란 표현도 그랬지만 스스럼없이 염려를 나타내는 태연함에 영신은 순간 당혹감을 느꼈다. 그러나 소령이 당돌하기보다 순수하기 때문이라고 영신은 스스로를 타일렀다.

「제가 너무 주제넘었나요? 죄송합니다.」

「아니에요.」

뒤늦게 소령은 자신의 일방적인 성급함을 깨우쳤다.

상대는 그 사람의 아내이다. 아무리 염려스러워도 내가 나설 상황은 아니지 않는가. 소령은 진정 죄스러움에 살며시 고개를 숙였다.

영신은 가볍게 호흡을 가다듬었다. 지금은 무조건 그녀에게 매달려야만 했다.

「잘은 모릅니다만…… 남편을 얼마간이나마 편안하게 해주셔서 정말 고맙습니다. 이건 진심입니다.」

소령은 조금씩 긴장해 가고 있었다. 그녀의 진지함과 차분함도 그랬지만 이어질 이야기에 대한 두려움에 뭐라 대답조차 할 수가 없었다.

「남 박사님께 대략 이야기 들은 정도입니다. 같은 여자니까 이해하시겠지만 제주도 호텔 이야기는 남편의 눈빛으로 그냥 알았습니다.」

결코 추궁으로 들리지는 않았다. 소령은 어쩌면 중요한 본론을 꺼내지 못하고 자꾸만 주변을 맴도는 듯한 느낌을 받았다.

「말씀하세요.」

영신은 비로소 그녀에 대한 남편의 심정을 이해할 수 있을 것 같았다. 그녀는 상대에 대한 배려에 익숙했다. 소령은 이것이 총명함이나 몸에 밴 경험이라기보다 타고난 천성으로 여겨졌다. 그녀는 사람을 사랑할 줄 아는 고운 천성을 가진, 사랑하고 사랑받을 수 있는 여인이었다.

그러나 영신은 막상 입이 떨어지지 않았다. 다행히 때맞추어 종업원이 차를 주문받으러 왔다. 소령이 커피를 주문하자, 영신도 고개를 끄덕였다. 그리고는 잠시 창 밖을 내다봤다. 어느결에 여름은 마지막 고비를 넘고 있었다. 사람들의 소매가 눈에 띄게 길어졌다. 영신은 문득 서늘한 한기를 느꼈다.

종업원이 가져온 커피를 한모금 마신 영신은 다시 한번 숨을 가다듬었다.

「절 좀 도와주세요. 그이가 몹시 힘든 상황입니다.」

「혹시, 무슨……?」

소령은 이미 각오하고 있었다. 진작부터 느꼈던, 그래서 떨쳐내고 싶었던 불안이었지만 결국 현실로 찾아오고 만 것이다. 그것을 피하려고 서둘러 떠났던 것인데…….

「예, 얼마 남지 않았습니다. …… 췌장암이에요.」

소령은 췌장암이 무엇인지 알지 못했다. 막연하게 암이라면, 이제 정말 끝이구나 하는 생각뿐이었다. 그녀는 자신에게 닥쳐온 이 상황을 완강히 거부하고 싶었다.

「수술은 안되나요? 요즘은 수술로 완쾌되는 경우가 많다던데요?」

사실 그녀는 그런 말을 들은 적도 없었다. 그저 자신의 희망에 대한 기대일 뿐이었다.

영신은 쓸쓸한 심정을 떨칠 수 없었다. 그녀의 성급한 대꾸에서 감추지 못하는 사랑을 감지했기 때문이었다. 자신만이 사랑할 자신만의 사람인 줄 알았는데 또다른 여인도 사랑하고 있었구나……. 한편 서운하기도 했지만 그녀의 열정이 부러운 것도 사실이었다.

「죄송해요…….」

소령이 뒤늦게 고개를 숙였다.

「아니에요, 걱정해 주시니 오히려 고맙네요. 이미 수술단계는 넘었어요. 이제 3개월도 채 못 남았습니다.」

「…….」

벌써 소령의 눈에는 눈물이 그렁그렁했다.

「소령 씨, 그이에겐 편안한 위안이 필요해요. 살고 싶은 의지를 키워갈 기댈 곳이 필요해요. 벌써 장기 기증을 입에 담고 있어요. 죽음을…… 안락, 아니…… 자살을 생각하고 계세요. 도와주세요.」

차마 나오지 않는 말을 꺼내느라 영신은 바쁘게 말했다. 자살이라는 표현은 정말 쓰고 싶지 않았지만 이미 발가벗겨진 심정으로 털어놓고 말았다.

남편의 의지처를 다른 여인에게 빼앗기고, 이제는 그 여인에게 자신을 도와달라고 부탁하는 치욕감. 그러나 지금 그런 한가한 욕심에 매일 때가 아니었다. 알면서도 영신의 눈에서는 서러운 눈물이 흘렀다. 그것이 빼앗김의 치욕 때문인지, 얼마 남지 않은 남편과의 이별에 대한 슬픔인지는 그녀 자신도 알지 못했다.

서로를 외면한 채 두 여인의 서러운 이야기가 한동안 이어졌다. 소령의 외면은 자신의 눈물에 대한 미안함의 표시였고, 영신의 외면은 처참한 눈물을 보이기 싫은 수치스러움 때문이었다.

영신이 핸드백 속에서 작은 봉투를 꺼내 내밀었다.

「언짢게 생각하지 않으셨으면 좋겠네요. 처음 준비할 때는 솔직히 교만한 마음도 조금 있었지만 지금은 진정 교만이 아닙니다.」

진심이었다. 영신은 그녀의 열정과 선한 마음에 상처를 주고 싶지 않았다. 오히려 고마울 뿐, 질투와 자존심 따위는 그녀의 선한 열정 앞에서 맥없이 스러지고 말았다.

「……」

무엇인지 묻지 않았다. 소령은 잠시 혼란에 빠졌다.

「천만 원이에요. 그이도 저와 같은 마음일 겁니다. 소령 씨, 그고운 마음으로 받아주세요. 지금의 심정으로는 제 모든 것을 다 드려도 아깝지 않지만 너무 많은 것도 교만일 것 같아 이것만 준비했어요.」

「그래도 많네요.」

소령이 어렵게 겨우 말했다. 억지스런 미소까지 지으며.

「단 며칠이라도 그이가 행복한 삶을 살았으면 좋겠어요. 그이와의 시간에 쓰셔도 좋고…… 아무튼 받아주세요.」

「알겠습니다.」

소령은 그 봉투를 받아들었다. 아니 받지 않을 수 없었다. 소령은 그렇게 생각하지 않았지만, 분명 그녀는 자신이 벌거벗었다고 생각하고 있는 듯했다. 그 외로운 여인에게 이나마는 져주어야 할 것 같아서였다.

「정말 고마워요. 그럼, 언제 와주시겠어요?」

「지금이라도 전 상관없어요. 편리한 시간이…….」

「오후 여섯 시쯤이 좋겠어요. 그때 아이들과 함께 비우겠어요.」

「예, 그러세요.」

「미안해요. 전 상관없지만, 아이들이 아직 어려서 잘못 생각할
수도…….」

영신은 몹시 난처한 표정으로 어색한 웃음을 지었다.

「알아요, 전 괜찮아요.」

영신은 잠시 지금 누구의 상처가 더 클까를 생각했다. 그러나 설
핏 자신은 상처받지 않은 듯싶었다. 소령과 달리 그녀는 벌써 처
음과 달리 편안한 위안을 느끼고 있었다. 그것은 아마도 남편의
그늘 때문이 아닐까 싶었다.

성당이었다. 평생토록 종교의 필요성을 느끼지 않았던 그였지만
그것이 얼마나 교만이었는지 비로소 절감했다. 작은 연못 속에 비
친 성모 마리아상. 그 말없는 석고상이 지금 그의 힘겨움에 더없
는 위안이 되었다.

저만치에서 신부가 그를 향해 올라오고 있었다. 남 박사는 피우
고 있던 담배를 얼른 비벼 껐다. 젊은 신부였지만 왠지 모를 경외
감이 일어서였다.

「안녕하세요.」

신부는 스스럼없이 밝은 웃음을 보내왔다.

「예, 안녕하세요. 저…….」

그냥 지나치려는 신부를 향해 남 박사가 약간 멈칫거렸다. 문득 걸음을 멈추고 의아해 하던 신부가 다시 웃음을 머금으며 그에게 다가왔다.

「무슨 일이십니까? 하실 말씀이 있으신가요?」

「아, 아닙니다. 그냥⋯⋯.」

남 박사는 몹시 민망한 눈빛을 지었다.

「그러세요? 어떻습니까, 마음이 편안하세요?」

신부는 남 박사의 어두운 표정에도 불구하고 밝은 미소를 거두지 않았다.

「예.」

「들어가서 차라도 한잔 하시렵니까?」

「아닙니다, 여기가 좋습니다.」

「저도 밖이 더 좋습니다. 공기도 맑고⋯⋯.」

신부가 남 박사의 옆자리 돌턱 위에 조용히 앉았다.

「저, 고해성사는 어디서 하지요?」

흘끗 돌아본 신부가 빙그레 웃었다.

「왜요? 고해성사를 하시고 싶으세요?」

「예.」

「신자신가요?」

「아닙니다, 신자는 아닙니다.」

「그래요? ⋯⋯그럼 저에게 하십시오.」

「예?」

신부의 태연한 대꾸에 오히려 남 박사가 의아한 눈빛으로 바라보았다. 그러나 신부는 아무런 흔들림 없이 맑은 눈을 고정시킨 채 말했다.

「해보세요.」

바쁜 재촉은 아니었다. 남 박사에게는 분명 나약한 용기에 대한 격려로 들렸다.

「장소야 아무려면 어떻습니까. 어차피 하느님은 알 수 있는 걸요.」

「……」

「허허허…… 살다 보면 난처한 일도 많지요.」

「신부님……」

이번에는 그 신부가 아무런 대꾸도 하지 않았다.

「전 지금 살인을 꿈꾸고 있습니다. 한 친구는 그걸 음모라고 말합니다. 살인 음모요.」

「그분은 법조계에 계시나 보죠?」

「예, 그런데 어떻게?」

「허허허…… 일반 사람들이야 그런 표현을 안 쓰지요. 그냥 사람을 죽이려 한다고 말하지요. 그래서 짐작해 본 겁니다.」

「예……」

「그래, 어떤 살인입니까? 마음의 살인입니까, 육신의 살인입니까?」

「정말 살인입니다. 사람을 죽이는 살인 말입니다.」

「그래요?」

믿지 못했음일까. 신부는 아무런 동요의 빛도 보이지 않았다. 어쩌면 말이 먼저 앞섰으니 실행하지 못할 살인쯤으로 생각했을지도 모른다. 남 박사는 울컥 화가 치밀어올랐다.

「그것도 제 친구입니다. 단순한 계획이 아니라 정말 죽일지 모릅니다. 그 친구가 자꾸 내게 살인을 유혹하고 있단 말입니다. 죽이게 될 것 같다는 말입니다.」

「그럴 수 있겠지요.」

턱없는 남 박사의 흥분에도 신부는 여전히 편안한 음성을 지켰다. 그런 모습이 어떤 고난에도 흔들리지 않을 의연함인 것 같아 남 박사는 스스로 부끄럽고 또 부러웠다. 그의 의연함이 자신에게도 있었다면 지금 이렇게 고통스럽지는 않을 터였다.

「……」

「……」

신부도 같이 침묵을 지켰다. 이제는 어쩔 수 없이 자신의 이야기를 털어놔야 했다.

「전 의사입니다. 얼마 전 난 내 입으로 친구에게 죽음을 선고했습니다. 췌장암인데, 친구만 아니었어도……. 자신은 없지만 수술이나 한번 해보자는 무책임한 말조차 하지 못했을 정도로 끝까지 간 상태였습니다. 본래 그 췌장암은 발견이 제일 늦는 놈이긴 합니다만, 내 판단을 믿을 수 없을 정도였습니다. 몇 번을 확인했지만 틀림없는 암이었습니다. 이제 3개월도 채 못 남았지만 도와줄 게 아무것도 없습니다. 그래서 언제나 미안하고…… 그렇습니다. 그런데 이 친구가 절보고…… 제놈을 좀 도와달랍니다.」

「안락사를 원합니까?」

그것을 어떻게 안락사라 말할 수 있으랴만 신부는 난처한 남 박사를 도와주고 있었다. 그때의 장 변호사와 같은 심정이었을 것이다.

「내게는 살인이죠. 의식 없는 뇌사상태가 아니라 살아서 말하고 움직이는 생명이니까요. 차라리 뇌사라면, 그래서 가족이 안락사를 요구한다면 난 절대 거부했을 겁니다. 나라도 붙잡고 지켰을 겁니다. ……그렇지만 이건 살인입니다.」

「그렇죠, 분명한 살인이죠.」

「그럼, 하면 안되는가요?」

「글쎄요……. 안되죠, 당연히 안되는 게 법이죠. 하느님의 법도 마찬가지구요. 인간의 생명은 그 누구도, 심지어 자신조차도 함부로 할 수 없는 것이니까요.」

「결국 모두 마찬가지군요.」

「……」

「안락사는요?」

「물론 안됩니다. 당연히 안되지요.」

신부가 이번에는 훨씬 또렷이 말했다. 그것은 확신에 가까운 음성이었다.

「그렇죠? 안락사는 안됩니다. 그런데 앞의 것은 살인입니다. 그래도 안됩니까?」

「……」

「그런 독선이 어디에 있습니까? 안락사는 당연히 안됩니다. 그것은 어쩌면 백만분, 천만분의 일은 돌아올 확률이 있으니까요. 그렇지만 살인은 가망성이 전혀 없습니다. 그대로 둔다는 것은 잔혹한 고문일 뿐입니다. 하느님이 뭣하시는 분입니까? 고통에서 두려움에서 슬픔에서 벗어나고 위안받게 해주시는 분 아닙니까? 그런데 왜, 그 해방과 평화를 거부하시는 겁니까? 그것은 독단입니다. 아무리 신의 전능이라 해도 그 친구에게 기적을 가져올 수는 없습니다. 단 하루도, 단 한 시간도요. 오히려 줄어들 뿐입니다. 그래도? 그래도 안됩니까?」

「그래도 살아 있는 그 순간은 인간에게 더없이 소중한 것입니다. 어차피 인간은 누구나 다 하느님의 품으로 돌아갑니다. 그러나 살아 숨쉬는 그 순간순간은 누구도 빼앗을 수 없는 그분의 것입니다. 하느님 아닌 누구도 그것을 빼앗을 수는 없습니다.」

「본인이 간절히 갈구하는데도요? ……그래도입니까? 불가에서는 마지막 고통에서 헐떡이는 생명은 차라리 빨리 끊어주는 것이 자비라고도 말합니다. 그런 자비의 마음도 없습니까?」

「그분에게 마음의 평화를 갖도록 권해주십시오.」

「평화라구요? 신부님, 사형수를 만나보신 적이 있습니까?」

「아직은 없습니다.」

「사형수에게 집행 날짜가 확정되어 있다면 그날까지 기다릴 수 있다고 보십니까? 그들도 결국은 불확정 속에서 참회하고, 귀의하고, 가느다란 기대 속에서 진정 버릴 수 있기에 그날의 죽음에는 담담할 수 있는 것 아닙니까? ……그 친구는 처음부터 확정적이었습니다. 그리고 나날이 변해갑니다. 육신은 추하게 일그러들고, 고통은 갈수록 더해가고, 사랑하는 사람들의 애처로움은 날이 갈수록 갈가리 가슴을 찢고요. ……그래도입니까?」

남 박사는 그의 대답을 기다리지 않았다. 이미 신부는 분명한 대답을 회피하고 있었다. 그것이 무엇이든 그의 입에서 단호하게 '안됩니다' 만 나오지 않는다면 그것으로 족했다.

처음부터 누구와 상의하고 대답을 듣기 위한 발걸음은 아니었다. 이미 결심은 하고 있었다. 시기만이 남아 있을 뿐이었다. 그렇다고 법의 심판이 두려운 건 더더구나 아니었다. 다만 스스로 그 시기마저 결정해야 한다는 사실에, 또한 다름아닌 친구라는 사실에 약해지는 마음을 위안받고 싶었고, 혹여 기적은 없을까 스스로를 속여봤을 뿐이었다.

「......」

신부는 아무런 대답을 하지 않았다. 그리고 끝내 기적은 없었다. 역시 처음부터 없는 것이었다. 확인하려 한 건 아니었지만 이젠 스스로 확인한 셈이었다. 신부의 대답으로서가 아니라 자신의 대답으로 확인한 것이었다.

남 박사는 자리에서 일어섰다. 이제는 귀의하고 싶었다. 정수를 보낸 뒤 꼭 다시 찾아오리라 생각했다.

신부의 말없는 시선을 뒤로하며 남 박사는 성당을 떠났다. 미안했고 죄스러웠다. 그에게 너무 많은 책임을 떠넘긴 것 같아서였다.

굳이 아이들을 모두 데려가려는 아내의 행동이 석연치 않았는데, 역시 그랬다. 아내가 나가고 몇십 분도 채 지나지 않았을 때, 그녀는 정말 꿈처럼 나타났다.

「것 봐요, 금방 들통날 거짓말을 왜 하셨어요?」

그녀는 마치 어제도 들렀던 사람처럼 아무렇지 않게 병실로 들어섰다. 손에는 하얀 안개꽃 한다발을 안은 채 어제 나눈 이야기를 이어서 하듯 자연스레 말했다.

「……?」

「조금 불편한 정도라더니 입원을 다하세요?」

「응, 내가 그랬던가? 허허허……」

덩달아 정수도 어색함을 잊었다.

「또 거짓말하시네. 뻔히 기억하시면서도 모르는 척……」

「허허허, 그래요. 그런데 여긴 어떻게 알고?」

「피, 제가 그것도 모를까 봐요? 하느님이 가보래서 왔어요.」

분명 아내였다. 아내는 진작부터 눈치채고 있었던 것이다. 그럼에도 모르는 척 내색하지 않은 것이다. 정수는 자신에 대한 아내의 따뜻한 배려에 한편으로는 미안하고 고마웠지만 다른 한편으로는 두렵고 서운했다. 두려운 건 아내의 냉정한 인내였고, 서운한 건 그런 냉정의 밑바탕에 깔린, 이미 포기해 버린 그 마음이었다.

정수는 설핏 혼자 웃음을 흘렸다. 자신에게 그토록 이기적인 감정이 있었다는 게 새삼 유치해서였다. 소령도 그 웃음을 놓치지 않았지만 모르는 척 외면했다.

「외출할 수 있으세요?」

소령이 먼저 말을 이었다. 정수도 애써 아내의 이야기를 꺼내고 싶지는 않았다. 그저 모르는 척, 그녀의 말대로 정말 하느님이 가보랬는 정도로 넘기려 했다.

「왜요?」

「또 그러신다.」

「……?」

「'요'는 빼기로 했잖아요.」

「아, 그래, 왜?」

이제는 쉬웠다. 그리고 그녀의 진지함과 천진스러움이 정수의 마음을 밝게 했다.

「후후후, 외출하기 좋은 날이에요. 이젠 해가 지면 제법 선선해요.」

「그래? 그럼, 우리 나갈까?」

「옷은 어떤 게 있어요?」

「글쎄, 아마 옷장에 면바지와 셔츠가 있을 거야. 점퍼와 양복도.」

「제가 고를 게요.」

그녀는 몇 벌 되지도 않는 옷을 한참 동안 뒤적이며 이것저것 골랐다. 잠시 후 그녀가 골라온 건 흰색 일색의 면바지와 셔츠, 그리고 점퍼였다. 하얀 양말과 운동화까지.

「왜 전부 하얀색들이야?」

「이 안에 들어 있는 걸 꺼내보세요.」

소령은 그때까지 손에 들고 있던 하얀 안개꽃다발을 뒤늦게 내밀었다. 그 안개꽃을 포장한 하얀 종이 사이에는 역시 하얗게 포장된 얇은 무엇인가가 꽂혀 있었다.

「이건 뭐야?」

「풀어보세요.」

소령이 싱긋 웃으며 말했다.

머플러였다. 정말 구름처럼 하얀 머플러였다. 그녀는 그날 무심코 대답했던 정수의 말을 기억하고 있었던 것이다.

「아직 때가 이르긴 해도 목에 걸치기만 하면 괜찮을 거예요.」

272

「정말 괜찮을까?」

「그럼요. 마음에 드세요?」

「응, 맘에 들어.」

정수는 정말 마음에 들었다. 그의 마음속에 정말 그런 훨훨 날고 싶은 마음이 있었던 모양이다. 어쩌면 날 수 있을 것도 같은 기분이었다.

「응, 그런데 얼굴이 너무 까맣게 변해서 안되겠어. 이건 다음에 입을 테니 오늘은 다른 옷으로 하지.」

「아니에요, 괜찮아요. 잘 어울릴 거예요.」

「아니야.」

「아니에요.」

결국 그녀의 말을 들어야 했다. 정수는 그녀가 권하는 대로 오로지 그 하얀 머플러를 위해 온통 하얀 계열 일색의 옷들을 입었다. 거울은 보고 싶지 않았다. 하지만 소령은 기어이 괜찮다는 탄성으로 우겨대며 거울을 내밀었다.

「어때요, 괜찮죠?」

나쁘지는 않았다. 아니, 괜찮았다. 꺼멓게 타들어간 낯빛도 오늘은 조금 밝아보였다. 매우 흡족했다.

「응, 괜찮군.」

「거봐요, 제 말이 맞다니까 그렇게 고집을 부리세요.」

그렇게 그녀를 따라나섰다. 사실 움직이고 싶은 마음은 조금도 없었지만 아내의 뜻인 듯도 싶었고, 또 소령의 자연스러움에 끌려 엉겁결에 따라나온 것이었다. 그것은 그녀만의 독특한 맛이었다. 그 누구라도 그녀의 편안함 앞에서는 모든 것을 잊을 수 있었다.

소령은 또 수다를 떨기 시작했다. 그러나 그날처럼 쉴 새 없이 떠들며 웃어대도 그때와 다른 한 가지가 있었다. 오늘은 매번 대답을 원하는 수다라는 것이었다.

「지금 어디로 가는지 아세요?」

「글쎄⋯⋯.」

「그 고약한 인상의 아저씨가 하는 포장마차에요. 괜찮죠?」

「응, 그렇게 해.」

「왜 거기를 가는지 아세요?」

「글쎄⋯⋯.」

「기억 안 나세요? 그날 그 아저씨가 그랬잖아요. 제 이름은 기억할 수 있겠는데 얼굴은 한번 더 봐야 기억할 수 있겠다구요.」

「그랬나?」

「예.」

「그럼, 가보지. 그런데 뭐하게⋯⋯.」

「왜요? 선생님은 저와 선생님이 다른 누군가에게 기억된다는 게 싫으세요?」

「아니, 꼭 그런 건 아니지만⋯⋯.」

「누군가에게 기억된다는 게 얼마나 아름다운 일인데요. 사람들은 누구나 다 어느 때부터는 추억을 먹고 산다는데 선생님은 아닌가 봐요?」

「추억? 후후후⋯⋯.」

「예, 추억요. 전 아무리 아픈 기억도 세월이 지나서 추억이 되면 모두 아름답던데요. 선생님은 정말 아니세요?」

「응.」

274

「왜요? 전 이해를 못하겠네요. 추억이란 이름만 들어도 설레고 좋던데……..」

「아마, 열정이 있어서일 거야.」

「열정요?」

「응.」

「그러고 보니 전 열정이 많은 것 같아요. 그런데 선생님은 저도 모르는 그런 건 아시면서, 선생님 자신은 그렇지 않은가 봐요?」

「응, 열정은 마음이 아름다운 사람들에게나 있는 거야. 그래서 열정이 아름다운 거고.」

「선생님은 마음이 아름답지 않으세요?」

「후후…… 그런가 보지 뭐.」

「아니에요. 선생님은 저보다 백배 천배 더 아름다운 걸요.」

「그래 보여?」

「예.」

「후후…… 잘못 봤겠지.」

「아니에요, 절대 아니에요.」

「그럼, 벌써 사그라졌나 보지 뭐. 하지만…… 아마 처음부터 없었을 거야. 내 천성은 처음부터 열정이 있기에는 너무 나약했어.」

「아니에요, 선생님께도 있어요, 분명 있어요. 어쩌면 선생님이 너무 천대를 해 화가 나서 가슴 저 밑바닥에 가라앉아 숨어 있는지도 몰라요. 꺼내세요.」

「아니야, 없어.」

「아녜요, 분명히 있어요. 제가 보증해요.」

「그래? 후후후…… 하지만 그래도 이미 너무 늦었어.」

「아니에요, 아직 안 늦었어요…….」

「…….」

소령도 정말 이미 너무 늦었다는 생각이 들었다. 아무리 말을 붙여보아도 그는 도무지 다가오려 하지를 않았다. 저만큼 멀찍이 서서 그렇게 바라보고만 있었다. 그것은 체념도 오기도 아닌 무심이었다. 해탈의 무심이 아닌 이미 다 잃어버린 공허의 무심 그것이었다.

소령은 자신의 몫이 아닌 것을 알았다. 처음부터 기대하지는 않았지만 그래도 조금이나마 움직여볼 수 있지 않을까 했었는데 그의 마음은 이미 떠나고 없었다. 소령은 더이상 아무런 손짓도 하지 않을 생각이었다. 도저히 할 수가 없었다. 오히려 그 텅 비어버린 공허마저 상처낼 뿐이란 걸 깨달았기 때문이었다.

포장마차의 사내는 정수와 소령이 다시 자신을 찾아주었다는 것이 믿을 수 없다는 듯 멍한 표정이었다. 한참 동안 끔벅이던 두 눈을 거친 팔뚝으로 비빈 뒤, 사내는 비로소 큼지막한 미소를 보내왔다.

「허허허…… 한번은 더 들르실 거라고 생각은 했지만 그래도 반은 포기하고 있었는데. 허허허…… 잘 오셨수, 정말 잘 오셨수.」

「이제는 제 얼굴 영원히 기억하시겠죠?」

「그럼요. 내 죽어도 기억할 거유, 이 소령님. 하하하…….」

정말 유쾌한 모양이었다. 사내는 연신 너털웃음을 터뜨렸다. 결국 인간의 정이란 그런 것이었다. 주고받음을 떠나서, 사귐의 오램이나 짧음과 상관없이, 그렇게 사람으로 만나 함께 호흡하다 정

이 들면 더불어 고락도 나누고, 기다리고, 반기고, 보내는 것이었
다. 기쁘면 기쁜 대로, 슬프면 슬픈 대로, 있으면 있는 대로, 없으
면 없는 대로, 또 아쉬우면 아쉬운 대로…… 그렇게 소담하게 살
다가 미련이 남더라도 때가 되면 보내는 것이었다. 아둥바둥 아무
리 붙잡으려 애쓰고 매달려도 이미 정해진 갈길을 어찌 막을 수
있겠는가.

「오늘은 뭐 주실 거예요?」

「허허, 글쎄, 뭐든 말만 하슈. 내 몽땅 다 주리다.」

「그럼, 전부 다 줘보세요.」

「허허, 그럽시다.」

「우리 한 선생님은요?」

「염려 마슈, 어제는 그년의 민물장어 장사가 안 나와서 내 속이
다 탔었는데, 그래도 우리가 좋은 인연이긴 한 모양이오. 오늘은
그년도 나왔고 한 선생도 오셨으니. 조금만 기다리슈, 내 멋지게
고아드리리다.」

사내는 이제 더는 민물장어를 사지 않을 생각이었다. 이제는 정
말 끝이란 걸 알 수 있었다. 이미 죽음이 거의 드리워진 육신도 그
랬지만 그의 눈빛이 모든 것을 버리고 있었다. 아니, 이미 버린 것
처럼 보였다. 죽음의 공포가 두려워 그 공포를 버리려다 정말 모
두 다 버리게 된 것인지, 아니면 공포만이 남아 미처 그 아득한 공
포의 두려움을 다른 이들이 읽지 못하고 있는 것인지, 아무튼 아
무것도 남아 있지 않은 듯 보였다.

사내는 자꾸만 석쇠 위에서 구워지고 있는 뻘건 고기에서 나는
연기 위로 자신의 두 눈을 들이밀었다. 그래봐야 두 눈만 매울 뿐,

고기 구워지는 건 더욱 보이지 않을 텐데도 말이다.

정수와 소령이 일어설 무렵이었다. 소령이 핸드백 속의 무엇인가를 조심스레 꺼냈다. 하나는 고운 리본이 달린 포장된 작은 상자였고, 다른 하나는 도톰한 흰 종이봉투였다.

「선생님, 아직 사모님께 그 선물 못하셨죠?」

「응…… . 그런데 그건 왜?」

「이거 오늘 저녁에 전해주세요. 선생님이 선물하시고 싶었던 진주반지와 목걸이예요.」

「…… .」

순간 정수는 알 수 있었다. 결국 아내는 자신이 못다한 일을 모두 한꺼번에 해준 셈이었다. 소령에게도 어떤 대가는 아니지만 꼭 무엇인가 주고 싶었는데 하지 못했고, 아내에게도 마찬가지였다. 진정 아내가 고마웠고 소령 또한 고마웠다. 그 고운 마음들을 거절할 수 없었다. 정수는 그녀가 내미는 작은 상자를 말없이 받았다.

그녀가 다시 흰 봉투를 내밀었다.

「쓰고 남은 돈이에요. 가지고 계시면서 하시고 싶었던 일 하세요. 제 이름으로 된 통장이라 현금카드를 같이 만들었어요.」

「그건 안돼.」

낮은 음성이었지만 단호했다. 소령도 움찔 놀라 처음으로 낯빛이 굳어졌다.

「…… .」

「아내가 그렇게 했을 거라 짐작하지만, 나도 소령이에게 꼭 뭔가 주고 싶었어. 다만 못했을 뿐이야. 그렇지만 못하는 그것마저 께름칙하게 생각하지 않으려고 애썼어. 이제 이렇게 돌려주면 께름칙하게 될 거야. 물론 나쁜 뜻이 아님을 소령이도 알겠지만.」

「그럼 선생님, 절 사랑하셨던 거예요?」

「그래…….」

정수가 뒤늦게 고개를 끄덕였다.

「그런데 선생님은 제게 한번도 그걸 보여주신 적이 없어요. 이젠 보여주세요. 그럼 저도 사랑으로 믿고 앞으로 선생님 사랑하는 데에 그 돈 쓸 게요.」

「……?」

「어려운 건 아니에요. 아직 한번도 제 이름을 곱게 불러주신 적이 없어요. 절 딱 한번만 꼭 껴안으며 소령아, 하고 불러주세요.」

그녀는 어린아이였다. 조금 전 낯빛을 한번 굳힌 것 외에는, 그토록 많은 말을 하고 들으면서도 어린아이처럼 한결같이 환한 표정을 지어보였다. 그러나 지독히 속이 깊고 외로운 여자였다.

「허허허…… 그거 보기 좋겠수. 한번 해보슈, 내가 박수칠 테니. 하필 이럴 때는 그 흔하던 손님도 한 놈 없누그래. 허허허…….」

사내가 그답지 않은 농담까지 하며 껄껄 웃었다.

「어서요, 그래야 제가 이 돈으로 선생님 뜻대로 쓰죠.」

「내 뜻대로라니?」

「선생님이 사랑했던 그 모든 사람들을 만나 같이 저녁도 먹고, 선물도 하구요. 우선은 함께 오셨던 김 계장님, 또 여기 아저씨, 또……. 하여간 남 박사님께 여쭤보면 많겠죠 뭐. 물론 그중에

서는 절 제일 많이 사랑해 주셨을 것 같으니까 제가 제일 많이
쓰구요.」

「괜한 짓을 생각하고 있구면.」

「염려 마세요. 선생님 생각은 안할 거예요. 저도 그분들에게서
사람 냄새를 맡고 싶어서 그래요.」

그녀는 정수가 무엇을 생각하는지 알고 있었다. 정수도 그녀의
말에 더이상 어쩌지 못했다. 어느것 하나 놓치지 않는 그녀의 섬
세함이 새삼 놀라울 뿐이었다.

「그럼 됐죠? 자, 어서요.」

소령은 자리에서 일어나며 정수의 손을 잡아 끌었다. 그리고 머
뭇거리는 그의 품에 가슴을 기대고 다시 한번 보챘다.

「어서요, 아니면 저 당장 그냥 갈래요.」

「어서 하슈, 벌써 보기 좋수. 허허허……..」

포장마차 사내가 박수를 치며 하늘을 향해 크게 웃어제쳤다. 정
수는 그녀의 등뒤로 손만 맞잡으면 되었다.

「그래…… 소령아…….」

정수가 마침내 그녀를 가슴 깊숙이 끌어안았다. 핑, 그녀의 눈가
에 눈물이 고였다. 더는 견딜 수가 없었다. 이제는 정말 끝이다.
이 만남을 끝으로 이 남자는 더욱 서두를 것이다. 마치 그녀 자신
이 이 따뜻한 남자의 생명을 재촉한 것도 같다. 다시 볼 수 없는
현실의 아득함이 막막하기만 했다.

그저 잠시 스쳐갈 줄 알았는데, 그래서 그토록 서두르며 기억하
려 했는데, 미처 추억이 영글기도 전에, 기억이 자리를 잡기도 전
에 이렇게 가버리는 것인가. 이제 다시는 볼 수 없는 사람, 이제

다시는 느껴보지 못할 체온, 다시는 맡을 수 없는 냄새, 다시는 대하지 못할 감촉……. 그녀도 기어코 떨리는 어깨를 어쩌지 못했다.

정수는 다시 한번 가슴을 에는 고통을 맛보아야 했다. 또 한사람에게 기억되는구나, 또 한사람의 추억에 상처를 남기는구나.

또다시 아침이 밝아왔다. 일요일이었다. 어젯밤부터 병실을 지킨 희원은 제 키보다 짧은 소파에 몸을 눕혀 고단한 듯 잠들어 있었고, 아내 영신은 침대 한 모서리에 머리를 파묻은 채 흐느낌 같은 숨소리를 토해내고 있었다.

정수는 하루에도 몇 번씩 사실은 마약이나 다름없는 진통제에 의지한 채, 몽롱한 수면으로 고통을 견뎌내고 있었다. 아내는 정수의 그 잠든 시간에도 줄곧 머리곁을 지키고 있었다. 휑하니 움푹 들어간 눈과 바짝 여윈 얼굴이 그 힘겨움을 대신 말해주고 있었다.

물론 아내의 입장에서야 「그것이 무슨 문제인가, 더한 고통을 감당하며 죽어가는 사람도 있는데. 한순간이라도 함께 있어 더 많이 느끼고 더 많이 남겨야 하는데……」라고 말할 수도 있겠지만, 가해자의 입장인 남편의 심정은 그렇지가 않았다.

평생을 몸고생, 마음고생, 고생만 시키다가 이제는 남은 여생마저 책임지지 못하고 자식이란 짐까지 떠맡기는 것도 죄였는데, 거기에 마지막 순간까지 병수발이란 이름으로 진저리가 쳐지도록 고통을 가하자니 오히려 남은 숨이 거추장스러웠다.

말은 없었지만 아내의 심정은 더 절절할 것이다. 혼자가 된다는 것, 혼자 남아야 한다는 것. 그 두려움의 깊이는 누구도 상상하지 못할 어두운 것이다. 그 지독한 두려움에 뼈에 사무치는 고독까지. 외로워보지 않은 사람은 모른다. 아니, 외로운 사람도 다른 이의 그것은 모르는 것이다. 하물며 한 지붕 아래에서 함께 눈을 마주하고 함께 숨쉬면서도 그 지독한 외로움에 남모르는 눈물을 짓는 것인데. 텅 비어버린 자리, 채워지지 않는 공간에서의 고독이란 당해보는 그 사람만의 뼈저림인 것이다. 같은 처지의 누구라도 저마다의 느낌과 제각각의 추억이 다른데 어찌 절절히 공감할 수 있겠는가. 그나마도 비슷한 처지여서 비록 겉이나마 감싸안아 준다면 조금은 위로가 되겠지만, 그것도 순간일 뿐 영원한 건 아니다. 결국 인간은 함께하던 그 누구를 잃어버리는 순간부터 평생을 짊어져야 할 고독의 무게를 느끼며 살아야 하는 것이다.

어디 그뿐인가. 물론 아내보다야 덜하겠지만 자식들은 또 어떤가. 이제는 늙은 손에 이끌린 어린아이만 보아도 콧등이 시릴 텐데, 이웃집 빨랫줄에 널린 와이셔츠의 하얀 깃만 보아도 가슴이 아릴 텐데. 더구나 두 아이는 또다른 사랑에는 아직 눈도 뜨지 못한 것 같던데. 그 사랑에 눈떠도 아비를 잊기까지는 맞선이나 약혼, 결혼 등의 수많은 절차를 거치며 매번 제 설움에 눈물지어야 할 텐데…….

정수는 생각하면 할수록 살아 숨쉬었다는 자체가 모두 죄인 것만 같았다. 떠나고 싶었다. 어서어서 떠나고만 싶었다.

「여……보…….」

잠꼬대였다. 아내는 잠결에서도 서러운 흐느낌을 그치지 못했다. 아려왔다. 가슴이 찢어질 듯 아려왔다.

정수는 온몸이 굳은 듯 움직일 수가 없었다. 진작부터 어깻죽지가 배겨왔지만 아내의 잠이 깰까 봐 차마 움직일 수가 없었다. 이틀 전에 소령에게서 받아온 그 진주 반지와 목걸이가 들어 있는 보석상자가 침대 밑에 있었던 것이다.

정수는 자꾸만 망설여졌다. 분명 아내는 울기부터 할 텐데, 마지막 선물인가 싶어 미처 포장지를 뜯기도 전에 눈물부터 쏟을 텐데……. 차마 전해줄 수 없었다.

갑자기 소변이 마려웠다. 이러다가 어린 회원이 보는 앞에서 실뇨라도 할까 염려됐지만 그래도 움직일 수는 없었다. 그것보다는 아내의 짧은 수면이 더 소중했다.

그러나 아내는 정말 그 짧은 수면도 제대로 이루지 못하고 눈을 떠야 했다. 링거병을 든 간호사가 신새벽부터 거친 노크를 한 것이었다.

정수는 화가 났다. 참을 수 없이 울화가 치밀었다.

「남 박사 오늘도 나오는 거요?」

새벽 졸음을 참아가며 야간근무를 해온 간호사에게 정수는 퉁명스런 음성으로 말했다.

「예, 오늘도 나오신댔어요.」

눈치 없는 간호사는 그래도 상냥한 미소를 지었다.

「당직은 아니죠?」

「예, 그래도 제 시간에 나오실 거예요.」

「그럼, 주사는 나중에 맞겠소.」

「여보…….」

「예? 안돼요, 맞으셔야 해요.」

간호사보다 영신이 먼저 나섰다. 그러나 정수는 아내를 무시했다.

「약이 좀 안 맞는 것 같아서 그래요. 남 박사와 상의해서 처방을 바꿀까 하니 그리 아세요.」

「그럼, 그렇게 하세요.」

이미 돌아누운 정수의 등에 대고 간호사가 말했다.

「괜찮을까요?」

영신의 걱정스런 음성에 뒤이어 간호사의 상냥한 대답이 따랐다.

「예, 그때까지는 괜찮을 거예요.」

「왜요? 어떻게 안 맞는데요?」

간호사가 나가자 영신은 걱정 가득한 눈빛으로 물었다.

「별건 아니야. 조금 거북해서.」

「어떻게 거북한데요?」

「그냥, 조금…….」

「…….」

희원은 아직 잠에서 깨어나지 않았다. 정수와 영신은 희원이 잠에서 깰까 봐 조용히 침묵을 지켰다. 그 침묵할 수 있음이 정수에게는 다행이었다. 영신 또한 마찬가지였다. 두 사람은 이별 앞에서도 이미 대화를 잊은 지 오래였다. 그것은 서로의 마음을 너무도 잘 알고 있었기에 그 다른 아픔을 건드리지 않기 위함이었다.

남 박사는 변함없이 제 시간에 병원으로 들어오고 있었다. 정수와 나란히 창가에 선 영신도 남 박사의 승용차를 물끄러미 내려다보고 있었다.

그에 대한 염려로 공휴일까지 병원에 나오면서도 남 박사는 정수와의 만남을 피하고 있었다. 그러나 정수는 그와의 마지막 대결을 준비하고 있었다. 오늘은 어쩌지 못할 것이다. 어차피 일요일이니 진료도 없을 터이고 응급수술이 있다한들 이미 링거 주사를 거부해 놓았으니 무슨 연락이 올 것이다. 이제 즐겁지 않은 마지막 승부를 해야 한다…….

그러나 남 박사에게서는 아무런 연락이 없었다. 점점 시간이 흐를수록 영신은 몹시 불안해 했다. 벌써 약효가 떨어질 시간이었던 것이다. 정수는 아직 견딜 만했다. 이미 온몸에 젖어 있는 마약성분이 그 고통을 둔화시킨 덕택이었다. 어쩌면 남 박사도 그것을 알기에 연락이 없는지도 모른다. 그러나 영신도 남 박사를 직접 찾을 생각은 하지 않았다. 그것이 무엇을 의미하는지 알고 있기 때문이었다.

그러나 마침내는 남 박사가 질 수밖에 없었다. 때로는 고통이란 당사자보다 지켜보는 이가 더한 것인지도 모른다. 더구나 의사이고 친구인 입장에서야.

점심 무렵을 못 넘겨 간호사가 정수를 찾아왔다. 남 박사가 오란다는 전갈이었다. 하얗게 굳어지는 영신을 애써 무시한 채 정수는 태연을 가장했다. 남 박사도 이제 어느 정도는 각오했는지 모른다. 직접 찾아오지 않고 간호사를 보내 자신의 방으로 오라는 것을 보면 분명했다.

정수는 아무 일도 아닌 듯, 정말 단순한 상담인 것처럼 침대에서 몸을 일으켰다. 그러나 그도 어쩔 수 없는 거친 숨을 내뱉고 말았다. 영신은 그 한숨소리에 땅이 꺼지는 듯한 심정이었지만, 희원은 아직 아무런 눈치도 채지 못하고 있었다.

「왜? 약이 어떻게 안 맞아?」

남 박사는 태연스레 물었다. 그러나 그도 처음부터 이렇게 태연할 수 있었던 건 아니었다. 이 준비를 위해 지금껏 시간을 끌어온 것이다. 그러나 지금도 완전하게 태연한 건 아니었다. 의자에 꼿꼿이 앉으려고 애쓴 자세가 그랬고, 자꾸만 흔들리는 시선이 그랬고, 태연을 가장한 굳은 음성의 가는 떨림이 그랬다. 책상 위에 나란히 올려놓은 채 움직일 줄 모르는 두 손도 그랬다.

정수는 그의 불편한 시선을 고려해 의자를 창 쪽으로 돌려 앉았다.

「매주 쉬지도 못하고 고생이 많구나.」

「구토가 나지는 않을 텐데? 어떻게 불편해?」

「장 변호사도 요즘은 병실에 통 안 오던데, 네겐 들르지? 창가에서 들어오는 모습을 봤어.」

「아직 부종(浮腫)은 없을 텐데?」

「요즈음도 술 자주 마셔? 지난번같이 그렇게 폭주는 하지 마.」

「특별한 거부반응은 없을 거야, 링거 그대로 맞아.」

서로가 자신의 말만을 계속하고 있었다.

「언제 우리 셋이서 함께 술 한잔 하자.」

「다른 약제는 모두 링거로 함께 투약중이야.」

남 박사의 음성이 거칠어지고 있었다.

「마지막이 될 테지만 나중에 한번 더 한다고 생각하면 편할 거야.」

「……어떻게 안 맞아? 어떻게 거북해?」

기어코 남 박사가 먼저 고함을 터뜨렸다. 결국 정수의 냉정을 이겨낼 수 없었던 것이다.

「오늘 저녁은 어때?」

정수는 조금도 흐트러지지 않았다. 처음 그대로의 무표정한 표정 하나 변치 않은 채로였다.

「그래, 잘났다, 잘났어! 그래, 송별주 하자! 네가 예수냐? 최후의 만찬이야? 망할 자식……」

책상을 두드리며 소리치던 남 박사가 허물어지자 정수도 말을 그쳤다. 거친 남 박사의 숨소리가 작은 방안에 메아리를 만들고 있었다.

그의 거친 숨소리가 잦아들고 다시 고요가 돌아오자 정수는 아주 작은 음성으로 마지막 발악을 내지르기 시작했다.

「벌써 데메롤을, 근육주사도 아닌 링거 호스를 이용한 혈관주사로 사용하더구나. 그만큼 상태가 악화됐다는 이야기겠지. 아직 2개월이 훨씬 더 남았는데도 말이야. 자넨 처음부터 너무 길게 잡았어. 실수는 아니겠지만 5개월씩이나 본 건 자네 욕심이었고, 아내에게도 별 도움이 안되었어. 그래도 그걸 잘 이용하면 아주 괜찮겠더군. 요즘 얼마씩이나 사용하나? 반 앰플쯤? 아니면…… 그쯤이겠지? 그럼, 그 서너 배, 대략 2, 3앰플 정도면 충분하겠군. 수고스럽겠지만 자네가 그걸 직접 내 링거 호스에 주사하면 아무런 고통도 없겠던데……」

「이……」

뭐라고 말을 꺼내려는 남 박사에게 정수가 한 손을 들어 제지시켰다. 그의 너무도 싸늘한 태도에 남 박사는 뻔히 알면서도 다시 침묵을 지킬 수밖에 없었다.

「그 정도면 진정작용이 아주 강해서 심장의 박동이 저절로 멈춰질 것이고, 그로 인해 뇌에 공급되는 산소가 끊어지면 불과 단 몇 초 만에 무산소증과 함께 모든 것이 끝날 것이네. 그 경우 사인은 심장마비가 될 것이고, 이미 말기 환자의 당연히 예상된 죽음 앞에 의혹의 시선을 보낼 리도 만무할 것이네. 더구나 만에 하나 지원엄마가 그 사실을 알게 되더라도, 아니 알았더라도 자네의 판단을 존중할 것이네. 혹여 문제가 생겨 부검을 한다 한들, 이미 진작부터 데메롤을 사용해 온 것은 틀림없는 사실이니 설령 혈중 함량에 이의가 제기되더라도 그 동안에 축적되어 온 성분으로 인정될 것이야. 또한 링거 호스의 주삿바늘 흔적도 이미 그와 같은 방법으로 시행해 오고 있었으니 누구도 그것으로 어쩌지는 못할 것이네.」

「야……!」

「아직 안 끝났어!」

열띤 고함과 싸늘한 음성이 한꺼번에 부딪쳤다. 이번에도 남 박사가 질 수밖에 없었다. 열과 냉(冷)의 부딪침은 대부분 냉의 승리였다.

「단, 그 방법은 내 심장이 특별히 강한 경우 실패할 소지가 있지. 물론 기대하기 힘든 경우이지만 말일세. 그리고 다른 또하나의 방법이 있네. 그건 자네들이 흔히 'KCl'로 표기하는 포타슘 클로라이드(Potassium Chloride), 즉 염화칼륨을 사용하는 방법일세. 필요한 양은 20cc가 조금 넘는 정도면 되고 사용하는 방법과 결과는 거의 마찬가지지만, 그 경우에는 진행과정에서 심장이 진정되어 박동을 멈추는 것이 아니라 급격한 심장의 박동으로 그걸 이기지 못해 잠시 후 멈추는 것이지. 더구나 말기 환자의 경우와 같이 전체적인 저항력이 떨어져 있을 경우는 특별히 심장이 약하지 않은 사람도 이겨내기가 어렵지. 또 저항력의 저하는 조기에 발견되더라도 어떤 방법의 심폐소생술로도 효과가 없으니, 결국 그런 소란 속에서 쉽게 마무리될 수도 있겠지. 물론 조기에 발견될 경우에는 데메롤의 경우도 마찬가지지만.」

「그만두지 못해! 너 지금 뭐하는 거야!」

이번에는 정수가 그의 고함을 무시한 채 계속 말을 이어갔다. 처음보다는 조금 더 커진 음성이었지만 아주 신중하고 조용했다.

「단, 포타슘의 경우는 부검을 하게 될 경우 조금 문제가 발생할 소지는 있지. 그러나 난 후자의 방법을 권하고 싶네. 절대 그런 부검과 같은 사태는 없으리라는 장담하에서지만. 그러나 결코 그런 일은 없을 걸세. 내가 왜 자네에게 다소의 불안을 주면서까지 후자의 방법을 권하는가 하면 그건 다름아닌 장기 기증의 문제 때문일세. 자네가 팽개치듯이라고 말했지만 난 결코 그런 심정은 아니네. 아무튼, 난 내 장기가 이미 말기 암환자의 것이라는 것도 꺼림칙한데 더구나 데메롤과 같은 마약성 진통제에 절은 장기라는 건 우선 내 자신부터가 유쾌하지 않네. 화가 난다는 말일세. 그래서 자네에게 감히 후자의 방법을 권하는 걸세. 어떤가? 이만하면 문외한치고는 제법 잘 연구한 거지? 안 그런가?」

어이없게도 정수는 웃고 있었다. 기가 막힌 남 박사는 이제 정수의 발악이 끝났음에도 입만 딱 벌린 채 오히려 말을 꺼내지 못하고 있었다.

잔인하다는 생각에 오싹 소름이 끼칠 지경이었다. 아무리 독해졌다지만 어떻게 자신의 죽음을, 그것도 아무리 끝난 목숨이라지만 그래도 일단은 의식 있는 자신의 생목숨을 끊는 것인데 그토록 남의 일처럼, 아니 마치 이야기책의 한 단원을 읽듯이 그토록 태연히 지껄일 수 있는가. 미치지 않은 다음에야 감히 있을 수 없는 일이었다.

그러나 결코 미친 광기는 아니었다. 감추고 있는 그 무엇인가가 있었다. 결국 자존심이었다. 끝내 죽음을 말하면서까지 도도하고 태연한 척 말해서 꼿꼿한 자존심을 지키려는 어쭙잖은 풋고집. 그것 이외에 더는 없었다. 그렇게 말고는 달리 생각할 거리가 없었다.

「야, 이 나쁜 자식아, 네 한놈 그 꼴난 자존심을 지키자고 남은 가족들은 생각도 안해? 지원엄마, 지원이, 희원이, 그 세 사람이 가엾지도 않아? 어떻게 그토록 이기적이야! 아무리 네가 당사자라지만 그래도 그쪽의 고통도 한번은 생각해 줘야 할 거 아니야! 그렇게 너 떠나는 것만 바쁘고 남을 사람들에게는 아무런 시간도 안 줘도 되는 거야!」

정수는 아무런 대꾸도 없었다. 다만 의자에서 일어나 창가 쪽으로 자리를 옮겼을 뿐이었다.

「임마, 내게 왜 이런 엄청난 혼란을 주는 거야? 난 의사야, 의사가 뭐야? 사람을 치료하고 살리는 게 의사지, 사람을 죽여주는 게 의사야? 왜 내게 자꾸 죄를 지으라는 거야? 왜 그 엄청난 살인을 교사하느냐고!」

그래도 정수는 아무런 대꾸가 없었다. 여전히 차가웠다.

「말 좀 해봐! 입이 있으면 대답도 해야 할 거 아니야! 네 말대로 죽을 권리가 있으면 살아줘야 할 의무도 있는 거야. 네가 네 권리만 찾아 그렇게 서둘러 가버리면, 남은 사람들에 대한 의무는 어떻게 해. 보고 싶어도 볼 수 없게 되는 사람들은 어떻게 하라는 거야. 뭐가 그렇게 비참해? 물론 죽음이야 비참하지. 하지만 네가 비참해 하는 건 그게 아니잖아. 그까짓 얼굴 좀 상하고, 몸 좀 야위어지면 어때? 그게 사랑보다 더 중요한 거야? 넌 입으로만 사랑을 말했지 도무지 사랑이 뭔지 모르는 놈이야. 진정 가족을 사랑한다면 그럴 수는 없어. 넌 사랑과는 전혀 관계없는, 아주 세상에서 제일 이기적인 놈이야. 알아!」

정수는 그래도 차가웠다.

「넌 아직은 죽을 자격 없어. 그 교만 다 버리고 진정으로 사랑할 수 있을 때까지 고통스러워도 살아야 해. 생명이 얼마나 소중하고 아름다운지 모르는 놈, 그런 놈이 무슨 죽을 자격이 있어? 그리고 나도 죄짓지 않을 거야. 그래, 절대 못 지어.」

정수는 서서히 흔들리고 있었다. 어느덧 그의 눈가에서 굵은 눈물방울이 굴러 떨어지고 있었다. 그러나 등 너머의 남 박사는 그것을 볼 수 없었다.

「자존심, 그까짓 자존심이 뭐가 그렇게 대단해. 너만 그 고고한 자존심을 지키고 싶은 줄 알아? 누구는 지키기 싫어서 버리고 사는 줄 알아? 그 모두가 사랑하기 때문이야. 가족을 사랑하고 나 아닌 다른 사람을 사랑하기 때문에 어쩔 수 없이 비굴해지면서도 버티고 사는 거야……」

「남 박사……」

갑자기 들려온 그의 울음 섞인 목소리에 남 박사도 그만 말을 멈추었다. 그것은 분명 흐느낌이었다.

「날 좀 죽여줘……」

「…….」

「제발 좀, 이제 보내줘……」

「…….」

갑자기 털퍼덕 정수가 맨바닥에 무릎을 꿇었다.

「이렇게 무릎 꿇고 빌게. 제발 날 좀 어떻게 해줘, 제발……」

「정수야……」

처참했다. 그토록 고집스럽던 그가 이렇게 한순간에 무너져 통곡을 하다니……. 남 박사는 가슴이 찢기는 고통을 맛봐야 했다. 후회했다. 더 참지 못하고 더 받아주지 못한 것이 진정 후회스러웠다.

「자존심이라고? 내게 남은 자존심이 어디 있는데? 이미 자네에게 죽음을 사정할 때부터 난 다 무너진 거야. 사랑하지 않는다고? 아니야, 사랑해. 자넨 몰라, 더는 괴롭힐 수 없어. 그만 갈래. 그게 사랑하는 마지막 방법이야. 내가 남아 있어 그들이 얼마나 고통스러운데. 이제 아내 앞에, 자식 앞에, 그토록 사랑하는 지원이, 희원이 앞에서 이렇게 무릎 꿇고 애원할 일만 남았어. 그렇게까지 욕되게 만들지 마. 그렇게까지 그들을 괴롭게 하지 마. 얼마나 무서웠는데. 자넨 몰라. 눈을 감는 순간마다, 잠시 정신을 놓는 순간마다, 꿈처럼 찾아드는 죽음의 악몽이 얼마나 무섭고 두려운지 자넨 몰라……. 이제 더는 그 사신(死神)을 의식(意識)으로 받아들일 자신이 없어. 이런 나약한 내가 나도

292

싫어. 스스로 목숨 끊을 용기조차 없어 친구인 자네에게 태연한 듯 거짓말하며 매달려 사정하는 나약하고 비겁한 내가 나도 싫어. 제발 날 그 무서운 공포에서 벗어나게 해줘. 아내는 힘들게 밤을 지새며 쓰러지고, 자식 또한 편히 한번 눕지 못하는데…… 나만 약에 취해 편안히 드러누워 죽음을 기다리는 뻔뻔함 또한 견딜 수 없네. 제발 날 좀 도와줘. 난 다만 스스로 손목을 자르든 약을 털어넣든 그 어떤 짓도 해낼 용기가 없어서 자네에게 매달리는 것뿐이야. 제발, 제발…… 내 거짓이 미웠더라도, 제발 용서해 줘. 그리고 보내줘. 제발, 제발…….」

한꺼번에 폭포수처럼 터지는 그의 흐느끼는 외침은 진정 조용하고 절실한 생명의 노래였다. 그 조용한 노래는 그 어떤 고함과 절규보다 더 크고 안타까운 것이었다.

남 박사도 그의 어깨를 껴안고 흐느껴 울었다. 그렇게 부둥켜안고 하염없이 통곡하여서라도 진정 살릴 수만 있다면, 그렇게라도 끝까지 갈 수만 있다면 영원히 그렇게 굳어버리고만 싶었다.

문밖의 영신도 몸을 떨며 하염없이 흐느꼈다. 남편의 가슴속 그 깊은 곳에 감춰둔 저토록 절절한 아픔을 진작에 알지 못한 자신의 어리석음이 부끄러웠다. 눈으로 보면서도, 가슴으로 느끼면서도, 그 고독한 두려움과의 처절한 투쟁에는 한번도 눈 돌려 함께하지 않았으니 그보다 더한 교만과 경솔이 어디 또 있겠는가.

행여 마음속에 미움은 없었는지, 담아두고 있는 원망은 없었는지, 되새기며 찾아내 털어버리고 용서받을 일이었다. 아무리 자신의 아픔이 크다 한들 어찌 그만이야 하겠으며, 아무리 서럽고 원통한들 그에 비할 텐가. 혼자되는 고독과 앞날의 두려움이 어찌 죽음 앞의 두려움에 비견될 수 있을 텐가.

이제는 정말 준비할 시간이었다. 이제 다시는 한순간이나마 그 앞에서 눈물을 비치지 않으리라. 그 앞에서 미련을 보이지 않으리라. 살아남을 이의 진정한 몫은 바로 그 고통을 덜어주는 것뿐이었다.

굳게 마음먹으니 어느 만큼은 홀가분했다. 결국 사랑은 용기였다. 사랑을 얻는 용기만큼 사랑을 보내는 용기도 필요했다. 그것이 영원한 사랑을 얻을 수 있는 유일한 길이었다. 미련 때문에 상처내고 그 상처에 마음 상해 사랑을 잃어버리는 미련은 정말 우매함이었다.

가슴이 트였다. 이제는 보낼 수 있었다. 혼자인 것도 두렵지 않고 고독도 무섭지 않았다. 진정한 사랑이 영원히 있는데 그런 고독이나 두려움이 무슨 두려움이 될 것인가.

영신은 그 영원한 사랑을 얻기 위해 눈물을 거두고 용기를 내었다. 진저리가 쳐지도록 두 이빨을 악물고서.

13

이제는 마지막인 것이 분명했다. 지원과 희원을 데리고 병실을 나가던 아내가 애써 피하던 눈길이 끝내 정수를 향했다. 말없는 작별인사였다. 정수는 어서 다녀오라는 듯 고개를 끄덕였지만 그녀는 잠시 시선을 고정시켰다. 가슴에 새기려는지 꼼짝 않고 머물던 그녀의 시선도 정수의 마지막 미소 앞에서는 가볍게 흔들렸다. 짧은 미소로 답한 그녀가 서둘러 문을 닫았다.

정수는 병실문에 기댄 채 그녀가 마지막으로 눈물을 떨구는 소리를 들었다. 그것은 흐느낌이 아닌 소리 없이 구르는 작별의 소리였다.

간호사가 들어오고 새로운 링거병이 바뀌었다. 그 돌아선 간호사의 발길 뒤로 아내의 멀어지는 발자국소리도 들려왔다.

서서히 잠이 오기 시작했다. 이제 이 잠이 깨기 전에 또 누군가가 들어올 것이다. 물론 그는 남 박사일 것이다. 그러나 그와는 아무런 작별인사도 나누지 못할 것이다. 그렇지만 그와의 작별은 눈짓도 소리도 손짓도 아무것도 필요 없다. 보이지 않는 눈빛까지 이미 수도 없이 여러 번 나눈 것이다. 아마 그는 마지막 눈물을 잠든 내 뺨 위에 떨굴지도 모른다. 난 그 촉촉한 물기에 행복할 수 있을 것이다.

잠들기 전에 마지막으로 해야 할 일이 있었다. 침대 밑에 그 동안 감춰놓았던 아내에게 줄 진주목걸이와 반지, 그리고 마지막으로 쓴 짧은 편지가 있었다. 많이 쓰고 싶었지만 이제는 정말 상처가 될까 봐, 또 그 편지를 쓰는 동안 누군가가 들어올까 두려워 짧게 끝냈었다. 지금 생각해 보니 그 편지를 짧게 쓴 건 정말 잘한 일이었다. 마지막이 구구한 건 추하게 마련이다. 그러고 보면 그 편지도 긴 것인지 모른다. 그렇다고 다시 쓸 수도 없다. 벌써 잠이 몰려오기도 했지만, 마지막에 조금 추한들 또 어떻겠는가. 어느 만큼의 추함은 아마 아내도 모르는 척 넘겨줄 것이다.

힘겹게 마지막 움직임을 끝냈다. 어느쪽 손에 쥐고 있을까? 그래도 링거 꽂힌 왼손보다는 오른손이 나을 것 같았다. 혹 잠결에 링거바늘이 성가셔서 뒤척이다 놓아버리기라도 한다면, 포타슘의 격렬한 반동에 링거병이라도 떨어져 이 소중한 것들을 적시기라도 한다면…… 그건 정말 화가 나서 다시 눈이라도 뜰 일이다. 행여라도 놓칠까 정수는 오른손에 꼬옥 쥐었다. 그러자 비로소 마음을 놓을 수 있었다.

이만하면 잘살아온 인생이 아닌가. 마지막 순간에 사랑하는 이를 위한 아름다운 선물을 손에 쥔 채, 그 사랑하는 이의 아픈 눈물을 보지 않고, 또 사랑하는 벗의 손에 고통 없이 잠들 수가 있다니

……. 새삼 행복했다. 이젠 정말 후회가 없었다. 아픈 추억도 괴로 웠던 기억도 모두 떠나가기 시작했다. 이제 곧 아름답고 곱고 따 뜻하고 기쁜 추억들만으로 온통 채워질 것이다. 살며시 웃어봤다. 잠이 왔다. 웃는 채 자야지. 정말 웃는 채 잠드는 것 같았다. 아, 자야지…….

남 박사는 오늘 당직이었다. 그는 몇 개의 앰플 앞에서 한참을 망설였다. 포타슘, 데메롤. 마약성분이라 해도 장기 이식에 문제 될 건 없었다. 무식한 놈…….

정녕 남 박사 자신의 문제 때문은 아니었다. 절대 정수가 우려하 던 일은 있을 까닭이 없었다. 그리고 또 있으면 어떤가. 그까짓 영 원히 떠나는 놈도 있는데 잠시의 영어(囹圄)나 세상의 논란 따위 야……. 마지막 가는 길, 단 몇 분이라도 고통으로 헐떡이게 할 수 는 없었다. 남 박사는 데메롤 앰플 몇 개를 들었다.

이제 장 변호사가 올 시간이었다. 그가 오기 전에 끝낼 참이었 다. 그에게마저 이 일을 분담시킬 필요는 없었다. 아무도 그를 주 시하는 사람은 없었다. 깊은 밤, 병실 복도에는 저쪽 간호 데스크 에서 간간히 들려오는 가는 웃음소리뿐이었다.

이미 잠들어 있었다. 남 박사는 가만히 귀를 대어 그의 숨소리를 들어보았다. 마지막 숨소리나마 귓속에 담아두고 싶었던 것이다. 그런데 그는 가는 신음소리를 내며 연신 헐떡이고 있었다. 마치 서둘라는 소리처럼……. 망할 놈, 아니 망한 놈. 여태 잠 안 자고 뭐했니? 그게 자는 거라고? ……그래, 그랬구나. 그렇게 힘들었구 나. 미안하다. 진작에 알았어야 했는데, 내 일 아니라고 너무 무심했다. 미안하다 친구야. 이젠 편안할 거다. …… 잘 가게, 정말 잘 가게.

남 박사는 가능하면 따뜻한 눈물을 흘려주려 했다. 혹시라도 춥고 외로울지 몰랐기에……. 굵고 뜨거운 눈물방울이 잠든 그의 뺨 위에 뚝뚝 떨어졌다. 고통스레 이지러진 그의 얼굴은 그래도 펴지지 않았다. 망할 놈, 인상이나 펴고 있지…….

남 박사는 가만히 링거줄을 잡았다. 그리고 돌아서다가 정수의 손에 쥐어 있는 예쁜 리본 달린 상자를 보았다. 그는 멈칫 도로 섰다. 아내의 몫일 거였다. 그건 절대 그 자신이 꺼내볼 그 무엇이 아니었다.

그래, 그만하면 잘살았다. 마지막 가는 길에 리본 달린 선물로 아내를 위로해 줄 여유나마 있었으니. 잘 가게, 정말 잘 가게……. 이제 몇십 분 후면 간호사가 찾아와 자네를 혼자 내버려두지 않을 걸세. 다 내가 지독히 잘 써놓은 차트 덕분일세. 그때쯤 꼭 링거 상태와 바이탈을 체크하라 그랬거든. 별 필요도 없는데 말일세. 이제 곧 자네 친구 장 변호사도 도착해 그 시간을 기다릴 테니, 자네 가는 작별의 순간이 결코 외롭진 않을 걸세. 자 그럼 그때 보세 …….

공연스레 부산을 떨며 이것저것 챙겨봤다. 이 옷 꺼내라, 저 옷 꺼내봐라. 그리고는 다시, 안되겠다 넣어라. 또다시 꺼내라, 넣어라…….

영문도 모르면서 지원은 잘도 따라줬다. 시키는 대로 불평 한마디 없이 묵묵히 움직였다. 희원도 뭐에 뭐 드나들듯 연신 안방을 기웃거리기는 했지만 늦는다고 불평은 안했다. 다행이었다.

오늘은 왠지 수월하게 풀려갔다. 병실을 나올 때도 먼저 가서 기다리란 말에 아이들은 두말 없이 앞서가 차 안에서 기다렸다.

영신은 자꾸 어제 준비해 둔 검은 상복(喪服)에 눈길이 머물렀다. 희원의 검은 양복 한 벌, 지원과 자신의 검은 원피스 두 벌. 그것이면 이제 모든 준비는 끝난 셈이었다. 이미 장 변호사 편에 묘지도 준비해 두었다. 그것만은 그의 뜻을 따를 수가 없었다. 아무리 장기를 다 떼어낸 빈 껍데기라지만, 그래도 추운 겨울날 등이 시릴 때면 덮어줄 이불이나마 있어야 했고, 견디고 참아도 못내 보고파서 눈물이 날 때면 그 눈물을 흘릴 작은 한뼘 터는 있어야 했다.

그이도 아마 그것만은 이해하고 받아줄 것이다. 그리고 가끔씩 찾아가 옆에 앉을 때면 싱긋이 웃으며 어깨라도 두드려주겠지. 지원이 시집가면 사위도 보내고, 희원이 장가들면 며느리도 인사드리게 해야지. 그러면 그때는 거 정말 잘했소라고 말할지도 모른다…….

「따르릉…….」

기어코 울렸다. 어느새 영신의 눈에는 눈물부터 고였다.

「이 밤중에 누구야?」

쉰 목소리의 희원이 수화기를 들더니 이내 영신에게 건넸다.

「엄마, 남 박사님…….」

「…….」

우선 올라오는 울음부터 삼켜야 했다. 꺽꺽 참지 못해 메어오는 목소리에 남 박사도 가만히 숨죽이고 기다렸다.

「네…….」

「……오시죠…….」

「예.」

그사이에 끝난 것이다. 너무도 쉽게 짧게 끝난 것이 거짓말처럼 느껴졌다. 그러나 이제부터는 철저히 그녀 차례였다. 또한번 이를 악물었다.

「엄마, 뭐라셔?」

지원이 이상한 눈치를 감추지 않았다.

「응, 가자.」

「……?」

제 어미의 굳은 얼굴에 뭐라 대꾸는 못해도 지원은 앞서지 않고 멈칫멈칫 뒤돌아봤다. 영신은 옷장 속에 있던 상복들을 곱게 접어 보자기에 싸들었다.

「엄마…….」

지원의 비명에 희원도 돌아봤다. 휘청, 영신이 흔들렸다.

「엄마……!」

지원이 다시 시선을 맞추며 애처롭게 물었다. 영신은 가만히 고개를 끄덕여 그 질문에 대답했다.

「아, 안, 안돼……!」

자지러질 듯 고함친 지원이 방바닥에 주저앉아 목놓아 흐느꼈다. 참고 참아왔던 눈물이 한꺼번에 밀려 쏟아졌다. 뒤늦게야 희원도 무엇인지 알았다.

「어, 엄마…… 아빠……!」

두 남매의 통곡 속에 영신은 입술을 깨물어가며 견디고 있었다.

「엄마, 이제 어떡해. 이제 아빠를 어디서 봐야 해. 아빠, 불쌍해서 어떡해. 아직 그 잘못을 용서받지도 못했는데…… 아빠…….」

「아, 아빠…… 아, 아빠…….」

지원과 희원의 목소리가 자꾸만 멀어져 가고 있었다. 이러면 안 되는데, 쓰러지면 안되는데……. 그러나 의지와는 달리 점점 모든 것이 아득해져 가고 있었다.

정수는 그때까지도 그것을 손에서 놓지 않고 있었다. 영안실로 옮겨지기 직전, 영신의 손이 다가올 때까지는.

……하얀 빛깔의 진주목걸이와 반지. 고왔다. 수줍은 사람. 그 걸 직접 전해주지 못하고 그렇게 숨겨 보관하고 계셨군요. 얼마나 감추느라 애썼어요. 당신 손으로 목에 걸어주고 손에 끼워줬으면 더 고왔을 텐데요…….

「사랑하는 당신에게.

이렇게 보내줘서 뭐라 고맙다 말해야 할지 모르겠소. 미리 써두 는 것이기는 하오만 당신을 믿고 있소.

당신이 좋았소. 난 행복했던 사람이오. 조금 일찍 간다고 가여이 여기지는 마시오.

고운 당신, 착한 아이들, 좋은 친구들, 미더웠던 동료들, 나를 위 해 장어를 사러 다니던 포장마차 주인, 그리고 당신이 아는 또 한 사람. 그들 모두 사람 냄새가 났던 좋은 사람들이오. 특히 한 사람, 당신의 배려에 진심으로 감사하오.

아이들을 잘 길러주시오. 사람 냄새가 나는 사람으로 말이오.

사람 냄새가 그리운 적이 얼마나 많았는지 모르오. 메마른 이 세
상, 우린 사람으로 남읍시다.

당신과 아이들이 사람 냄새를 그리워할까 염려되오. 그러나 둘
러보면 많이 있을 거요. 그래서 나는 이제 마음놓고 눈을 감을까
하오.

내 하얀 구름색의 머플러는 나 태운 뼈와 함께 먼 하늘로 날려주
오. 아무래도 미덥지 않소만…… . 당신 마음대로 하구려.

저승이나 다음 생이 있다면 당신을 또 만나고 싶은데, 당신 생각
은 어떻소?

사람 냄새가 그리우면 또 만납시다.

정말 사랑했소.

추신 : 이건 지원이에게 배운 거요.

　　　 지원이에게 난 처음부터 그게 사랑이란 걸 알았다고 전해
　　　 주시오.

　　　 희원에게도 사랑한다고 전해주시오…… .」

아버지

초판 1쇄 발행일 · 1996년 8월 20일
초판 68쇄 발행일 · 1997년 1월 30일
지은이 · **김정현**
펴낸이 · **임성규**
펴낸곳 · **문이당**

등록 · 1988. 11. 5. 제 1-832호
주소 · 서울시 성북구 동선동 4가 208-1호
전화 · 928-8741~3 팩스 · 925-5406
ⓒ 1996 김정현

값 · 6,500원
잘못된 책은 바꾸어드립니다.
하이텔 · 나우누리 ID munidang

ISBN 89-7456-067-4 03810